J.J.Schurr

Zwei Wochen mit Dir

Bibliografische Information der Deutschen Nationalbibliothek:
Die Deutsche Nationalbibliothek verzeichnet diese Publikation in
der Deutschen Nationalbibliografie; detaillierte bibliografische
Daten sind im Internet über http://dnb.dnb.de abrufbar.

Herstellung und Verlag:
BoD- Books on Demand, Norderstedt

Foto für Cover:
iStock, anyaberkut

ISBN 9 783 748 122 173
Deutsche Erstausgabe 2019

KAPITEL 1

Mit etwas Mühe, stopfte ich die letzten Tops in meinen großen, dunkelblauen Wanderrucksack und zog an den Nylonschnüren, um den Kunststoffverschluss bis zum Anschlag zu schieben. Dann klappte ich die Deckelklappe darüber und schloss mit einem leisen Klicken die Schnellverschlüsse.

Jane saß mit dem Rücken an das Kopfende gelehnt auf meinem Bett, streckte ihre langen, schlanken Beine, die sie an den Knöcheln überkreuzt hatte, von sich und beobachtete mich mit ihren blauen Augen. „Es wird hier ganz schön einsam sein, so ganz ohne dich", meinte sie und zog eine Schnute.

„Das glaube ich kaum. Schließlich wird Brain meinen Platz einnehmen, solange ich weg bin", widersprach ich.

„Ach komm schon, Stella, du weißt genauso gut wie ich, dass ein Mann nicht die beste Freundin ersetzen kann. Männer sind für andere Dinge gut", erklärte sie mir mit einem frechen Grinsen auf ihren rosa geschminkten Lippen.

Jane war schon immer die Hübschere von uns beiden. Mit ihrer perfekt gebräunten und makellosen Haut, dieser unglaublichen Ausstrahlung, der blonden, gelockten Mähne und ihrem schlanken Körper, konnte sie jeden Mann um den kleinen Finger wickeln. Zumindest kam es mir immer so vor. Kaum betrat sie einen Raum, drehten sich alle Kerle nach ihr um. Und hatte sie einen für sich auserkoren, konnte sich dieser ihrem Bann nicht mehr entziehen. Sie war einfach eine echte Erscheinung. Auch Brain, den sie vor einem dreiviertel Jahr in einer Bar kennen und lieben gelernt hatte, war ihr sofort verfallen gewesen und himmelte sie seitdem an.

Im Gegensatz zu Jane kam ich mir, mit meinen langweiligen braunen Haaren und den dunklen Augen, immer ein wenig wie das unbedeutende Mauerblümchen vor. Nicht, dass ich hässlich wäre. Auch Eifersucht war zwischen meiner Freundin und mir kein Thema, denn dazu gab es keinen Grund. Ich beneidete Jane zwar für ihr vollkommenes Aussehen und wäre durchaus froh, wenn ich selbst zehn Zentimeter größer und vier Pfund leichter wäre, aber man konnte sich bei der Geburt ja leider nicht aussuchen, wie man später einmal aussehen würde.

Wir beide waren seit unserer Kindheit die besten Freundinnen und hatten von Anfang an jede freie Minute miteinander verbracht, was uns fest zusammenschweißte. Jane war für mich wie eine Schwester. Dazu der einzige Mensch in meinem Leben, dem ich blind vertraute und mit dem ich über alles reden konnte, was mir auf der Seele lag. Mit ihr teilte ich alles. Sogar unsere gemeinsame Wohnung, was sehr praktisch war. So sparte sich jede von uns bei der Miete eine Menge Geld und wir sahen uns sogar schon morgens nach dem Aufstehen. Ich liebte die gemeinsame Zeit mit meiner besten Freundin und war schon oft froh gewesen, sie an meiner Seite zu haben.

„Und ich bin mir sicher, dass du dir mit genau diesen Dingen die Zeit mit Brain vertreiben wirst", reagierte ich auf Janes Aussage und wandte mich zu meinem weißen Kleiderschrank um. Der Duft von Frühlingsblumen strömte mir entgegen, welcher dem Duftsäckchen, das darin hing, zuzuschreiben war. Ich griff nach den Türen und schloss den Schrank.

„Das mag schon sein und ich freue mich auch, dass Brain hier sein wird, aber er kann bei weitem nicht so gut kochen wie du. Und ein Shoppingmuffel ist er auch."

Ich lachte auf und sah sie über ihr Spiegelbild des Spiegels, der sich auf meiner rechten Schranktür befand, an. „Tja, Jane, man kann bei einem Mann wohl kaum erwarten, dass er in allen Lebenslagen perfekt ist. Das sind wir Frauen schließlich auch nicht. Zudem ist es doch nur für zwei Wochen. Ich hätte mich ja auch gefreut, wenn du mitgekommen wärst. Aber du hast nun mal erst nächsten Monat Urlaub und so lange kann ich nicht mehr warten. Ich brauche dringend eine Pause und das weißt du. Die letzten Monate waren die Hölle für mich und ich bin wirklich froh, dass meine Chefin mir erlaubt hat, oder nennen wir es eher dazu gedrängt, meine Überstunden mitsamt dem Resturlaub von letztem Jahr auf einen Schlag abzubauen."

Sie seufzte und rutschte vor bis zur Bettkannte. „Du hast ja Recht!", stimmte sie mir zu und erhob sich. „Du hast diese Auszeit bitter nötig. Ich kann es immer noch nicht fassen, was du in so kurzer Zeit alles durchmachen musstest. Aber sei optimistisch und blicke nach vorn. Schlimmer kann es nicht mehr werden. Nur besser. Ich bin mir sicher, dass das Schlimmste hinter dir liegt."

Ich wandte mich von ihrem Spiegelbild ab, drehte mich um und blickte sie traurig an. Jane trat auf mich zu und schloss mich in ihre Arme.

Gedanklich stimmte ich ihr zu. Das Schlimmste war

überstanden und es konnte nur noch bergauf gehen. Ich würde die zwei Wochen Urlaub nutzen und den Kummer der letzten Monate verarbeiten, um dann mit neu gewonnener Kraft mein Leben wieder zu leben. Schließlich konnte ich, an dem was passiert war, nichts mehr ändern. Auch wenn der Schmerz noch immer tief saß, würde ich lernen müssen, damit zu leben. Darum ging es doch im Leben. Solche Erfahrungen zu verarbeiten, daran zu wachsen, daraus zu lernen und dann weiterzumachen. Und genau das würde ich tun.

Entschlossen erwiderte ich Janes Geste, drückte sie an mich und gönnte mir für einen kurzen Augenblick, mich ihrem Trost hinzugeben. „Wann kommt Brain eigentlich?", wollte ich wissen, nachdem wir uns voneinander gelöst hatten, um von dem traurigen Thema abzulenken.

„Er wollte heute Abend direkt nach der Arbeit hierherkommen", antwortete Jane. „Apropos Arbeit, wenn wir noch zusammen frühstücken wollen, sollten wir allmählich einen Gang zulegen. Ich muss in einer Stunde in der Boutique sein, sonst bekommt Harper wieder einen Wutanfall und hält mir ihre berühmte Predigt über Pünktlichkeit."

„Steht sie immer noch mit der Uhr in der Hand hinter der Tür und schaut, ob du auch ja nicht zu spät bist?", hakte ich nach, denn so war es zu Beginn von Janes Anstellung in Harpers Modeladen gewesen.

Harper war eine leicht spießige Frau in den Fünfzigern und Janes Arbeitgeberin. Sie verabscheute Unpünktlichkeit, selbst wenn es sich nur um ein paar Sekunden handelte. Doch ich war der Ansicht, dass man nach sieben Jahren treuen Dienstes, nicht wegen jeder Sekunde Stress machen musste. Zudem juckte es Harper ja auch nicht, wenn es abends später wurde, weil kurz vor Ladenschluss noch jemand durch die Tür kam und meinte, sich noch in aller Ruhe umschauen zu müssen. Aber so war Janes Chefin nun mal. Sie hatte seit Gedenken einen Pünktlichkeitsfimmel, der unumstößlich war.

„Nein, ganz so schlimm ist es zum Glück nicht mehr. Aber auf ihr Gerede, über Disziplin und Pünktlichkeit, kann ich trotzdem verzichten", grummelte Jane.

Ich nickte verständnisvoll, nahm meinen Rucksack, der eine Tonne zu wiegen schien und schleppte ihn in den Flur, wo ich ihn neben der Haustür abstellte. „Dann lass uns noch schnell etwas essen, bevor wir uns verabschieden müssen. Ich wollte schließlich vor Einbruch der Dunkelheit in der Hütte sein."

„Ich decke freiwillig den Tisch, wenn du für uns dein sagenhaftes Omelett machst", schlug Jane vor.

„Klar, damit kann ich leben", stimmte ich zu und folgte ihr in die Küche.

Jane wuselte durch den Raum und deckte den kleinen, rechteckigen Holztisch, der mit vier unterschiedlichen Stühlen bestückt war.

Da wir uns vor Jahren, als wir in die Wohnung eingezogen waren, nicht so viel leisten konnten, hatten wir auf Flohmärkten nach günstigen Möbeln gesucht. Daher wurde unser Zuhause zu einem bunten durcheinander aus Neu und Alt. Die drei Zimmer mit Küche und Bad waren vor unserem Einzug neu saniert worden. Die nagelneue, beigefarbene Einbauküche mit Granitarbeitsplatte hatte unser Vermieter schon vorab einbauen lassen. Auch die LED-Deckenbeleuchtung war schon installiert gewesen, wofür wir beide mehr als dankbar waren. Keine von uns beiden hätte das nötige technische Know-how besessen, um eine Deckenlampe zu montieren. Am meisten begeistert hatte uns aber das schneeweiße Badezimmer. Durch die angenehme Größe, konnten wir uns nämlich zur gleichen Zeit darin aufhalten, ohne uns gegenseitig in die Quere zu kommen.

Trotz, dass wir uns inzwischen neue Möbel hätten leisten können, wollte keine von uns etwas in unserer Wohnung verändern. Wir liebten diesen Stil aus Alt und Neu und waren weder gewillt, uns von dem etwas verblichenen, roten Samtsofa zu trennen, das die rechte Hälfte des Wohnzimmers einnahm und so wahnsinnig bequem war, oder sonst irgendein Möbelstück auszutauschen, nach dem wir so mühselig die Flohmärkte abgegrast hatten.

Ich ging zum Kühlschrank und nahm die Packung mit den Eiern heraus. Dazu etwas Schinken, geriebenen Käse, Champignons und eine Paprika.

„Weißt du überhaupt, ob die Hütte noch steht? Ich meine nur, weil du schon eine ganze Weile nicht mehr dort warst."

„Das letzte Mal zusammen mit dir. Im Winter vor eineinhalb Jahren. Weißt du noch?", erinnerte ich sie, schlug dabei die Eier in eine Edelstahlschüssel und rührte sie schwungvoll mit einem Schneebesen durch.

„Oh mein Gott, wie könnte ich diesen Winterurlaub vergessen. Der sagenhaft viele Schnee. Und weißt du noch Josh und..." Jane blieb der Satz im Hals stecken und sie warf mir einen entschuldigenden Blick zu. „Tut mir leid, Stella. Ich wollte nicht schon wieder das leidige Thema aufwärmen."

Ich sah kurz von meinem Schneidbrett auf, wo ich gerade den Schinken würfelte und schenkte ihr ein Lächeln. „Schon okay und da du gerade Josh erwähnst. Ja, die Hütte steht noch. Josh hat immer wieder nach ihr gesehen, wenn er zwischendurch dazu Zeit hatte."

„Arbeitet er denn immer noch dort als Skilehrer und Tourguide?"

„Ja und wir schreiben uns immer noch in regelmäßigen Abständen Nachrichten. So bleibt jeder auf dem Laufenden und ich weiß, dass vor Ort alles in Ordnung ist." Ich griff nach der Petersilie, die auf dem Fenstersims stand und zupfte mir ein paar Stiele davon ab, um sie kleinzuhacken.

Jane ließ sich auf einen der Stühle sinken und säuselte verträumt: „Josh, er war wirklich süß."

„Das war er und wird es mit Sicherheit auch noch immer sein. Aber du hast jetzt Brain. Und wenn ich dich daran erinnern darf, warst du diejenige, die mit Josh Schluss gemacht hat", tadelte ich sie, stellte eine Pfanne auf den Herd und gab einen Tropfen Öl hinein, um sie zu erhitzen.

„Man wird ja wohl noch in Erinnerungen schwelgen dürfen. Ich würde es auch heute nicht anders machen. Er war süß und es war eine tolle Zeit. Trotzdem wäre ich nie und nimmer in eine so ruhige Gegend gezogen, um eine dauerhafte Beziehung mit ihm führen zu können. Ich bin ein Mensch der Action braucht. Der abends durch die Bars tingeln oder spontan einfach mal shoppen gehen will. Dazu möchte ich nicht erst eine Stunde fahren müssen, um die Zivilisation zu erreichen. Missoula mag zwar auch nicht gerade eine Weltstadt sein, aber trotzdem noch besser als Lake Louise", schnaubte Jane.

„Du übertreibst mal wieder ein bisschen. Es ist ja nicht so, dass Josh mitten im Banff Nationalpark wohnt. Aber mir ist schon klar, was du meinst. Schließlich kenne ich dich lange genug, um zu wissen, dass du Trubel brauchst. Außerdem glaube ich, dass das mit dir und Brain besser passt. Vielleicht sogar so gut, dass ich mir nach meiner Rückkehr eine neue Mitbewohnerin suchen muss."

„Na ja, er ist schon toll und bis jetzt hätte ich auch keinen Grund vorzubringen, warum es mit uns nicht klappen sollte. Trotzdem will ich hier eigentlich nicht ausziehen. Bei dem Gedanken, dich hier alleine zurückzulassen, fühle ich mich unwohl." Sie machte ein besorgtes Gesicht und presste ihr Lippen zu einem schmalen Strich zusammen.

„Du machst dir zu viele Gedanken um mich", meinte ich, während ich anfing meine kleingeschnittenen Zutaten für das Omelett in die heiße Pfanne zu geben, um sie anzudünsten. „Wir sind nun beide dreißig und es wird langsam Zeit, dass wir der Tatsache ins Auge sehen. Eine von uns, und das wirst wohl eher du sein, wird sich auf kurz oder lang um ihre eigene kleine Familie kümmern. Ich würde mich für dich freuen und lasse mich auch gerne als Brautjungfer und Patentante missbrauchen, aber bitte nimm keine Rücksicht auf mich. Ich will deinem Glück wirklich nicht im Wege stehen oder der Grund sein, dem du dich verpflichtet fühlst. Du hättest es verdient und Brain ist ein toller Kerl. Vielleicht sogar der beste, den du dir je geangelt hast", mutmaßte ich. „Seht doch diese zwei Wochen als Testphase, ob ihr auch miteinander glücklich seid, wenn ihr ständig zusammen rumhängt. Schließlich ist es nochmal ein anderes Level, sich die Wohnung zu teilen, als sich nur an den Wochenenden oder mal am Abend zu sehen." Mit einem Zischen schüttete ich das Ei in die Pfanne, bedeckte dadurch das gedünstete Gemüse und den Schinken, würzte mit Pfeffer, Salz und der gehackten Petersilie und gab zum Abschluss den Käse darüber, der durch die Hitze wunderbar zerfloss.

„Eigentlich hättest du die Erste sein sollen, die eine Familie gründet", murmelte Jane.

Seufzend schaltete ich den Herd aus, teilte das Omelette in zwei Hälften, legte es auf die Teller und trug das Essen zum Tisch. Mit einem leisen Klappern, stellte ich Janes Teller vor ihr ab und nahm mit meinem eigenen ihr gegenüber Platz. „Hör zu, Jane. Das, was zwischen mir und Mason geschehen ist, sollte dich in deinem Glück nicht ausbremsen. Ich konnte ihm nicht geben, was er wollte und er ist gegangen. Thema erledigt. Du und ich haben oft genug darüber gesprochen und hatten beschlossen, dass es so besser ist. Natürlich hat er mich damit verletzt, da ich immer dachte, er würde mich lieben, aber anscheinend habe ich mich getäuscht. Oder zumindest war diese angebliche Liebe nicht stark genug, um über mein Manko, für das ich nichts kann und von dem ich bis dahin selbst nichts wusste, hinwegzusehen. Er hat sich wie ein riesen Arsch verhalten und ich bin froh, dass er nicht mehr zu meinem Leben gehört." Ich griff nach meiner Gabel und piekte sie ins Omelett. „Ich will, dass du mir versprichst, auf mich keine Rücksicht zu nehmen. Du hast dein Glück mehr als verdient und darum musst du mir schwören, dass du dich wegen mir nicht zurückhältst."

„Na schön", grummelte sie, stopfte sich wie ein trotziges Kind den Mund mit Essen voll und kaute unzufrieden darauf herum.

„Na schön was?", ermahnte ich sie und zeigte mit meiner Gabel, auf der bereits etwas Ei steckte, auffordernd in ihre Richtung.

Grimmig verengte sie die Augen und fügte hinzu: „Na schön, ich schwöre es."

„Ich kann deine Finger nicht sehen", bemerkte ich mit einem Grinsen im Gesicht.

„Oh Stella", schimpfte sie, legte ihr Besteck zur Seite, hob ihre Hand und legte die andere auf ihre Brust. Direkt auf die Stelle, wo ihr Herz schlug, so, wie wir es schon als Kinder taten, wenn wir uns etwas geschworen hatten. „Ich schwöre hiermit feierlich, in Sachen Liebe und Beziehung keine Rücksicht auf dich zu nehmen." Sie ließ die Hände sinken und griff wieder nach ihrer Gabel. „Bist du jetzt zufrieden?", knurrte sie.

„Ja, wobei... du könntest dein erstes Kind nach mir benennen. Vorausgesetzt, es wird ein Mädchen."

Jane sah verblüfft von ihrem Essen auf. Erkannte dennoch Sekunden später, dass ich zumindest in puncto Namensgebung nur Spaß gemacht hatte und sie aufzog. Sie begann zu lachen, zerknüllte ihre Papierserviette, die noch sorgfältig gefaltet neben ihrem Teller lag, und warf sie in meine Richtung. Mit einer geschickten Handbewegung konnte ich ihren Angriff abwehren, weshalb die Serviette quer durch die Küche flog.

„Du bist unmöglich, weißt du das eigentlich?", kicherte sie.

„Du erwähnst es ab und zu, aber danke, dass du

mich wieder daran erinnerst", antwortete ich ebenfalls lachend und widmete mich wieder meinem Essen.

Ein Blick auf die Küchenuhr, die an der Wand über dem Tisch hing, trieb mich zur Eile an, da es bereits zwanzig Minuten nach acht war. Ich sollte mich langsam sputen, denn ich hatte noch über sieben Stunden Autofahrt vor mir. Zudem musste Jane um neun in der Boutique sein.

Schnell schob ich mir die letzten Stücke von meinem Omelett in den Mund, stand auf und brachte meinen Teller in das leere Spülbecken. Auf dem Weg dorthin, klaubte ich die zerknüllte Serviette auf, die so verloren auf dem Boden herumlag, und warf sie in den Mülleimer unter der Spüle. Um mein Essen hinunterzuspülen, holte ich mir noch schnell eine Tasse aus dem Hängeschrank und goss einen Schluck Kaffee hinein, den Jane nach dem Aufstehen gemacht hatte, gab Milch und Zucker hinzu und trank ihn in einem Zug aus. Jane tat es mir gleich und trank auch noch eine Tasse Kaffee, bevor wir uns zum Aufbruch bereit machten.

Keine zehn Minuten später, standen wir gemeinsam auf dem Gehsteig, vor dem kleinen Mietshaus, in dem wir wohnten. Ich hievte meinen Rucksack auf die Rückbank meines alten Pickups, dem sein Alter anhand der vielen Rostflecken deutlich anzusehen war. Trotzdem liebte ich meinen Wagen, den ich vor drei Jahren von meinem Vater geschenkt bekommen hatte, nachdem er wegen seiner Demenz, die sich immer mehr ausprägte, nicht mehr eigenständig fahren durfte. Seitdem war mir dieser verrostete, armeegrüne Wagen ein treues Gefährt, das mich trotz seines schäbigen Aussehens noch nie im Stich gelassen hatte.

Ich schloss die hintere Tür, ging zur Fahrertür, öffnete diese und warf meine Jacke quer durch die Fahrerkabine auf den Beifahrersitz. Dann wandte ich mich Jane zu, breitete meine Arme aus und schloss sie darin ein.

„Ich werde dich vermissen", flüsterte Jane.

„Ich werde dich ebenfalls vermissen. Aber es ist ja nur für zwei Wochen und vielleicht gewöhnen wir uns dadurch auch schon mal daran, wie es sein wird, wenn wir nicht mehr zusammenwohnen."

Wir lösten uns voneinander und Jane verzog angewidert das Gesicht. „Vielleicht will ich mich nicht daran gewöhnen", meckerte sie.

Wenn ich in diesem Augenblick ehrlich gewesen wäre, dann hätte ich zugeben müssen, dass mir der Gedanke daran, ohne Jane zu wohnen, auch nicht sonderlich gefiel. Doch ich versuchte mir, wie so oft, nichts anmerken zu lassen. Das hätte Jane nur davon abgehalten, ihr Glück zuzulassen und das wollte ich auf keinen Fall. Darum ermahnte ich sie: „Das werden wir aber irgendwann müssen. Denk an deinen Schwur."

„Ganz ehrlich, Stella, wenn ich es nicht besser wüsste, würde ich glauben, dass du mich unter die Haube bekommen willst, um mich loszuwerden. Aber zu deinem Glück, weiß ich, wie du tickst und was in deinem Kopf vorgeht."

„Dann bin ich aber beruhigt", erwiderte ich mit gespielter Erleichterung und schenkte ihr ein Lächeln. „Ich mache mich jetzt besser auf den Weg. Viel Spaß mit Brain und sag ihm liebe Grüße von mir."

„Das mache ich. Fahr vorsichtig und pass gut auf dich auf", bat sie mich.

„Klar, wie immer. Hab dich lieb, Jane."

„Hab dich auch lieb und grüß Josh von mir."

„Wird erledigt", versprach ich.

Jeder drückte dem anderen noch ein Küsschen auf beide Wangen. Dann ließ ich mich hinters Steuer gleiten, schloss die Tür, legte den Sicherheitsgurt an und startete den Motor. Vom Vorabend lag noch ein leichter Duft von Pizza in der Luft, die ich von unserem Lieblingsitaliener besorgt hatte, um unseren letzten gemeinsamen Abend vor meiner Abreise entspannt ausklingen zu lassen, weshalb ich das Fenster einen Spaltbreit öffnete. Ein letztes Mal hob ich zum Abschied die Hand, bevor ich mich in den Verkehr einfädelte und mich auf meinen Weg nach Kanada machte. Im Rückspiegel sah ich, wie Jane mit schnellen Schritten in entgegengesetzter Richtung davonging, um noch rechtzeitig ihren Arbeitsplatz zu erreichen. Als ich um die nächste Ecke bog, verschwand sie völlig aus meiner Sicht.

KAPITEL 2

Ich fuhr denselben Weg, den ich schon mit meiner Familie bestritten hatte, als ich noch ein kleines Mädchen gewesen war und zusammen mit meinem Bruder auf der Rückbank des Autos gesessen hatte. Diese Strecke war mir in all den Jahren in Fleisch und Blut übergegangen und ich würde sie vermutlich mit geschlossenen Augen fahren, wenn das möglich wäre.

Durch das hohe Verkehrsaufkommen, brauchte ich über sieben Stunden, bis ich die Provinz Alberta erreichte und noch fast eine weitere, bis ich das rautenförmige Ortsschild von Lake Louise passierte, auf dem ein brauner Grizzly vor einem See mit dahinterliegenden Bergen abgebildet war. Es handelte sich dabei um das Abbild des Lake Louise, in dessen Hintergrund sich die mächtigen Berge des Mount Tempel, Mount Whyte und Mount Niblock erhoben. Dieser wunderschöne Ort lag im Banff Nationalpark, welcher auch als die kanadischen Rocky Mountains bezeichnet wurde. Bis heute galt er als der älteste und größte Nationalpark Kanadas. Der Ort Lake Louise wurde in der Vergangenheit zu einem immer beliebteren Urlaubsziel für Wanderer und, in der kalten Jahreszeit, für Wintersportfans, was durch den wachsenden Tourismus auch so geblieben war.

Mein Vater hatte hier vor vielen Jahren eine wunderschöne Ferienhütte erstanden, die etwas abseits vom Haupttourismus lag. Sie befand sich am Ende einer Straße, die auf eine Anhöhe führte und wo es im Umkreis der nächsten dreihundert Meter keine weitere Hütte gab. Da diese Hütte damals nicht im besten Zustand gewesen war und nicht zentral lag, hatte mein Vater sie zu einem Schnäppchenpreis bekommen und über die Jahre wiederhergerichtet. Ich erinnere mich noch gut daran, wie wir damals in den Ferien immer hierhergefahren waren und mein Vater mit Werkzeug und neuen Holzbrettern der alten Hütte zu Leibe gerückt war. Als gelernter Zimmermann hatte er daran großen Spaß gehabt und besaß auch das nötige Fachwissen, um die Hütte zu restaurieren. Nach und nach erstrahlte unser zukünftiges Feriendomizil wieder in neuem Glanz und bot uns immer wieder einen gemütlichen Rückzugsort, wenn wir Urlaub machen wollten. Meine Mutter ging meinem Vater bei den Reparaturarbeiten zur Hand oder kümmerte sich um den Haushalt, während mein Bruder und ich in Sichtweite spielten.

Ich seufzte schwer, als ich an die alten Zeiten dachte. Es war schon so lange her und doch hatten sich diese Bilder so stark in mein Gedächtnis eingebrannt, dass ich sie so klar vor meinem inneren Auge sah, als sei es erst gestern gewesen. Ich konnte noch immer das Hämmern meines Vaters hören, wenn er die Bretter mit Nägeln befestigte. Ebenso die sanfte Stimme meiner Mutter, wenn sie uns ermahnte, nicht so schnell zu rennen, damit wir nicht stürzten und uns die Knie aufschlugen. Und auch das ausgelassene Lachen meines jüngeren Bruders hallte noch durch meinen Kopf, obwohl das schon zwei Jahrzehnte zurücklag.

Mit gesetztem Blinker bog ich in die Straße ein, die bis zu dem Grundstück der Hütte führte, und nahm die Steigung im zweiten Gang. Das Radio, das bis eben Hits aus den Neunzigern durch meinen Wagen geschallt hatte, drehte ich unterdessen leiser. Als ich mein Ziel erreichte, war ich etwas überrascht, denn es stand ein royalblauer Honda Accord auf dem gekiesten Parkplatz vor der Hütte, den ich im ersten Moment nicht zuordnen konnte. Doch dann kam mir in den Sinn, dass es Josh sein könnte. Schließlich hatte ich ihm letzte Woche eine kurze Textnachricht geschickt, dass ich heute Abend anreisen würde. Vielleicht wollte er mich überraschen, indem er mich empfing. Wir hatten uns immerhin seit eineinhalb Jahren nicht mehr gesehen und ich freute mich schon sehr darauf, ihn endlich wiederzusehen.

Ich parkte mein Auto neben dem Honda, stellte den Motor ab und zog die Handbremse an. Mit meiner Jacke in der Hand stieg ich aus, öffnete die hintere Tür und hievte meinen Rucksack heraus, um ihn auf den Rücken zu nehmen. Nachdem die Tür wieder geschlossen war und mein Wagen verriegelt, gönnte ich mir einen kurzen Augenblick und atmete die saubere, klare Bergluft ein. Die Sonne ging gerade unter und tauchte die zauberhafte Kulisse in sanfte Orange- und Rottöne. Der kühle Abendwind, der auch jetzt im Juli des Nachts auf zehn Grad absinken konnte, verursachte mir eine leichte Gänsehaut. Deshalb wandte ich mich um und lief auf den Eingang der Hütte zu.

Im Vergleich zu Missoula in Montana war es hier extrem ruhig. Nur das Knirschen des Kieses unter meinen Schuhen und das ferne Bellen eines Hundes war zu hören, als ich auf die Haustür zulief. Über zwei Stufen gelangte ich auf die Veranda, die sich über die komplette Länge der Hütte erstreckte und von einem breiten Vordach beschattet wurde. Ein solides Geländer umgab das ganze Konstrukt. An einem der massiven Dachbalken hing noch immer die hölzerne Hollywoodschaukel, die mein Vater für meine Mutter dort aufgehängt hatte und auf der sie so oft den Abend entspannt hatten ausklingen lassen.

Licht schien durch die Fenster nach draußen, was meine Vermutung, dass Josh hier sein musste, noch zusätzlich stützte. Da ich schon damit rechnete, dass die Tür nicht verschlossen sein würde, zog ich meinen eigenen Schlüssel erst gar nicht aus der Tasche. Tatsächlich behielt ich recht, denn als ich den Türknauf drehte, sprang die Tür mit einem leisen Klicken auf. Ich ging hinein, schloss die Tür hinter mir und sah mich nach Josh um, den ich aber nirgends erblickte.

„Josh?", rief ich und sah mich verwundert um. Bei dem Anblick, der sich mir bot, während ich meinen Rucksack von meinem Rücken gleiten ließ und ihn neben der Tür abstellte, bildete sich zwischen meinen Augenbrauen eine tiefe Furche. Alles war noch so, wie Jane und ich die Hütte im vorletzten Winter verlassen hatten. Allerdings mit einem kleinen, nicht ganz unbedeutendem, Zusatz. Hier und da lag wahllos Männerkleidung herum. Auf dem Esstisch stapelten sich Farbtuben und Pinsel. Auch das Sofa, vor dem mit Stein ummauertem Kamin, war mit Klamotten übersät. Hier und da waren Leinwände gegen die Möbel und die dunklen Holzwände gelehnt. Dazu lag ein unangenehmer Geruch von Terpentin in der Luft.

Langsam lief ich auf die massive Küche aus amerikanischem Nussbaum zu, die den rechten Teil des Raumes einnahm. Auf der Kochinsel, die die Küche optisch vom Wohnzimmer trennte, standen Töpfe und Pfannen herum, die benutzt worden waren. In der Spüle türmte sich noch mehr schmutziges Geschirr und selbst der Mülleimer in der Ecke quoll über.

Was zum Teufel war hier los? Dieses Durcheinander konnte doch unmöglich von Josh sein. Er hatte mir doch hoch und heilig versprochen, sich gewissenhaft um meine Hütte zu kümmern.

Die alte Mrs. Martin war vor drei Jahren verstorben und hatte sich bis dahin immer zuverlässig um alles gekümmert, solange meine Eltern und ich nicht vor Ort gewesen waren. Josh kannte ich seit meiner Jugend. Er war drei Jahre älter als ich und hatte damals hier einen Job als Skilehrer und Tourenguide angenommen. So lernten wir uns auch kennen. Auf der Skipiste, als er versuchte, mir das Snowboardfahren beizubringen, was sich als sinnloses Unterfangen entpuppte. Trotz des gescheiterten Versuchs, hielt ich Josh vom ersten Augenblick an für eine verantwortungsbewusste Person und verstand mich super mit ihm. Darum hatte ich, nach Mrs. Martins Ableben, seinen Vorschlag, ihren Job zu übernehmen, dankend angenommen. Doch was ich hier sah, war alles andere als verantwortungsbewusst. Trotzdem bezweifelte ich, dass Josh für dieses Durcheinander verantwortlich war. Ich konnte mir nicht vorstellen, dass er vom Skilehrer und Tourenguide zum Künstler übergelaufen war. Also, was war hier passiert und wer war für dieses Chaos verantwortlich?

Da der Vorhang vor dem Küchenfenster meine Sicht versperrte, schob ich ihn zur Seite. Vielleicht würde mir das Kennzeichen des Wagens Aufschluss über die Herkunft des Übeltäters geben. Leider machte es mir das Anbrechen der Nacht unmöglich etwas zu erkennen, weshalb ich den Vorhang wieder schloss. Ich trat einen Schritt von der Küche zurück und drehte mich um, weil ich den Rest der Hütte begutachten wollte, als ich gegen einen nackten, sehr männlichen Oberkörper prallte. Überrascht stieß ich die Luft aus, während mein Blick an dieser stählernen Brust festzuhängen schien. Ein paar dunkle Haare kräuselten sich darauf. Einige Wasserperlen hatten sich darin verfangen. Andere perlten über die leicht gebräunte Haut hinab, weiter über den flachen Bauch, bis sie von dem dunkelgrauen Handtuch aufgesogen wurden, welches den Rest darunter verbarg. Bei diesem Anblick wurde mein Mund trocken und ich betete im Stillen, dass der obere Teil der Person, dem dieser Körper gehörte, nicht annähernd so gut aussah, damit sich diese seltsame Unruhe in meinem Körper wieder legen könnte. Deshalb hob ich langsam den Kopf und... „Heilige Scheiße", keuchte ich, ohne auf meine Wortwahl zu achten, was die Mundwinkel des Mannes, der mir gegenüberstand, amüsiert zucken ließ. Er hatte wunderschöne, goldbraune Augen, die von einem dunklen Kranz aus Wimpern umrahmt wurden und mich fragend musterten. Ich reichte diesem Traum von einem Mann gerade mal bis zur Schulter. Sein schlanker und definierter Körper war nicht das einzige, was mich um Fassung ringen ließ. Sein markantes Gesicht mit dem ausgeprägten Kinn, auf dem ein kleines Grübchen zu sehen war, fesselte mich. Ein leichter Bartschatten lag darauf. Sein hellbraunes Haar, das an den Spitzen noch

21

nass war und dort dunkler wirkte, fiel ihm frech ins Gesicht. Im Nacken war es etwas zu lang, so, als sei es schon seit einer Weile nicht mehr geschnitten worden, was ihn noch verwegener wirken ließ. Er roch frisch und männlich, was mich dazu verleitete, tief Luft zu holen, damit ich seinen Duft in mir aufnehmen konnte.

„Darf ich fragen, was Sie in meiner Hütte machen?"

Seine Stimme war rau und männlich und ließ meinen Körper vor Wonne erschaudern.

„Lady, ich habe Sie etwas gefragt oder sprechen Sie meine Sprache nicht?"

Die harschen Worte holten mich auf den Boden der Tatsachen zurück. Ich benötigte ein paar Sekunden, um meine Stimme wiederzufinden. Als mir jedoch bewusst wurde, was er eben gesagt hatte, wurde ich wütend. „Ihre Hütte?", rief ich fassungslos. „Von was träumen Sie eigentlich nachts?"

Ein freches Grinsen huschte über sein Gesicht, bevor er antwortete: „Ich glaube nicht, dass Sie das wissen wollen."

Genervt verdrehte ich die Augen. So eine Antwort konnte nur von einem Mann stammen. „Ihnen ist hoffentlich klar, dass das eine rein rhetorische Frage war. Allerdings könnten Sie mir mal sagen, wer Sie sind, was Sie hier machen und warum Sie meine Hütte so verwüstet haben?", konterte ich.

„Das sind ganz schön viele Fragen auf einmal", stellte er fest und trat einen Schritt zurück. „Aber gut, dann mache ich eben den Anfang unserer Begrüßungsrunde. Mein Name ist Christopher Rade. Ich habe diese Hütte für vier Wochen gemietet und hier ist nichts verwüstet, sondern ich bin nur noch nicht zum Aufräumen gekommen, da ich mit meiner Arbeit beschäftigt war. Zufrieden?"

Ich verschränkte die Arme vor der Brust und schüttelte langsam den Kopf. „Das ist völliger Quatsch und wenn Sie nicht ganz schnell Ihren Krempel nehmen und verschwinden, dann rufe ich die Polizei", drohte ich ihm, hoch erhobenem Hauptes.

„Für eine so kleine Lady haben Sie ganz schön Mumm in den Knochen, das muss man Ihnen lassen. Doch ich muss Sie leider enttäuschen. Ich habe diese Hütte im Voraus bezahlt und werde mit Sicherheit nicht gehen. Aber vielleicht wären Sie mal so freundlich, mir mitzuteilen, mit wem ich die Ehre habe, bevor Sie weiter Forderungen stellen und mir drohen", meinte er und verschränkte nun ebenfalls die Arme vor seiner Brust, wodurch sich die Muskeln in seinen Oberarmen anspannten und meinen Blick anzogen.

Verdammt, warum musste dieser unverschämte Kerl auch so heiß aussehen.

„Stella Hanson, rechtmäßige Besitzerin dieser Hütte. Und ich kann mich nicht daran erinnern, diese an Sie vermietet zu haben."

„Stella Hanson?", wiederholte mein Gegenüber und zog nachdenklich die Stirn kraus. „Sagt Ihnen der Name Nat Hanson etwas?"

Meine Augen weiteten sich bei diesem Namen und es beschlich mich ein sehr ungutes Gefühl in der Magengegend. „Allerdings! Nat ist mein Bruder."

„Gut, dann sollte sich das Missverständnis sehr einfach beheben lassen. Rufen Sie Ihren Bruder an. Er wird Ihnen bestätigen, dass er mir diese Hütte vermietet und die eintausend Dollar dafür bereits kassiert hat." Mr. Rade schien sehr zufrieden mit sich und seinem schlauen Verstand, denn er lehnte sich mit überkreuzten Knöcheln lässig gegen die Kochinsel, die sich direkt neben ihm befand, und stemmte seine linke Hand in die Hüfte.

Ich hingegen fühlte mich wie zu Eis erstarrt. „Eintausend Dollar?", wiederholte ich wie ein Papagei, was Mr. Rade mit einem Nicken quittierte. Das konnte doch nicht wahr sein. Besaß Nat denn überhaupt keinen Funken Anstand mehr? Bestand sein Leben nur noch aus Lug und Trug, um irgendwie an Geld zu kommen, ohne Rücksicht auf Verluste?

„Ist alles in Ordnung?", meine Mr. Rade plötzlich, richtete sich wieder zu seiner vollen Größe auf und trat erneut auf mich zu. „Sie sehen auf einmal so blass aus. Wollen Sie sich vielleicht lieber hinsetzen?"

Seine Worte rissen mich aus meiner Versteinerung. Ich wich zurück und stieß dabei mit der Kehrseite gegen die Küchenzeile. Kurzerhand wandte ich ihm den Rücken zu, griff mir aus dem Regal vor mir ein Glas, machte einen Schritt zur Seite und füllte etwas Wasser aus dem Wasserhahn hinein. Scotch wäre mir in diesem Augenblick zwar lieber gewesen, aber in diesem Fall musste wohl Wasser genügen. Nach ein paar großen Schlucken war das Glas leer und ich füllte nochmal nach, bevor ich mich ihm wieder zuwandte. „Sie sagen also, mein Bruder hat Ihnen das Haus vermietet. Darf ich Fragen, wie es dazu kam?"

Er nickte und meinte: „Ich habe ihn rein zufällig kennengelernt. Auf einer Party. Ich kenne Ihren Bruder nicht näher, doch er bekam ein Gespräch mit, als ich mich gerade mit einem Freund über einen kurzzeitigen Tapetenwechsel unterhielt. Da gesellte er sich zu uns, erzählte mir von dieser Hütte, dass er sie vermieten würde, und weckte so mein Interesse. Am Tag darauf trafen wir uns erneut. Er gab mir eine genaue Wegbeschreibung, sagte mir, wo ich den Schlüssel finden würde und ich überließ ihm das Geld. Das ist jetzt zehn Tage her. Vor drei Tagen bin ich hier angekommen. Ende der Geschichte."

Ich seufzte frustriert, stellte das Glas auf der Kochinsel ab, lief zu meinem Rucksack, zog mein Handy heraus und wählte die Nummer meines Bruders. Ich hatte zwar schon so eine Ahnung, dass dieser Anruf sinnlos sein würde, doch wenn er nur dazu diente, ihm die Hölle heiß zu machen, war es mir das Telefonat schon wert. Nach dem vierten Klingeln, hallte Nats Stimme durch den Hörer.

„Schwesterherz, was verschafft mir die Ehre deines unerwarteten Anrufs?"

„Nat, du weißt genau, warum ich anrufe. Also tu nicht so unschuldig", knurrte ich.

„Ich weiß nicht, wovon du sprichst", tat er völlig unwissend.

„Du verdammtes Arschloch hast einfach meine Hütte vermietet. Also tu nicht so, als wüsstest du nicht, wovon ich rede", erwiderte ich mit erhobener Stimme.

„Ach Schätzchen, es ist in gewisser Weise auch meine Hütte", säuselte mein Bruder frech zurück.

„Ein Scheiß ist es. Du wurdest schon vor Jahren enterbt, wie du dich sicherlich erinnerst. Und der Grund dafür ist dir auch bekannt."

„Oh, das muss mir im Eifer des Gefechts glatt entfallen sein", meinte er und ich hörte das gehässige Lachen in seiner Stimme.

„Du elender Mistkerl. Ich kann kaum glauben, was aus dir geworden ist. Dich überhaupt meinen Bruder zu nennen, ist eigentlich schon zu großzügig."

„Jetzt reg dich mal wieder ab. Du hast wohl deine Tage oder warum bist du so gereizt?"

Er machte sich doch tatsächlich über mich lustig.

„Ich habe nicht meine Tage, Nat", schrie ich jetzt ins Handy, „sondern ich bin stinksauer. Solltest du nochmal so eine linke Nummer abziehen, hörst du von meinem Anwalt. Hast du das kapiert?"

„Uuuh, da bekomme ich ja glatt Angst", witzelte er. „Und was will dein großer, böser Anwalt dann machen? Mich verklagen? Geld von mir verlangen? Du weißt, dass es bei mir nichts zu holen gibt. Also droh mir nicht mit Dingen mit denen du sowieso nichts erreichst, Schwesterchen."

„Ich hasse dich, Nat. Von mir aus kannst du in der Hölle schmoren. Bis heute hatte ich immer gehofft, du würdest vielleicht irgendwann die Kurve kriegen. Aber da habe ich mich wohl getäuscht. Wie Vater schon vor Jahren gesagt hat: Du bist ein verlogener, egoistischer und herzloser Mensch geworden, der nur sich selbst am Nächsten ist. Du hast die Menschen, die dich von Herzen geliebt haben verletzt und ausgenutzt, nur um deine beschissene Sucht zu befriedigen. Aber ich kann dir nur gratulieren. Du hast dein Ziel erreicht, denn du hast nun auch den allerletzten Menschen, der noch gehofft und an dich geglaubt hat, vergrault. Ich will dich nie wiedersehen. Hast du das verstanden? Nie wieder! Ab heute habe ich keinen Bruder mehr." Ich wartete nicht ab, ob Nat noch etwas erwiderte, sondern legte einfach auf und kämpfte gegen die Tränen der Enttäuschung an, die sich ihren Weg bahnten. Mein Handy presste ich dabei an meine Brust, als könnte es mein Herz davon abhalten, in tausend Scherben zu zerbrechen.

Wie konnte sich ein Mensch nur so ins Negative verändern? Als Kinder waren mein Bruder und ich ein Herz und eine Seele gewesen. Und heute war Nat das einen Dreck wert.

Vor Jahren hatte Nat die falschen Leute kennengelernt und geglaubt es wären seine Freunde. Immer weiter war er auf die schiefe Bahn geraten und dadurch vom Weg abgekommen. Bis zum heutigen Tag hatte ich gehofft, dass er irgendwann auf den rechten Weg zurückfinden würde. Doch eben war auch der letzte Funke Hoffnung in mir erloschen, dass er jemals wieder der werden würde, der er einst gewesen war, was ich mir bis zuletzt so sehr gewünscht hatte.

Zwei starke Hände legten sich auf meine Schultern, was mich zusammenzucken ließ. In meiner Wut hatte ich ganz vergessen, dass Mr. Rade immer noch im Raum stand und das komplette Gespräch mitgehört hatte. Hätte ich im Vorfeld vernünftig nachgedacht, wäre ich mit dem Telefon nach draußen gegangen. Zu spät, zuckte es durch meinen Geist.

Langsam drehte er mich zu sich um, so, dass ich wieder seiner nackten Brust gegenüberstand, und sah mitleidig auf mich herab. „Das tut mir wirklich leid. Ich habe nicht geahnt, dass Ihr Bruder die Hütte gar nicht an mich hätte vermieten dürfen. Er wirkte so ehrlich, deshalb habe ich keinen Verdacht geschöpft oder irgendwelche Zweifel gehegt", beteuerte er.

Ich atmete tief durch und erwiderte: „Schon in Ordnung. Es ist ja schließlich nicht Ihre Schuld. Ich hätte ahnen müssen, dass sowas auf kurz oder lang geschieht. Und dass Sie ihn nicht durchschaut haben, ist ebenfalls nicht verwunderlich. Nat besitzt ein undurchschaubares Pokerface, was ihn bei seinen Zwängen mehr als nützlich ist. Schon als Kind konnte er lügen, ohne mit der Wimper zu zucken." Mit einem Seufzen fügte ich hinzu: „Es ist schon zu spät, als dass ich heute noch zurückfahren könnte. Wenn es Ihnen nichts ausmacht, würde ich heute Nacht hier schlafen. Ich gehe mal davon aus, dass Sie nur ein Schlafzimmer für sich benutzen. Morgen früh würde ich mich dann auf den Heimweg begeben, damit Sie wieder ungestört sind. Sie haben für diese Hütte bezahlt und mir ist es nun mal nicht möglich, Ihnen auf die Schnelle die Kosten zurückzuerstatten. Darum werde ich sie Ihnen für den vereinbarten Zeitraum überlassen."

„Natürlich! Das ist überhaupt kein Problem", versicherte er mir.

„Danke! Und Verzeihung, dass Sie das mit anhören mussten", murmelte ich.

„Das macht nichts!", antwortete er mir und ließ seine Hände von meinen Schultern gleiten.

Mir fiel auf, wie die Wärme verflog, die ich eben noch an meinen Schultern gespürt hatte, und eine unangenehme Kälte zurückkehrte. Um nicht weiter darüber nachzudenken, dass deshalb noch mehr Enttäuschung in mir aufkam, schlug ich vor: „Vielleicht sollten Sie sich mal etwas überziehen."

Ein kleines Lächeln huschte über sein Gesicht, während er einen Schritt zurücktrat. „Geht es denn wieder? Kann ich Sie für einen Moment allein lassen?", wollte er wissen und musterte mich mit einer Besorgnis im Blick, wie ich sie von einem Fremden nicht erwartet hätte.

„Ja, es geht schon. Machen Sie sich wegen mir keine Gedanken."

Er nickte, wandte sich ab und verschwand durch die Tür in das Schlafzimmer, das meinen Eltern gehört hatte.

Ich verstaute mein Handy wieder im Rucksack und nahm mir vor, nicht weiter über meinen Bruder nachzudenken. Im Prinzip, war nur das eingetreten, womit meine Eltern schon vor Jahren gerechnet hatten. Oder besser gesagt, hatten sie sich damals schon mit dem Umstand, der heute noch herrschte, abgefunden. Man muss loslassen, wenn es nichts mehr zu halten gibt, hatte mein Vater damals mit feuchten Augen gesagt und das notariell beglaubigte Testament unterschrieben, das meinen Bruder vom gesamten Erbe ausschloss. Ich hatte ihm angesehen, wie schwer ihm das fiel. Doch, wenn auch etwas spät, war mir heute klar, dass es so das Beste gewesen war. Und dieser Felsen, der eben binnen von Sekunden mein Herz zerschmettert hatte, habe ich schon vor Monaten auf mich zurasen sehen, also sollte ich nicht allzu überrascht davon sein.

So oft hatte ich meinem Bruder aus der Klemme geholfen, wenn er mich mal wieder um Geld anbettelte, und nie etwas dafür zurückbekommen. Im Gegenteil. Er war nie für mich da gewesen, wenn ich ihn gebraucht hätte. Nat meldete sich grundsätzlich nur dann, wenn er etwas von mir wollte und dabei ging es immer nur um Geld. Doch damit war ab heute Schluss. Ich würde ihn ab sofort aus meinem Leben streichen, was ich vermutlich schon viel früher hätte tun sollen.

Um mich abzulenken, sah ich mich in dem Chaos um, das hier herrschte. Da ich nicht in Mr. Rades persönlichen Dingen herumwühlen wollte, lief ich wieder zur Küche und beschloss diese in Ordnung zu bringen. Zuerst entsorgte ich den Müll und brachte ihn nach draußen, in die Mülltonne. Danach spülte ich das Geschirr und putzte die Küche, um sie vom restlichen Schmutz zu befreien. Ich war gerade fertig geworden, als sich die Tür öffnete und sich Mr. Rade zu mir gesellte. Er hatte sich eine ausgewaschene Jeans übergestreift. Dazu ein lässiges, braunes T-Shirt. Seine Füße waren immer noch nackt und der Bartschatten verschwunden. Sein Haar war nun trocken und schlicht aus dem Gesicht gestrichen. Ich musste erneut feststellen, dass er unsagbar gut aussah und ich in Versuchung geraten könnte, wenn ich gerade auf der Suche nach einem Mann wäre. Allerdings war ein Mann in meinem Leben das Letzte wonach mir im Moment der Sinn stand.

„Wow, danke! Das hätten Sie aber nicht tun müssen", meinte er und sah sich überrascht in der Küche um.

„Ach, schon okay. Ich werde jetzt mal meine Sachen in mein Zimmer bringen. Haben Sie schon was zu Abend gegessen?", erkundigte ich mich, während ich zu meinem Rucksack ging.

„Nein, noch nicht", gestand er.

„Gut, dann mach ich mich kurz frisch und mach

uns im Anschluss was zum Essen. Vorausgesetzt Ihr Kühlschrank gibt was her."

„Sie haben Glück. Ich war heute Morgen einkaufen", erwiderte er.

„Prima!", freute ich mich über diese Tatsache, denn ich hätte nur sehr wenig Lust gehabt, nach der langen Fahrt hierher, noch in den ortsansässigen Supermarkt zu fahren und einzukaufen.

Mit meinem geschulterten Rucksack lief ich in das zweite Schlafzimmer, das in der Vergangenheit meinem Bruder und mir gedient hatte, schloss hinter mir die Tür und knipste das Licht an.

Hier war noch alles in seinem ursprünglichen Zustand. Die beiden Betten standen, durch einen Nachttisch getrennt, mit dem Kopfende an der rechten Wand. Geradeaus befand sich ein großes Fenster, das von geblümten Gardinen umrahmt wurde. Darunter stand ein kleiner Schreibtisch mit einem Stuhl. Links nahm der große Kleiderschrank, der wie alle Möbel im Raum aus Mooreiche war, fast zwei Drittel der Wand ein. Direkt daneben befand sich die Verbindungstür, durch die man ins Bad gelangte, das nur durch die beiden Schlafzimmer zugänglich war.

Ich nahm meinen Rucksack von den Schultern und stellte ihn auf dem Boden ab. Hier drin roch es zum Glück nicht nach Terpentin. Trotzdem merkte man, dass hier schon eine Weile nicht mehr gelüftet worden war. Der hölzerne Geruch der Möbel war vermischt mit alter, abgestandener Luft. Darum lief ich zum Fenster und öffnete es. Von diesem Fenster aus sah man auf den angrenzenden Wald, der sich den Berg hinaufzog, der sich inzwischen in Dunkelheit hüllte. Ich zog die geblümte Tagesdecke, die auf dem Bett lag, zurück und legte sie beiseite. Aus dem Schrank besorgte ich frische Bettbezüge und machte mich daran, mir ein Nachtlager vorzubereiten. Danach schloss ich das Fenster wieder, nahm mir ein frisches Handtuch aus dem Schrank, kramte meinen Kosmetikbeutel aus dem Rucksack und ging ins Bad. Seufzend musste ich auch hier feststellen, dass ein Mann darin gehaust hatte. In dem beigefarbenen Waschbecken waren Spuren von Rasierschaum und Zahnpasta zu sehen. Der Deckel der gleichfarbigen Toilette stand offen und die Luft war von Mr. Rades Dusche noch so feucht, dass kleine Wasserperlen an den beige-braun gefliesten Wänden hingen. Ich machte einen Schritt zur der anderen Verbindungstür, die in das Elternschlafzimmer führte, und verriegelte sie. Dann schloss ich auch die Tür durch die ich gekommen war und zog mich aus. Nackt und mit meinen Duschutensilien bewaffnet, stellte ich mich in die Dusche, zog den Duschvorhang zu und öffnete das warme Wasser.

***

Christopher starrte noch eine ganze Zeit lang auf die geschlossene Tür, hinter der Stella eben verschwunden war und lauschte den leisen Geräuschen, die von dort zu ihm vordrangen. Mit so einem Überraschungsbesuch hatte er nicht gerechnet. Er war hierhergekommen, um seinen Kopf frei zu bekommen und seine Gedanken zu ordnen. Zudem wollte er die Ruhe hier nutzen, um zu arbeiten. Doch nun würde er die Nacht in dieser Hütte mit einer völlig fremden Frau verbringen, die in keiner Weise seinem Typ entsprach und ihn trotzdem überaus faszinierte.

Normalerweise bevorzugte er große, schlanke, gestylte Frauen. Solche die mit ihrem perfekten Aussehen die Titelseite einer Hochglanzzeitschrift zieren konnten. Stella war jedoch das krasse Gegenteil. Stella war klein. Ihr braunes, schulterlanges Haar hatte sie zu einem schlichten Zopf gebündelt. Sie trug Sportschuhe, eine schwarze Cargohose und ein enges gleichfarbiges T-Shirt. Trotzdem war er vom ersten Moment an auf irgendeine Art fasziniert von ihr. Was der Grund dafür war, wollte ihm jedoch nicht einleuchten. Vielleicht war es ihre taffe Art, das mutige und vorlaute Mundwerk oder diese dunklen Augen, die wie geheimnisvolle, tiefe Seen zu sein schienen. Aber es könnte auch an diesem verführerischen Schmollmund liegen. Oder den ausgeprägten Kurven, die sich unter ihrer Kleidung abgezeichnet hatten. Der verführerische, blumige Duft, den sie überall hinterließ, hing ihm immer noch in der Nase. Wie ein Strauß bunter Frühlingsblumen, in den man sein Gesicht vergraben wollte, um den betörenden Duft noch tiefer einatmen zu können.

Was zum Teufel war bloß los mit ihm? Er kannte diese Frau doch erst eine knappe halbe Stunde. Sie entsprach nicht seinem Typ und trotzdem war er völlig hingerissen von ihr. Das war irrsinnig.

Etwas überfordert strich er sich mit der Hand durchs Haar, versuchte seine wirren Gedanken zu verdrängen und sah sich im Raum um. Mit einem Schmunzeln im Gesicht, wurde ihm klar, dass sie mit dem Vorwurf, es würde hier chaotisch aussehen, nicht ganz unrecht hatte. Die letzten Tage war er ziemlich nachlässig gewesen und konnte sich nicht aufraffen, was gegen die Unordnung hier zu tun. Nicht das er prinzipiell ein unordentlicher Mensch wäre. Nein, im Gegenteil. Eigentlich war er eine sehr ordnungsliebende Person, die großen Wert auf solche Dinge legte. Doch in letzter Zeit war ihm das völlig entglitten, weil sein Kopf mit anderen Dingen gefüllt war, die ihn beschäftigten. Da er nun aber einen Gast hatte, die rein zufällig auch noch die Besitzerin dieser Behausung war, sollte er wohl doch für etwas Ordnung sorgen.

Entschlossen machte er sich daran, seine herumliegende Kleidung einzusammeln, seine Malutensilien in das Regal an der Wand zu räumen und öffnete die Tür, um einmal kurz durchzulüften, damit der Geruch des Terpentins verflog. Nachdem das geschehen und Stella noch nicht wieder aufgetaucht war, machte er sich in der Küche nützlich, um mit den Vorbereitungen für ein Abendessen zu beginnen.

Wäre er heute Abend alleine, wie es ursprünglich geplant gewesen war, hätte er einfach eine Scheibe Brot mit etwas Wurst und Käse gegessen. Doch die kurzfristige Veränderung animierte ihn dazu, den Kochlöffel zu schwingen. Stella hatte sich zwar angeboten, das zu übernehmen, was er aber nicht annehmen würde. Was für ein Mann wäre er, wenn er sich von einer Fremden nach Strich und Faden bedienen ließe?! Zudem hatte sie heute schon genug ertragen müssen und sah zuletzt alles andere als kraftstrotzend aus. Nach dem Telefonat mit ihrem Bruder, wirkte sie so zerbrechlich. Ihre Haut war blass gewesen und ihre Hände hatten leicht gezittert.

In diesem Moment hatte Christopher sich zusammenreißen müssen. Der Impuls, sie an seine Brust zu ziehen und zu trösten, war plötzlich so stark gewesen, dass es ihn selbst überraschte. Woher dieser Impuls so plötzlich gekommen war, war ihm immer noch schleierhaft. Glücklicherweise besaß er genügend Selbstbeherrschung, um dem nicht nachzugeben. Schließlich kannte er ihre Reaktion nicht, wenn sie sich unerwartet an seiner nackten Brust wiedergefunden hätte, selbst wenn es nur zum Trost gewesen wäre. Womöglich hätte er sie noch zusätzlich erschreckt. Oder hätte es ihr vielleicht sogar gefallen? Nein, das war völliger Blödsinn. Warum in aller Welt sollte es ihr gefallen, sich in den Armen eines wildfremden Mannes wiederzufinden?

Christopher schüttelte den Kopf über sich selbst, während er die Steaks, die er aus dem Kühlschrank geholt hatte, mit Salz und Pfeffer würzte. Er griff nach einer Pfanne, gab ein paar Tropfen Öl hinein und erhitzte sie auf dem Herd. Solange kümmerte er sich um die Beilage, die aus frischem Brot und einem Salat bestehen würde. Unterdessen beschloss er für sich, seine Gedanken zu ignorieren, einen schönen Abend mit Stella zu verbringen und sie morgen früh, als eine flüchtige Bekannte, wieder ziehen zu lassen. Er hatte im Augenblick genug mit den Dingen zu tun, die derzeit in seinem Leben auf ihn einprasselten. Da war eine Frau, die nicht einmal seinem Typ entsprach, das Letzte, was er jetzt gebrauchen konnte. Nicht mal für ein kurzes Vergnügen, redete Christopher sich vehement ein.

Vorsichtig legte er das Steak ins heiße Öl, welches den

Raum mit einem lauten Zischen erfüllte, konnte aber das Bild von Stella, wie sie bei ihrem ersten Aufeinandertreffen vor ihm gestanden und ihn mit ihren dunklen Augen wie gebannt betrachtet hatte, nicht vollständig aus seinen Gedanken vertreiben.

KAPITEL 3

Die heiße Dusche hatte meine Muskeln entspannt und meine Lebensgeister zurückgebracht. Ich versuchte das Vorgefallene mit meinem Bruder zu verdrängen und es unter der Kategorie „shit happens" zu verbuchen. Mir war schließlich bewusst, zu was mein Bruder zwischenzeitlich fähig war und es somit nur eine Frage der Zeit gewesen war, bis auch ich endlich einsah, dass man ihn nicht mehr retten konnte. Nicht, dass er je den Eindruck vermittelt hätte, gerettet werden zu wollen.

Wann auch immer man ihm in der Vergangenheit Hilfe angeboten hatte, wurde sie rigoros abgelehnt. Darum hatten wir alle, meine Eltern und ich, auch irgendwann aufgegeben und stillschweigend zugesehen, wie er immer tiefer in sein Verderben lief.

Mit Sicherheit gibt es Menschen die an dieser Stelle sagen, wie herzlos es ist, nicht weiterhin zu versuchen seinem Bruder zu helfen. Doch ich muss leider den Kopf schütteln und abwinken. Es gab eine Zeit, in der ich ebenso gedacht hatte, doch ich wurde eines Besseren belehrt. Die betroffene Person muss zuerst selbst einsehen, dass sie Hilfe benötigt. Wenn dieser Schritt bewältigt ist, muss sie diese Hilfe zulassen, die ihr zur Verfügung steht. Solange das nicht geschieht, ist es sinnlos. Menschen wie mein Bruder leben in ihrer eigenen Welt, die für sie, so kaputt sie auch ist, perfekt zu sein scheint.

Meine Haare waren geföhnt und mein Körper steckte in

einer bequemen Yogahose und einem Top. Entschlossen, mich nun um das Abendessen zu kümmern, machte ich mich auf zur Küche, wurde jedoch überrascht, als ich aus meinem Zimmer trat. Es duftete lecker nach frisch gebratenem Fleisch, was mir das Wasser im Mund zusammenlaufen ließ. Kein Wunder, denn meine letzte vollwertige Mahlzeit war das Frühstück mit Jane gewesen. Während der Fahrt hatte ich nur einen Müsliriegel verputzt und ihn mit einer Coke hinuntergespült.

Das Wohnzimmer war aufgeräumt und der Esstisch vorbildlich für zwei Personen eingedeckt. Mr. Rade hantierte in der Küche und sah lächelnd auf, als ich den Raum betrat. Meine Güte, dieser Mann sah einfach umwerfend aus und sein Lächeln zwang mich beinahe in die Knie.

„Da sind Sie ja endlich. Ich fing schon an mir Sorgen zu machen. Das Essen ist gleich fertig. Nehmen Sie doch Platz und schütten Sie uns schon mal etwas von dem Wein ein. Ich hoffe, Sie mögen Rotwein. Ich dachte, er würde gut zu den Steaks passen, die ich für uns gezaubert habe", sagte er und wendete seine Aufmerksamkeit wieder dem Essen zu.

Völlig verdattert bewegte ich mich auf den Tisch zu und kam seiner Aufforderung nach. „Das ist aber nett von Ihnen, sich um das Abendessen zu kümmern", bemerkte ich und griff nach der Flasche, die bereits entkorkt war.

Mr. Rade kam zum Tisch und stellte ein Körbchen mit Brot und eine Schüssel mit Salat darauf ab. „Ach, nicht der Rede wert. Schließlich haben Sie das Chaos in der Küche beseitigt, welches ich hinterlassen hatte. Da wollte ich Ihnen nicht auch noch das Zubereiten des

Essens aufbrummen", bemerkte er mit einem Zwinkern.

Ich schenkte ihm ein charmantes Lächeln und sah zu, wie er noch zwei Teller aus der Küche holte, auf denen jeweils ein großes Steak lag.

Er stellte den Teller vor mir ab und nahm mit seinem eigenen mir gegenüber Platz. Doch statt mit essen zu beginnen, griff er nach seinem Weinglas und prostete in meine Richtung. „Auf einen schönen, entspannten Abend."

Seinem Beispiel folgend, erhob ich ebenfalls das Glas und erwiderte: „Das klingt gut. Auf einen tollen Abend!"

Unser Essen verlief sehr schweigsam. Ich weiß nicht, ob es daran lag, dass wir beide sehr hungrig waren oder dass keinem von uns das passende Gesprächsthema für eine Unterhaltung einfiel. Wir waren schließlich Fremde füreinander und ich konnte ihn wohl kaum fragen, wie sein Tag verlaufen war. Trotzdem fühlte sich die Stille zwischen uns keinen Moment lang unangenehm oder peinlich an.

„Danke, für das sagenhafte Essen. Das Fleisch war wirklich punktgenau gebraten", lobte ich ihn, als ich aufgegessen hatte, stand auf und brachte das leere Geschirr zur Spüle. Ich ließ etwas warmes Wasser einlaufen und begann mit dem Abwasch - zum zweiten Mal an diesem Abend.

„Warten Sie, ich helfe Ihnen", meinte Mr. Rade. Er war mir gefolgt, schnappte sich das Geschirrtuch von der Arbeitsplatte und stand startklar neben mir, um das Geschirr abzutrocknen. „Freut mich, wenn es Ihnen geschmeckt hat."

„Das hat es", gab ich knapp zurück und unterstrich

dies mit einem dankbaren Lächeln, bevor ich an der Stelle anknüpfte, die für mich am meisten von Belang war. „Sie haben also vor einen ganzen Monat hier zu verbringen?"

„Ja, das war mein Plan. Und Sie? Was waren Ihre Pläne, bevor ich Sie durchkreuzt habe?", wollte er wissen und nahm den ersten Teller von der Abtropffläche.

„Ich wollte hier zwei Wochen verbringen", antwortete ich wahrheitsgemäß.

„Und wie sieht Ihr Plan B aus?"

„Ich habe keinen Plan B", gab ich zu. „Mit so einer Änderung habe ich nicht gerechnet. Ich werde zurückfahren, meine beste Freundin beim Probewohnen mit ihrem Freund stören und versuchen meinen Urlaub um vier Wochen zu verschieben."

„Können Sie das denn, den Urlaub so einfach verschieben, meine ich?"

„Ich hoffe es, bin mir aber nicht sicher. Es handelt sich um Resturlaub und angestaute Überstunden, die ich schon einige Zeit vor mir herschiebe. Meine Chefin drängt schon seit einer Weile darauf, dass ich endlich Urlaub nehme. Leider ging es bei mir in den letzten Monaten drunter und drüber, weshalb sich nie der passende Zeitpunkt ergab. Und jetzt wo ich ihn bitter nötig hätte... ach egal", brach ich ab. Ich fischte das letzte Messer aus der Spüle, legte es auf die Abtropffläche und zog den Stöpsel. Mir entging nicht, wie mich Mr. Rade von der Seite musterte, ließ mir aber nichts anmerken. Sorgfältig wischte ich die Arbeitsflächen ab, spülte das Tuch ein letztes Mal unter klarem Wasser aus und hängte es dann zum Trocknen über den Wasserhahn.

Ich ging zurück an den Esstisch, nahm mein noch halb volles Weinglas und machte es mir damit auf dem dunkelgrünen Dreisitzersofa bequem.

„Und was hat Ihre Freundin und deren Freund damit zu tun?", hakte Mr. Rade nach.

„Jane und ich wohnen zusammen und diese zwei Wochen sollten dazu dienen, um auszutesten, ob das Zusammenleben mit ihrem derzeitigen Freund Brain funktioniert. Es scheint sich etwas Ernstes zwischen den beiden zu entwickeln und ich habe ihr gesagt, sie solle diese Zeit als Testphase sehen."

„Verstehe!", murmelte er. „Und jetzt kommt durch mich alles durcheinander. Das tut mir wirklich leid."

„Das muss es nicht. Sie können am wenigsten dafür", versicherte ich ihm mit einem Lächeln und nippte an meinem Wein. „Wenn einer an der ganzen Misere Schuld trägt, dann ist es mein missratener Bruder", fügte ich hinzu, nachdem ich mein Glas wieder abgesetzt hatte.

„Darf ich wissen, was es mit Ihrem Bruder auf sich hat? Es hörte sich so an, als wäre da etwas Größeres im Argen." Er gesellte sich mit seinem eigenen Glas und einer neuen Flasche Wein zu mir. Statt auf dem Sessel Platz zu nehmen, setzte er sich ans andere Ende des Sofas. Mit ein paar geschickten Griffen öffnete er die Flasche, wandte sich mir zu und hob sie so, als wolle er mir noch etwas nachschenken.

Dankend, hob ich ihm mein Glas entgegen und ließ ihn auffüllen. Ich nahm gleich einen Schluck - der Wein war wirklich ausgesprochen gut - lehnte mich seufzend zurück und entschied mich, ihm die Wahrheit zu erzählen, auf dass er sich in Zukunft von meinem

Bruder fernhielt. Zudem hatte er ohnehin schon genug mitbekommen, da kam es auf das bittere Ende auch nicht mehr an. „Mein Bruder ist in seiner Jugend in die falschen Kreise geraten", begann ich zu erzählen. „Er fing an zu stehlen und sich mit äußerst kuriosen Typen herumzutreiben. Zwischenzeitlich steckt er so tief drin, dass es mich nicht wundern würde, wenn er irgendwann im Gefängnis landet. Bis jetzt hatte er Glück. Er kam einmal als Jugendlicher mit Sozialstunden davon, weil er beim Stehlen erwischt wurde. Das andere Mal bekam er ein Jahr auf Bewährung, wegen leichter Körperverletzung. Er war in eine Schlägerei in einer Kneipe verwickelt worden. Aber ich befürchte, dass ihn sein Glück bald verlässt."

„Oh, das klingt nicht so gut", meinte er mitfühlend. „Sie haben auch etwas von einer Sucht gesagt, als Sie mit ihm telefonierten", bohrte er weiter.

Ich nahm noch einen Schluck Wein, bevor ich antwortete. Dieser half zwar nicht gegen das Gefühl der Enttäuschung, wenn ich an meinen Bruder dachte, beruhigte mich aber ein wenig. „Ja, da haben Sie richtig gehört. Mein Bruder ist Spielsüchtig. Er tut alles, um an Geld zu kommen und so wie er es in die Finger bekommt, verzockt er es am nächsten Pokertisch. Deshalb auch die Schlägerei. Es ging um Geld, das er bei einem Kartenspiel verloren hatte."

„Das heißt, alles was er tut, also das Stehlen und all das, tut er um an Geld zu kommen, welches er dann sowieso nur verbrät?", fasste er nochmal zusammen und sah mich fragend an.

„Korrekt!", bestätigte ich.

„Warum lässt er sich nicht helfen? Er könnte doch eine Therapie beginnen", schlug Mr. Rade vor.

Wie oft ich das schon gehört hatte, doch auch dieses Mal blieb mir nur, müde den Kopf zu schütteln. „Wir, meine Eltern und ich, hätten ihm gerne geholfen. Aber er will sich nicht helfen lassen. Er behauptet voller Überzeugung, dass er kein Suchtproblem hätte. Und wenn man ihn auf seine Diebstähle und linken Geschäfte anspricht, lacht er nur darüber. Manchmal kommt es mir so vor, als würde er das alles für einen großen Witz halten. Er hat wohl jegliche Verbindung zur Realität verloren und lebt in seiner eigenen kleinen Welt." Ich starrte in mein Glas und ließ die dunkelrote Flüssigkeit langsam darin kreisen. „Haben Sie Geschwister?", wollte ich wissen und sah ihn abwartend an.

„Nein. Ich bin ein Einzelkind, worüber ich bei so einer Geschichte ganz froh bin", gestand er.

Ich winkte ab. „Geschwister müssen nicht grundlegend schlecht sein. Ich hatte einfach Pech. Meine Freundin hat zwei ältere Brüder und sie verstehen sich alle super. Es ist vermutlich einfach Schicksal, wenn so etwas geschieht. Der Lauf der Dinge, verstehen Sie?"

„Ja, ich denke, ich weiß was Sie meinen. Auch wenn ich zugeben muss, dass ich etwas überrascht bin, das von einer so kleinen Frau zu hören."

Ich sah ihn verdutzt an. Was hatte das denn mit meiner Größe zu tun.

Als könne er meine Gedanken lesen, fügte er hinzu: „Verstehen Sie mich nicht falsch, aber ich habe in meinem Leben bis jetzt nur wenige selbstbewusste Frauen getroffen, die so viel Stärke besitzen und jedes noch so große Problem mit Verstand und Gelassenheit behandeln, so, wie Sie es gerade tun. Und diese waren wesentlich größer als Sie es sind", meinte er mit einem frechen Grinsen.

Ich begann zu lachen. „Sie wissen aber schon, dass die Größe nichts über den Charakter aussagt."

„Durchaus, allerdings wollen Frauen von uns Männern doch immer beschützt werden, zumindest glauben wir das. Je kleiner und zerbrechlicher eine Frau ist, umso größer ist der Hang dazu, dass sie beschützt werden wollen."

Diese Unterhaltung ging plötzlich in eine sonderbare Richtung.

„Wirklich interessant zu erfahren, was in den Köpfen der Männer so vor sich geht. Und in einer gewissen Weise ist es wirklich süß, aber ich habe es aufgegeben, mich von Männern beschützen zu lassen, und verlasse mich lieber auf mich selbst. Zudem habe auch ich meine schwachen Zeiten, in denen mich meine Stärke verlässt", gab ich zu, behielt aber für mich, dass ich mich im Moment von so einer Phase zu erholen versuchte.

„Sehen Sie, genau das meine ich. Diese Entschlossenheit alles alleine zu meistern. Sie wirken nach Außen sehr selbstsicher und gelassen, was man von so einer kleinen Person wie Ihnen einfach nicht erwartet. Davor ziehe ich meinen Hut." Er machte eine Geste, als würde er einen unsichtbaren Hut vom Kopf heben und senkte für eine Sekunde sein Haupt, bevor er hinzufügte: „Und hat nicht jeder mal einen miesen Tag?!"

„Wie Sie wohl vorhin mitbekommen haben, bin ich nicht immer gelassen", erinnerte ich ihn mit einem schiefen Grinsen an das Telefonat mit meinem Bruder. „Also bewundern Sie mich nicht zu sehr."

„Ich würde behaupten, dass dieser Ausbruch an Emotionen, für das, was Ihr Bruder vermutlich schon alles angestellt hat, sehr bescheiden war. Außerdem sitzen Sie nun hier und lächeln wieder. Andere hätten sich vermutlich den Rest des Abends in ihrem Bett vergraben und sich die Augen ausgeheult." Mr. Rade hob das Glas und forderte mich zum Anstoßen auf. „Auf Sie und Ihre selbstbewusste Art mit Problemen umzugehen."

Mir stieg eine leichte Hitze ins Gesicht und ich befürchtete etwas rot zu werden, weil ich es nicht gewohnt war, von einem wildfremden Mann mit Komplimenten zu meiner Lebenseinstellung überschüttet zu werden.

Natürlich hatte er recht damit, dass ich Probleme nahm wie sie kamen. Diese Einstellung hatte ich meiner Mutter zu verdanken, die wohl in Sachen Problembewältigung der gelassenste Mensch war, den ich je kannte. Leider starb sie vor vier Jahren. Doch sie hatte mir, in unserer gemeinsamen Zeit, viel mit auf den Weg gegeben. Trotz ihres guten Vorbilds, war ich bei weitem nicht so gut darin, wie meine Mutter es gewesen war. Denn im Gegensatz zu ihr, fiel es mir hin und wieder schwer, die Fassung zu wahren. Glücklicherweise besaß ich das Talent, meine Emotionen in den meisten Fällen zu verstecken. Aber wie es in mir drin aussah, war in solchen Momenten eben eine andere Sache. Doch zumindest sorgten sich so die Menschen in meinem Umfeld nicht um mich und glaubten, es würde mir gut gehen.

Etwas verlegen strich ich mir eine Haarsträhne hinter mein Ohr und erwiderte Mr. Rades Geste. Nachdem ich einen Schluck getrunken hatte, drehte ich das Frage-Antwortspiel um. „Was hat Sie hierher verschlagen?", wollte ich wissen. „Nach Urlaub sieht das nicht gerade aus", fügte ich hinzu und nickte mit dem Kopf in Richtung der Leinwände, die an der Wand lehnten.

„Ich wollte mir eine kleine Auszeit gönnen. Womöglich steht mir eine lebensverändernde Zeit bevor und ich dachte, es wäre vermutlich ganz sinnvoll, zuvor noch einmal durchzuatmen und sich seelisch darauf vorzubereiten. Wobei ich bezweifle, mich wirklich darauf vorbereiten zu können. Gleichzeitig habe ich gehofft, mich würde hier draußen die Muse küssen. Nur leider war auch das bis jetzt nicht der Fall. Ich bin zwar erst seit drei Tagen hier und habe bis heute an Bildern gearbeitet, die noch nicht ganz vollendet waren, doch allmählich wäre es schön, wenn meine Kreativität zurückkommen würde", erzählte er.

„Darf ich mir Ihre Gemälde mal ansehen?", fragte ich vorsichtig, da ich nicht neugierig wirken wollte.

„Nur zu. Sie werden ohnehin nicht mehr lange vor den Augen der Öffentlichkeit verborgen bleiben, da diese nun fertig sind."

Ich stellte mein Glas auf dem kleinen ovalen Couchtisch ab, erhob mich und lief zu den Bildern, die mit der Vorderseite an die Wand gelehnt waren. „Wo verkaufen Sie Ihre Bilder?"

„Ein Freund von mir besitzt in Seattle eine Galerie, wo er meine Bilder ausstellt und verkauft. So kann ich entspannt malen und muss mich nicht um das Geschäftliche kümmern."

„Das klingt toll", gab ich zu. „Leben Sie in Seattle?"

„Ja. Ich bin dort geboren und aufgewachsen."

„Und, sind Sie sehr erfolgreich?"

Er lachte auf. „Na ja, mit Van Gogh kann ich nicht mithalten, aber ich kann gut davon leben", gestand er.

Vorsichtig griff ich nach der ersten Leinwand und drehte sie herum. Das Skyline-Gemälde von Seattle ließ mich aufkeuchen. Ich erkannte die Stadt, durch den Space Needle, der die Mitte des Bildes einnahm, sofort. „Du liebe Güte, das ist ja traumhaft. Wo haben Sie so malen gelernt?", wollte ich wissen.

„Das wurde mir in die Wiege gelegt. Mein Vater und mein Großvater waren ebenfalls Künstler. Ich habe zwar eine Kunstschule besucht, aber lediglich, um meine Technik zu verfeinern."

„Das ist unglaublich. Ich habe selten so lebendige Gemälde gesehen."

„Danke, aber glauben Sie mir, die Konkurrenz ist groß."

Da ich davon keine Ahnung hatte, ließ ich diese Aussage unkommentiert. Auf dem nächsten Bild war ein alter Mann auf einer Parkbank zu sehen, der die Tauben um sich herum fütterte. „Haben Sie einen gewissen Schwerpunkt, was Sie am liebsten malen?", bohrte ich weiter.

„Eigentlich nicht. Meine Bilder sind abhängig von der Stimmung, in der ich mich gerade befinde", erklärte er mir.

Mein Blick blieb an einem Bild hängen, das mich etwas Verlegen machte. Trotzdem faszinierte es mich. Die Frau auf dieser Leinwand war nackt und wurde nur von einem durchscheinenden Tuch verdeckt. Sie saß seitlich auf einem Sessel und hatte einen verträumten

Blick, als würde sie sich an etwas Schönes erinnern. Sie war so unsagbar hübsch, dass vermutlich viele Frauen bei ihrem Anblick vor Neid grün geworden wären. „Die Frau auf diesem Bild, existiert sie wirklich oder ist sie nur ein Abbild Ihrer Fantasie?", fragte ich und biss mir im nächsten Moment auf die Zunge. Es ging mich doch gar nichts an, wer sie war. Wie kam ich nur dazu, eine so persönliche Frage zu stellen?

„Sie existiert. Sie ist eine Freundin", antwortete er.

„Sie ist sehr hübsch."

„Zoe ist durchaus sehr schön, aber Schönheit allein ist oft nicht alles, was einen Menschen ausmacht", erwiderte er und sah mir in die Augen.

Indem ich die Leinwände wieder auf ihren Platz stellte, versuchte ich seinem Blick, den ich nicht zuordnen konnte, auszuweichen. „Diese Aussage ist mit Sicherheit korrekt, allerdings sieht die Realität anders aus. Ich glaube kaum, dass Sie in einer Bar eine unbedeutende Frau, die nicht Ihrer optischen Vorstellung entspricht, ansprechen würden, egal wie gut ihr Herz oder ihr Charakter wäre. Das würden Sie in diesem Fall sowieso nie erfahren", konterte ich, kehrte auf meinen Platz auf dem Sofa zurück und griff nach meinem Weinglas.

„Jetzt fühl ich mich in die Enge getrieben", gab er mit einem Grinsen zu. „Sind wir uns schon mal begegnet oder woher kennen Sie meine Marotten so gut?"

Ich lachte. „Tja, ich vermute, das liegt daran, dass Sie nicht der einzige Mensch mit dieser Marotte sind."

„Mmmh, vielleicht haben Sie mir gerade dazu verholfen, mir über meine Marotten Gedanken zu machen und etwas daran zu ändern."

„Sollte das so sein, hoffe ich, dass diese Veränderung hilfreich für Sie sein wird."

„Das werde ich dann sehen", meinte er, nahm einen Schluck Wein und sah mich über den Rand seines Glases hinweg unentwegt an.

Sein Blick machte mich nervös und ließ eine ungeahnte Hitze in mir aufsteigen. Woher dieses plötzliche Empfinden kam, war mir völlig unklar, aber irgendwas in mir wünschte sich in dem Moment, er würde mich an sich ziehen und küssen. Wie verrückt war das denn? Dieser Mann war für mich ein völlig Fremder und vermutlich kam diese innere Hitze von dem Wein den ich getrunken hatte, weshalb ich versuchte, diese seltsamen Gefühle beiseitezuschieben.

Es war schon spät und ich spürte, wie mir allmählich die Müdigkeit in die Glieder kroch. Der Tag war lang und anstrengend gewesen und da ich morgen schon wieder zurückfahren würde, sollte ich mich wohl besser hinlegen, um vor meiner Abreise noch genügend Schlaf zu bekommen. Deshalb leerte ich den Rest meines Weines in einem Zug, stellte mein leeres Glas wieder ab und erhob mich. „Ich werde mich jetzt schlafen legen. Danke, für das Essen und den angenehmen Abend."

„Ich habe zu danken. Als ich heute Morgen aufgestanden bin, hätte ich nicht erwartet, den Abend in so netter Gesellschaft zu verbringen", entgegnete er.

„Dann hatten wir ja beide etwas davon", sagte ich und schritt auf mein Zimmer zu. „Schlafen Sie gut, Mr. Rade. Und falls wir uns morgen früh nicht mehr sehen sollten, da ich vorhabe beizeiten aufzubrechen, wünsche ich Ihnen noch einen angenehmen Aufenthalt."

„Danke! Ebenfalls angenehme Träume und eine gute Heimfahrt."

Ich schenkte ihm ein letztes freundliches Lächeln, bevor ich durch meine Tür verschwand und sie hinter mir schloss.

***

Was für ein angenehmer Abend, dachte Christopher, während er sich nun ebenfalls erhob, sich die Gläser und die Weinflasche griff und alles in die Küche trug. Er wusste nicht, wann er zuletzt einen so entspannten Abend ohne Zwang und bei einer netten Konversation verbracht hatte. Stella war wirklich eine außergewöhnlich sympathische Frau mit der man sich gern unterhielt. Sie war freundlich, aufgeweckt und hatte auch einen gewissen Reiz, der erst richtig zu Tage kam, wenn man sie näher kennenlernte.

Ihm kam wieder ihre Bemerkung in den Sinn, dass viele nur nach der Optik gingen. Verdammt, auch in diesem Punkt hatte sie so recht. Wäre sie ihm auf der Straße begegnet, hätte er vermutlich keinen Blick an sie verschwendet. Sie war keineswegs hässlich, stach aber auch nicht aus der Menge, so wie die Frauen mit denen er sich sonst verabredete. Dabei war sie mit Sicherheit ein Date wert. Sie war auf eine unauffällige und natürliche Art hübsch und hatte etwas an sich, das ihn mit jeder Stunde mehr faszinierte. Er hatte diesen Abend wirklich sehr genossen und spürte eine leichte Enttäuschung, wenn er daran dachte, dass sie morgen nicht mehr da sein würde. Tja, aber so war das im Leben. Menschen kamen und Menschen gingen. Manche traf man nur für einen Augenblick, andere für länger, doch die wenigsten blieben für ein ganzes Leben. Um einige Personen war es nicht besonders schade und man bemerkte kaum, dass sie vom Zug des Lebens abgesprungen waren. Andere hingegen vermisste man schmerzlich. Und dann gab es noch die, bei denen man sich fragte, was daraus geworden wäre, wenn sie einem erhalten geblieben wären. Er zählte Stella eindeutig zu der letzten Kategorie.

Seufzend lief er durch den Raum, wobei man nur das Geräusch seiner nackten Füße, die auf den hölzernen Boden auftrafen, hörte und versuchte den Gedanken zu verdrängen. Es hätte ohnehin keinen Sinn, sich darüber Gedanken zu machen. Stella würde morgen abreisen und somit so schnell aus seinem Leben verschwinden wie sie aufgetaucht war. Vermutlich war es auch besser so. Er sollte sich lieber um die Dinge kümmern, die ihm derzeit Kopfzerbrechen bereiteten, und nicht noch zusätzlich Gedanken über eine völlig fremde Frau machen.

Vor seiner Zimmertür löschte er das Licht im Raum und ging in sein Schlafzimmer. Es war still geworden, was vermuten ließ, dass Stella schon in ihrem Bett lag. Seltsamerweise störte ihn diese Stille heute und ihm wurde klar, dass es morgen ebenso still sein würde. Jedoch schon viel früher, beziehungsweise den ganzen Tag, wie schon am Tag zuvor, und den davor. Warum störte er sich plötzlich daran? War er nicht hierhergekommen, um seine Ruhe zu haben?!

Verwundert über sich selbst und seine wirren Gedanken zog er sich aus, schlüpfte unter seine Bettdecke und schloss die Augen. Er würde an etwas Schönes denken und versuchen einzuschlafen. Nur seltsam, dass dieses Schöne Stella war, deren Bild vor seinem inneren Auge aufblitzte und nicht mehr verschwinden wollte.

KAPITEL 4

Die leise Melodie der Weckfunktion meines Handys, die ich am Vorabend aktiviert hatte, riss mich aus dem tiefen, traumlosen Schlaf. Ich hatte ganz vergessen, wie gut ich bei frischer Bergluft schlief. Vermutlich hatte ich seit meinem letzten Aufenthalt vor eineinhalb Jahren nicht mehr so gut geschlafen wie vergangene Nacht. Die Sonne ging bereits auf, deren Licht sich durch die Fensterläden drängte und das Zimmer leicht erhellte. Ich streckte mich ausgiebig, setzte mich auf und rieb mir den Schlaf aus den Augen.

Es war sehr schade, dass ich heute schon wieder zurückfahren musste, doch zu dieser Jahreszeit war in Lake Louise Hauptsaison und es wäre unmöglich so kurzfristig ein Zimmer zu bekommen. Dazu noch ein erschwingliches. Völlig ausgeschlossen! Natürlich könnte ich Josh fragen, ob ich noch für ein paar Tage bei ihm unterkommen könnte. Doch ich kannte seine kleine Dachgeschosswohnung und wenn ich mir mit ihm nicht das Bett teilen wollte, was auf keinen Fall in Frage kam, dann musste einer von uns auf dem winzigen Sofa schlafen. Das wollte ich keinem von uns beiden zumuten, weshalb auch das nicht zur Debatte stand. Im Stillen beschloss ich, nicht weiter darüber nachzudenken. Ich würde einfach zurückfahren und versuchen meinen Urlaub auf nächsten Monat zu verlegen. Jane würde sich bestimmt freuen, wenn wir zur gleichen Zeit Urlaub hätten. Dann könnten wir gemeinsam hierherfahren und unseren Urlaub zusammen genießen. Einfach positiv denken, dachte ich und stand auf.

Entschlossen ging ich ins Bad und machte mich frisch für den Tag. Als ich kurz darauf das Wohnzimmer durchquerte, um in der Küche Kaffee aufzusetzen, fiel mir auf, dass die Haustür offenstand. Zudem roch es bereits nach frisch gekochtem Kaffee. Es war mucksmäuschenstill. Nur das Zwitschern der Vögel drang von draußen herein. Ich trat durch die Tür auf die Veranda und fand den Grund für die offene Tür sitzend auf der Hollywoodschaukel vor.

„Guten Morgen. Sie sind aber schon früh auf", meinte Mr. Rade mit einem fröhlichen Lächeln auf den Lippen.

„Guten Morgen. Das könnte ich über Sie ebenfalls sagen", erwiderte ich und lehnte mich gegen den Türrahmen. „Ich hätte nicht gedacht, Sie vor meiner Abreise noch einmal zu sehen."

„Ach, ich konnte nicht mehr schlafen. Zu viele Gedanken in meinem Kopf, wenn Sie verstehen was ich meine."

Ich nickte und blickte über die Berggipfel, die so erhaben in der Ferne aufragten. Die ersten Strahlen der Morgensonne setzten die Gipfel wie Scheinwerfer gekonnt in Szene.

„Wie wäre es, wenn Sie sich einen Kaffee holen und sich zu mir gesellen? Auf dieser außergewöhnlich gemütlichen Schaukel ist auch Platz für zwei Personen", schlug er vor.

„Das klingt verlockend. Aber nur für kurz. Schließlich habe ich noch eine ganz schöne Strecke vor mir und keine Lust, wieder in den heftigsten Verkehr zu geraten."

„Genau darüber wollte ich mit Ihnen sprechen."

„Über den Verkehr?", fragte ich verwundert.

„Nein, über Ihre Rückreise. Aber holen Sie sich zuerst Ihren Kaffee."

Ich sah ihn verwirrt an, drückte mich dann aber vom Türrahmen ab und lief in die Küche, um mir einen Kaffee zu organisieren. Nachdem mein Kaffeebecher mit der leckeren Flüssigkeit gefüllt war, goss ich noch Milch hinzu, versenkte zwei Löffel Zucker darin und kehrte damit zu Mr. Rade auf die Veranda zurück, wo ich neben ihm auf der Schaukel Platz nahm. Zufrieden lehnte ich mich zurück, trank einen großen Schluck aus meinem Becher und atmete tief durch.

Ich liebte die frühen Morgenstunden in den Bergen. Die Luft war noch kühl, aber es würde ein schöner, warmer Tag werden, der geradezu dafür gemacht war, sich im Freien aufzuhalten. Viele Menschen würden heute wieder die Berggipfel stürmen oder mit dem Boot auf den Lake Louise fahren. Mountainbiken war hier auch sehr beliebt. Oder man ging in den Felswänden der Berge klettern. Lake Louise hatte, was Freizeitaktivitäten anging, viel zu bieten. Doch in dessen Genuss würde ich fürs Erste leider nicht kommen.

„Es ist wirklich schön hier", riss mich Mr. Rade aus meinen Gedanken.

„Ja, das ist es. Ich liebe dieses Panorama. Diese friedliche Stille am Morgen. So, als müsste die ganze Gegend erst aus einem tiefen Schlaf erwachen", stimmte ich zu.

„Das trifft es ganz gut und man sieht es Ihnen an, dass Sie diesen Ort lieben", stellte er fest.

„Ach wirklich? Ist das so offensichtlich?", fragte ich. Er nickte.

„Tja, das tue ich tatsächlich. Ich würde ihn als mein zweites Zuhause beschreiben. Ich habe so viel Zeit mit meiner Familie hier verbracht, dass ich mich mit diesem Ort besonders verbunden fühle."

„Wo ist der Rest Ihrer Familie, Ihren Bruder ausgenommen?"

„Meine Mutter lebt nicht mehr und mein Vater sitzt mit Demenz in einem Pflegeheim."

„Das tut mir leid."

„Mir auch, aber es ist leider nicht zu ändern", erwiderte ich mit einem kurzen Seitenblick in seine Richtung, bevor mein Blick wieder zu den Bergen glitt. „Ich habe versucht die Pflege zu übernehmen und mich um ihn zu kümmern, aber dann hat sich sein Zustand immer mehr verschlechtert. Irgendwann war es so schlimm, dass ich ihn nicht mehr hätte allein lassen können. Da ich arbeiten muss, blieb mir nichts anderes übrig, als ihn in einem Heim unterzubringen, was mir wirklich sehr schwer fiel. In der Zwischenzeit ist seine Erkrankung schon ziemlich fortgeschritten."

„Was verstehen Sie unter fortgeschritten?", hakte er nach.

„Mein Vater erkennt mich nicht mehr. Er weiß nicht mehr, wer ich bin und vergisst immer mehr." Ich blinzelte die Tränen weg, die mir bei dem Gedanken an meinen Vater in die Augen traten.

„Das muss schwer für Sie sein", erkannte er.

„Ja, sehr sogar. Das ist auch einer der Gründe, warum ich hierhergefahren bin. So kann ich ihm nahe sein ohne den verwirrten Mann vor mir zu haben, der mich nicht mehr kennt und dem ich jedes Mal aufs Neue erklären muss, dass ich seine Tochter bin."

„Einer der Gründe?", wiederholte er in einem fragenden Ton und sah mich abwartend an. Als ich nicht reagierte und weiter die Berge anstarrte, als hätte ich ihn nicht gehört, fügte er hinzu: „Was für ein Grund hat Sie noch hierhergeführt?"

Ich hielt es für unpassend ihm hier und jetzt mein Herz auszuschütten. Zudem würde ich ohnehin gleich abreisen und ihn nie wiedersehen, weshalb ich abblockte.

„Hören Sie, Mr. Rade, es wird Zeit, dass ich aufbreche. Danke für den Kaffee und dass ich letzte Nacht hier schlafen konnte. Ich werde jetzt meine Sachen packen und verschwinden."

„Warten Sie", meinte er, als ich aufspringen wollte und hielt mich an meinem Arm zurück. „Darüber wollte ich noch mit Ihnen reden. Ich habe letzte Nacht, beziehungsweise heute Morgen, über unsere Situation nachgedacht. Warum bleiben Sie nicht einfach hier. Die Hütte bietet genug Platz für uns beide und wir scheinen ganz gut miteinander auszukommen. Es wäre doch unsinnig, wenn Sie nur wegen dem Mist, den Ihnen Ihr Bruder eingebrockt hat, wieder abreisen. Mich würde es auf jeden Fall nicht stören, wenn wir uns hier zusammen aufhalten. Vorausgesetzt natürlich, Sie stören sich nicht an meiner Anwesenheit."

Ich blickte ihn überrascht an. Mit diesem Vorschlag hatte ich nun wirklich nicht gerechnet und war etwas überrumpelt. Andererseits wäre das zumindest eine Möglichkeit, meinen Urlaub, den ich so dringend nötig hatte, doch noch zu genießen. Es hatte mich schließlich schon beim Aufstehen gewurmt, dass ich wieder abreisen musste und der Gedanke doch hier bleiben zu können, löste ein Hochgefühl in mir aus. „Und Sie sind sicher, dass Ihnen das Recht ist? Ich meine, Sie haben schließlich für diese Hütte bezahlt. Es wäre Ihr gutes Recht, wenn Sie auch Ihren Anspruch darauf geltend machen würden", hakte ich vorsichtshalber nach.

„Da stimme ich Ihnen zu. Das habe und könnte ich. Aber lassen wir doch die Kirche im Dorf. Im Prinzip sind wir beide auf die Machenschaften Ihres Bruders hereingefallen. Warum sollten wir auch nicht gemeinsam das Beste daraus machen?!", meinte er und schenkte mir ein aufrichtiges Lächeln.

Ich musste lachen. „Die Kirche im Dorf lassen, das ist eine nette Formulierung", bemerkte ich.

„Meine Großmutter hat das immer zu mir gesagt und irgendwie ist das haften geblieben", gab er schmunzelnd zu.

Da ich keinen Grund sah, sein Angebot abzulehnen, stimmte ich freudestrahlend zu. „Unter diesen Umständen, bleibe ich sehr gerne hier. Ich werde auch versuchen, Sie nicht bei Ihrer Arbeit zu stören. Und sollten wir uns in ein paar Tagen doch gegenseitig auf den Keks gehen, kann ich ja immer noch abreisen."

„Das wird bestimmt nicht nötig sein. Und stören werden Sie mich auch nicht, keine Sorge. Allerdings hätte ich noch eine kleine Bedingung."

Jetzt kommt's, dachte ich.

„Lassen Sie uns zum Du übergehen. Wenn wir die nächsten zwei Wochen hier gemeinsam verbringen, sollten wir das dämliche Siezen sein lassen."

„Na, wenn es weiter nichts ist", sagte ich und ließ

mich wieder gegen die Rückenlehne sinken. „Danke, dass du das tust. Ich weiß es wirklich sehr zu schätzen."

„Nichts zu danken. Es ist ja schließlich deine Hütte", erwiderte er.

„Ja, eigentlich schon. Ich denke, ich werde zur Sicherheit das Schlüsselversteck aufheben. Es reicht schließlich, wenn Josh und ich einen Schlüssel besitzen. Dann bleiben mir hoffentlich künftig solche Überraschungen erspart", überlegte ich laut und erntete von Christopher ein zustimmendes Nicken.

„Durchaus ein sinnvoller Gedanke. Bevor dein Bruder nochmal auf so eine Idee kommt." Er schwieg kurz und fügte dann hinzu: „Ist Josh dein Freund?"

„Nein, er ist nur ein Freund. Ich bin Single."

***

Seltsamerweise verspürte Christopher so etwas wie Erleichterung, als sie ihm gestand, Single zu sein. Dabei war sie doch eigentlich völlig uninteressant für ihn. Sie entsprach nicht im Ansatz der Sorte Frau, zu der er sich sonst hingezogen fühlte und doch spürte er eine gewisse Anziehungskraft. Außerdem freute er sich darüber, dass sie zugestimmt hatte, hierzubleiben. Wie verrückt war das denn? Er freute sich, Zeit mit einer Fremden zu verbringen, die ihn körperlich eigentlich überhaupt nicht reizen sollte, es aber trotzdem tat. Sie hatte ihn am Vorabend schon fasziniert, was er nicht so richtig verstehen konnte und jetzt freute er sich auch noch auf die gemeinsame Zeit, die vor ihnen lag. Aber warum?

Da sie ihren Blick in die Ferne gerichtet hatte, nutzte

er den unbeobachteten Moment und ließ seine Augen an ihr hinabwandern. Ihr Gesicht war schmal und wurde von den fransig geschnittenen, schulterlangen Haaren umspielt, das sie heute offen trug. Es glänzte verführerisch und lockte ihn, seine Hände darin zu vergraben, um zu testen, ob es sich so weich anfühlte wie es aussah. Ihre Augen waren dunkle tiefe Seen, die verträumt glitzerten, wenn sie so gedankenverloren war. Auf ihrer kleinen Stupsnase tummelten sich einige Sommersprossen. Die zart roten Lippen waren voll und das Lippenherz sehr ausgeprägt. Dieser Mund war geradezu dafür gemacht, um ihn zu küssen.

Christopher ließ seinen Blick weiter nach unten gleiten. Unter ihrem weißen enganliegenden Shirt zeichneten sich ihre wohlgeformten Brüste ab. Der flache Bauch, ging in eine lässig geschnittene Jeans über. Diese verbarg ihren prallen Po und die weiblich gerundeten Hüften. Ihre schlanken Beine hatte sie übereinandergeschlagen, welche von zwei kleinen Füßen getragen wurden, die heute in einfachen weißen Sportschuhen steckten.

Während er sie so betrachtete, musste er sich eingestehen, dass sie durchaus attraktiv war. Auch wenn man es bei ihr erst auf den zweiten Blick bemerkte. Es war eher eine unauffällige Attraktivität, die durch ihre schlichte Kleidung und das natürliche Erscheinungsbild, nicht sofort ins Auge stach.

In seiner Vergangenheit hatte er sich immer mit großen, schlanken Frauen abgegeben, die Wert auf ihr Äußeres legten und die ihre Freizeit am liebsten im Schönheitssalon verbrachten. Rot geschminkte Lippen, pedikürte Nägel, tief ausgeschnittene Oberteile mit Blick auf ein tiefes Dekolleté war ihr Markenzeichen. Kurze Röcke und High Heels waren an der Tagesordnung und diese natürlich nur von namhaften Designern. Hatte sich eine Haarsträhne gelockert oder die Schminke war verwischt, wurde in die nächstbeste Spiegelbude gerannt, um alles wieder in seinen perfekten Zustand zurückzuversetzen. Keine von ihnen wäre auf die Idee gekommen, ihren Urlaub in den Bergen in einer Hütte zu verbringen. Vielleicht, wenn es sich um ein fünf Sterne Luxusresort gehandelt hätte, aber selbst das hätte dann wohl eher an einem weißen Sandstrand stehen müssen, umgeben von Palmen und angrenzend an einen türkisblauen Ozean.

Ein Auto fuhr vor und riss Christopher aus seinen Gedanken. Der dunkelgraue Jeep hielt direkt vor der Veranda und ein schlanker, gutaussehender Mann mit blondem, kurz geschnittenem Haar stieg aus.

***

Ich freute mich riesig, als ich erkannte, wer da aufs Grundstück gefahren kam. Josh war ausgestiegen und hielt freudestrahlend auf mich zu. Ich sprang auf, stellte meinen Kaffeebecher auf dem Boden ab und rannte auf ihn zu, um ihn zu begrüßen. „Josh, wie schön dich zu sehen." Mit diesen Worten fiel ich ihm um den Hals und küsste ihn herzhaft auf die Wange.

„Hallo Süße. Ich wäre schon gestern Abend vorbeigekommen, aber wir hatten eine Nachtwanderung mit einer Gruppe von Teenagern auf dem Plan. Da wurde es zu spät. Aber wie ich sehe, hast du dir Gesellschaft mitgebracht", stellte er fest, während er mich an sich drückte und Christopher einen fragenden Blick zuwarf.

Ich rückte von Josh ab und erklärte: „Es ist nicht so wie es aussieht. Das ist Christopher und ich kenne ihn selbst erst seit gestern Abend. Christopher, das ist mein alter Freund Josh."

Christopher erhob sich, trat auf uns zu und reichte Josh die Hand. „Freut mich Sie kennenzulernen. Sie sind also der Mann, der sich sonst um die Hütte kümmert", stellte er fest.

Josh nickte und erwiderte: „Ja, der bin ich. Sie scheinen mehr von mir zu wissen, als ich von Ihnen."

„Sieht wohl so aus", bestätigte er und machte nicht den Eindruck, als wolle er des Rätsels Lösung lüften. Im Gegenteil. Die beiden Herren standen einander gegenüber und musterten sich abschätzend, als wären sie in das Revier des jeweils anderen eingedrungen, was ich mehr als seltsam fand. Aber wer musste schon Männer und ihr eigenartiges Verhalten verstehen. Darum übernahm ich es, die Situation aufzuklären. „Mein Bruder hat uns das eingebrockt."

„Nat? Was hat er jetzt schon wieder angestellt?", hakte Josh nach.

„Er hat meine Hütte ohne mein Einverständnis oder Wissen an Christopher vermietet und dafür eintausend Dollar in bar kassiert."

„Oh! Ich darf mal raten und tippe darauf, dass er das Geld verprasst hat."

„Der Kandidat hat hundert Punkte", gab ich mit einem freudlosen Lächeln zurück und strich mir mein Haar hinters Ohr. „Komm", meinte ich und nahm ihn bei der

Hand, „lass uns reingehen und zusammen einen Kaffee trinken. Oder musst du gleich wieder los?"

„Circa zwanzig Minuten hätte ich noch Zeit, bevor ich mich wieder auf den Weg machen muss", erwiderte er und ließ sich von mir nach drinnen ziehen.

Josh setzte sich an den Esstisch, wo auch Christopher Platz nahm. Unterdessen besorgte ich eine Tasse Kaffee für Josh – natürlich schwarz, so wie er ihn mochte – und stellte die Tasse vor ihm ab.

„Danke Süße! Jetzt erzähl mal. Wie geht es dir? Hast du dich von dem Schock und Mason etwas erholt?", wollte er wissen und schnitt damit ein Thema an, über das ich im Moment am wenigsten reden wollte. Schon gar nicht in Christophers Beisein.

„Es geht mir den Umständen entsprechend. Ich komme zurecht. Mach dir keine Sorgen um mich", versicherte ich ihm und hoffte, dass ihm das genügen würde, um das Thema wieder fallen zu lassen.

„Ich kann noch immer nicht fassen, dass dieser Mistkerl dich deshalb einfach sitzen gelassen hat. Und so jemanden habe ich mal als meinen Freund bezeichnet. Hätte ich ihn dir nicht vorgestellt, hätte er..."

Ich unterbrach in rüde mitten in seinem Satz. „Lass es gut sein Josh. Es ist passiert, vorbei und erledigt."

„Um wen geht es, wenn ich fragen darf", wollte Christopher wissen.

Ich stöhnte innerlich, weil anscheinend niemand gewillt war, dieses Thema ruhen zu lassen. Deshalb antwortete ich kurz und knapp: „Mein Ex- Freund über den ich jetzt nicht mehr nachdenken, geschweige denn reden möchte."

Josh griff nach meiner Hand und strich tröstend mit dem Daumen über meinen Handrücken, was Christopher mit einem seltsamen Blick verfolgte.

Ich versuchte das Thema zu wechseln. „Übrigens soll ich dir liebe Grüße von Jane ausrichten", meinte ich und entzog Josh ganz beiläufig meine Hand.

„Danke, auch wenn ich es ihr immer noch verüble, dass sie mich abserviert hat", meinte er mit gespielter Niedergeschlagenheit.

„Ach, komm schon. Ich will nicht wissen, wie viele Schneehäschen du dir nach Jane noch ins Bett geholt hast, du Casanova", piesackte ich ihn.

„Erwischt, aber was kann ich dazu, dass einfach noch nicht die Richtige dabei war", jammerte er.

„Immer wieder beruhigend zu hören, dass es noch Leidensgenossen gibt", klinkte sich Christopher in das Gespräch ein.

„Warum, sind Sie auch noch ungebunden?", hakte Josh nach.

Christopher nickte.

„Ein Fluch und ein Segen zugleich. Einerseits hat man alle Freiheiten der Welt und kann tun und lassen was und mit wem man will. Andererseits gibt es immer häufiger den Moment, an dem ich mich frage, ob es das ist, was mir genügt", erläuterte Josh sein Singledasein.

„Und, bist du schon zu einer Erkenntnis gekommen?", wollte ich wissen.

„Ehrlich gesagt, ja. Ich wünsche mir die Frau fürs Leben. Eine neben der ich jeden Abend einschlafen und jeden Morgen aufwachen kann. Eine die meine Interessen teilt und mit der ich eine Familie gründen kann."

„Na, immerhin hast du ein Ziel vor Augen", sagte ich und blickte zu Christopher. „Und was ist mit dir? Auch schon einen Zukunftsplan vor Augen?"

„Nein, ich..." Er stockte und überlegte kurz, bevor er weitersprach. „Ich habe in naher Zukunft nicht die Zeit für eine feste Beziehung. Nach diesem Urlaub liegen einige Dinge vor mir, um die ich mich kümmern muss. Und du, Stella?", gab er das Thema der Runde an mich weiter.

„Ich habe die Nase von Männern fürs Erste voll. Was bringt einem ein Mann, wenn er dir ohnehin nur das Herz bricht?! Von daher ist das Thema Beziehung auch für mich in ferne Zukunft gerückt."

„Gebranntes Kind scheut das Feuer", kommentierte Christopher und schenkte mir ein mitfühlendes Lächeln.

„Sehr zutreffend", gab ich zurück.

„Ich muss jetzt leider los. Die Arbeit ruft. Aber es war schön, dich endlich mal wiederzusehen. In drei Tagen ist ein Sternschnuppenregen vorausgesagt. Da gibt es ein großes Fest mit Lagerfeuer am Fuß des Skilifts. Hättest du Lust zu kommen? Ich muss zwar arbeiten und den Aufpasser spielen, aber ich würde mich trotzdem freuen dich zu sehen. Sie sind natürlich auch eingeladen", meinte er an Christopher gerichtet und erhob sich.

„Mal sehen. Ich überlege es mir", antwortete ich und folgte Josh zur Tür.

„Klasse. Nach dem Fest habe ich drei Tage frei. Dann könnten wir was unternehmen. Aber das können wir ja dann auf dem Fest besprechen", schlug er vor und zwinkerte mir verschwörerisch zu, bevor er mir einen Kuss auf die Wange drückte und aus der Tür eilte. Sekunden später war Josh auch schon wieder verschwunden.

Ich lief kurz auf die Veranda, hob meinen Kaffeebecher vom Boden auf, den ich zuvor bei Joshs erscheinen dort abgestellt hatte, und ging wieder nach drinnen. Christopher stand in der Küche und goss sich gerade selbst Kaffee nach, als ich die Tür hinter mir schloss. Er sah auf, als ich zu ihm lief, um meinen Becher abzuspülen.

„Dieser Josh scheint ein netter Kerl zu sein", bemerkte er beiläufig und trank einen Schluck Kaffee.

„Ja, das ist er. Ich bin froh ihn als Freund zu haben", gab ich zurück.

„Was hat es mit diesem Mason auf sich? Was hat er getan, dass es dir das Herz gebrochen hat?", fragte er unerwartet, weshalb mir fast der Becher aus der Hand glitt.

Ich atmete tief durch obwohl ich am liebsten aufgeschrien hätte. Dieses leidige Thema war etwas, das ich für mich selbst abhaken wollte, was aber unmöglich war, wenn ständig jemand darin herumstocherte. Aus diesem Grund, blockte ich seine Frage mit einer Gegenfrage. „Und, willst du auf dieses Sternschnuppenfest gehen? Wir könnten gemeinsam hingehen", schlug ich vor.

„Du weichst meiner Frage aus", bemerkte er und trank seine Tasse aus.

„Und du stellst Fragen über Dinge, die dich nicht interessieren sollten", konterte ich, stellte den sauberen Becher auf seinen Platz im Schrank und lief aus der Küche. „Ich werde jetzt meine Tasche auspacken", verkündete ich, während ich auf mein Schlafzimmer zulief und nach der Türklinke griff.

„Das würde ich sehr gerne!", meinte Christopher

plötzlich.

„Was?", wollte ich wissen, weil ich den Zusammenhang nicht sofort erkannte und verharrte in meiner Bewegung.

„Mit dir auf das Fest gehen."

„Gut, dann machen wir das", bestätigte ich, ohne weiter auf ihn zu achten, verschwand in meinem Zimmer und machte mich daran meinen Rucksack auszupacken.

***

So, so, schlagfertig war sie also auch, dachte Christopher mit einem Grinsen im Gesicht und sah zu, wie Stella die Tür hinter sich schloss. Schon bei ihrer Ankunft hatte er bemerkt, dass sie nicht auf den Mund gefallen war. Eben hatte sie ihm erneut gezeigt, dass sie sich auch verbal problemlos zur Wehr setzen konnte, wenn ihr etwas nicht in den Kram passte. Das gefiel ihm. Sehr sogar. Sie kam ihm vor, wie eine Herausforderung, die ihn dadurch nur noch mehr reizte. Wie ein Rätsel, das man unbedingt lösen wollte.

Was ihm weniger gefallen hatte war dieser Josh, der so vertraut mit Stella umgegangen war. Jedes Mal, wenn er sie berührt hatte, war Eifersucht in Christopher aufgeflammt. Es missfiel ihm, wenn Josh Stella einen Kuss auf die Wange gab, sie in seinen Armen hielt oder ihre Hand in die seine nahm. Dabei hatte er doch gar kein Recht dazu, eifersüchtig zu sein. Schließlich gehörte Stella nicht ihm. Man konnte sie lediglich als eine kurzzeitige Bekannte bezeichnen. Mehr nicht. Auch wenn sie sein Interesse geweckt hatte. Josh hingegen war ein alter Freund von Stella. Einige der Berührungen waren auch von ihr ausgegangen und es stand ihm in keiner Weise zu, sich darüber zu grämen, wem Stella einen Kuss auf die Wange gab und wem nicht. Wie sich ihre Lippen wohl anfühlen würden? Verdammt, diese Frau brachte ihn völlig durcheinander. Kopfschüttelnd und seine wirren Gedanken beiseitedrängend, spülte er seine eigene Tasse ab und überlegte sich unterdessen, was er als nächstes tun würde.

***

Da ich nun doch die nächsten zwei Wochen hier ver-bringen würde, wollte ich es mir hier auch so gemütlich wie möglich machen. Nachdem ich meine Kleidung im Schrank verstaut hatte, suchte ich mir im Badschrank noch ein freies Plätzchen, das Christopher noch nicht in Beschlag genommen hatte, und räumte meine Kosme-tik- und Hygieneartikel ein. Im Anschluss schickte ich Jane mit dem Handy eine Textnachricht, um sie über die neuesten Vorkommnisse in Kenntnis zu setzen. Da sie zu dieser Tageszeit bei der Arbeit war, würde sie mit Sicherheit nicht vor heute Abend auf meine Nachricht reagieren, was ich aber durchaus gewohnt war.

Als das alles erledigt war, sah ich mich in meinem Zimmer um und war immer noch nicht zufrieden. Es erinnerte mich immer noch zu sehr an das Zimmer, das ich mir in der Vergangenheit mit meinem Bruder geteilt hatte. Diese Erinnerungen waren einerseits schön, da sie aus einer Zeit stammten, als mein Bruder noch ein toller Mensch gewesen war, aber auch schmerzlich, weil er heutzutage nichts mehr mit dieser Person gemeinsam hatte. Diesen Schmerz wollte ich nicht mehr spüren. Manchmal war es besser mit der Vergangenheit abzuschließen, sie ruhen zu lassen und sich auf die Gegenwart zu konzentrieren. Die schmerzlichen Erinnerungen sollten verschwinden, wofür es aus meiner Sicht nur einen Weg gab. Kurzerhand begann ich die Möbel durchs Zimmer zu schieben, um sie umzustellen. Vielleicht war es an der Zeit, dieser Hütte meinen eigenen Stempel aufzudrücken, denn schließlich gehörte sie mir bereits seit fast drei Jahren.

Nachdem meine Mutter verstorben war und mein Vater seine Diagnose erhalten hatte, begann dieser all sein Hab und Gut an mich zu übertragen. Ihm war es wichtig gewesen, dass ich über alles frei verfügen konnte, wenn der Tag kam, an dem er zum Pflegefall werden würde. Leider ließ dieser Tag nicht lange auf sich warten. Als mir nichts anderes mehr übrig blieb und ich ihn ins Heim geben musste, verkaufte ich unser Elternhaus an eine junge Familie, um die Kosten für seine Unterbringung bezahlen zu können. Die Hütte in Lake Louise behielt ich. So hatte es mein Vater im Vorfeld mit mir abgesprochen, als er noch bei vollem Verstand gewesen war, weil er nicht wollte, dass ich wegen ihm in finanzielle Schwierigkeiten geriet.

Das Nachttischen, das zwischen den beiden Einzelbetten stand, nahm ich heraus und schob die Betten zusammen, so, dass es ein großes ergab. Das Nachttischchen fand seinen neuen Platz in der linken hintersten Ecke neben dem Bett. Zudem beschloss ich, ein paar neue Dekoartikel für dieses Zimmer zu kaufen. Vielleicht einen neuen, größeren Bettüberwurf. Oder ein paar neue

Gardinen. Ein schönes Gemälde für die kahlen Wände wäre auch eine angenehme Veränderung. Ich könnte Christopher fragen, ob er mir eins seiner Kunstwerke verkaufen würde. In der Hoffnung, dass ich mir das leisten konnte. Schließlich wusste ich nicht, was er für seine Werke verlangte. Als sich diese geplante Veränderung in meinem Kopf zu einem Bild formte, wurde ich immer entschlossener, sie schnellstmöglich in die Tat umzusetzen. Außerdem lenkte es mich ab und vertrieb die trüben und schmerzlichen Gedanken genauso wie ich es gehofft hatte.

Voller Enthusiasmus schnappte ich mir meinen Schlüssel und das Portemonnaie und entschied mich in die ortsansässige Mall zu fahren. Auf dem Weg durchs Wohnzimmer, begegnete ich meinem Mitbewohner, der wohl beschlossen hatte, seine Malutensilien in sein Schlafzimmer zu räumen.

„Hey, du hast es aber eilig. Wo soll's denn hingehen?", wollte er wissen.

„Ich fahr kurz in die Mall. Brauchst du etwas?"

Er überlegte einen Moment, bevor er antwortete: „Ich denke ich habe noch alles. Aber danke, dass du fragst."

„Ist doch selbstverständlich", meinte ich mit einer wegwerfenden Handbewegung. „Dann bis nachher", verabschiedete ich mich und flitzte zu meinem Auto.

KAPITEL 5

Es war fast Mittag, als ich in der Mall ankam. Viele Urlauber, aber auch Einheimische, waren schon unterwegs, um ihre Einkäufe zu erledigen oder einfach nur bummeln zu gehen. Ich steuerte einen freien Parkplatz an und stellte meinen Wagen ab. Mein erster Weg führte mich in ein kleines Geschäft mit Haushaltswaren und Wohnaccessoires, in dem in der Vergangenheit schon meine Mutter eingekauft hatte. Gemütlich schlenderte ich an den rustikalen Regalen und Tischen vorbei und sah mir die Waren an. Ich entdeckte einen wunderschönen und aufwendig gearbeiteten Quilt in verschiedenen Erdtönen, der super auf mein Bett passen und den Raum zusätzlich warm und heimelig wirken lassen würde. Darum packte ich ihn in den ladeneigenen Einkaufskorb, den ich von dem Stapel neben der Eingangstür genommen hatte, und schlenderte weiter. Auf einem Tisch waren verschiedene kleine Tischlampen hübsch arrangiert und ich musste an mein kahles Nachttischchen denken. Eine kleine Lampe würde sich dort sicherlich gut machen.

„Hallo, kann ich Ihnen behilflich sein", ertönte plötzlich eine Stimme hinter mir und ließ mich zusammenzucken. „Verzeihung, ich wollte Sie nicht er..."

Als ich mich umdrehte erstarb die Stimme der Rednerin und sie sah mich mit großen Augen an.

„Stella Hanson, bist du das?", fragte die ältere Frau, die mir gegenüberstand.

„Barbara Voß, das gibt es doch nicht. Du arbeitest

immer noch hier?!", meinte ich perplex und ließ mich von ihr in die Arme schließen. „Das hätte ich nicht erwartet. Ich dachte, du würdest inzwischen dein Rentnerinnendasein genießen."

Solange ich mich zurückerinnern konnte, gehörte Barbara dieser Laden und ebenso lange kannte ich sie. Sie war immer sehr aufgeschlossen, freundlich und hilfsbereit. Dazu hatte sie etwas Mütterliches an sich, das ich immer sehr gemocht hatte.

„Ich kann einfach nicht ohne meinen kleinen Laden. Ohne diese Arbeit würde mir etwas fehlen. Vermutlich bleibe ich hier, bis ich irgendwann tot umfalle", erwiderte sie mit einem Lächeln. „Mein Gott, Stella, mit dir hätte ich heute nicht gerechnet. Wie geht es dir und wie geht es deinem Vater?"

Ich seufzte und erzählte ihr im Schnelldurchlauf die wichtigsten Details über den Zustand meines Vaters.

„Ach Mädchen, das tut mir so leid. Ich glaube das letzte Mal habe ich ihn nach dem Tod deiner Mutter hier gesehen. Diese Nachricht über ihr plötzliches ableben, hat uns damals alle tief getroffen. Sie war so eine nette Frau. Zu diesem Zeitpunkt hat man deinem Vater noch gar nicht angemerkt, dass er an Demenz leidet."

„Zu diesem Zeitpunkt hat sich die Krankheit auch nur in einer leichten Vergesslichkeit geäußert. Nichts worauf sich hätte schließen lassen, dass er Demenz hat."

„Und wie geht es dir? Du siehst etwas blass und abgearbeitet aus. Ist bei dir alles in Ordnung?" Bei ihren Worten musterte sie mich besorgt.

„Keine Angst, mir geht es gut. Ich habe eine anstrengende Zeit hinter mir, das ist alles. Genau aus diesem

Grund bin ich auch nach Lake Louise gekommen. Ich werde mich hier etwas entspannen und meine Seele baumeln lassen."

„Das klingt sehr vernünftig. Und gibt es etwas Positives über deinen Bruder zu berichten?"

Ich lachte freudlos auf.

„Das werte ich mal als ein Nein", erkannte Barbara.

„Ich habe beschlossen, dass ich keinen Bruder mehr habe", ließ ich sie wissen.

„Wow, das sind aber harte Worte von jemandem wie dir."

„Schon möglich, aber es ist besser so. Er hat mir ohne mein Wissen einen Mitbewohner beschafft und das Geld kassiert. Und dazu nicht gerade wenig Geld."

„Ich verstehe nicht ganz?", meinte Barbara verwirrt, weshalb ich auch diese Geschichte kurz für sie zusammenfasste.

„Moment mal! Das heißt, du wohnst gerade mit einem wildfremden Mann zusammen in deiner Hütte?", hakte sie entsetzt nach.

„Ja, aber er ist zum Glück sehr nett. Mach dir keine Sorgen, Barbara. Ich bin dort trotzdem gut aufgehoben", versicherte ich ihr.

„Das will ich hoffen, denn sonst komm ich vorbei und mache diesem Kerl die Hölle heiß." Aufgebracht stemmte sie ihre zu Fäusten geballten Hände in die Hüften.

Ich fand ihre Besorgnis und ihre Entschlossenheit, mich zu beschützen, so süß. Schließlich war Barbara noch einen Tick kleiner als ich. Ihr kurzes Haar war grau geworden und die Linien der Zeit malten Muster auf ihre Haut.

„Das wird nicht nötig sein", versicherte ich ihr und unterdrückte ein Lachen, während ich mir vorstellte, wie Barbara vor Christopher stand, der sie bei weitem überragte, und ihm die Leviten las.

„Na gut. Wenn du das sagst, will ich das mal so stehen lassen. Kann ich dir denn sonst irgendwie helfen? Suchst du etwas Bestimmtes?", fragte sie erneut.

„Na ja, ich möchte die Hütte etwas umdekorieren. Ihr mein eigenes Flair einhauchen, wenn du verstehst was ich meine. Ohne meine Familie fühlt es sich so seltsam an und ich dachte, durch etwas Veränderung könnte ich das beheben."

„Das ist eine tolle Idee, Stella. Schließlich ist es jetzt deine Hütte und wenn du sie mehr zu der Deinen machst, wirst du dich auch wieder besser darin fühlen", versicherte sie mir mit einem herzlichen Lächeln. „Wie ich sehe, hast du schon einen meiner Quilts entdeckt."

„Machst du die denn immer noch selbst?"

„Oh ja, wenn mir die Zeit dazu bleibt."

„Er ist wunderschön", schwärmte ich.

„Danke! Freut mich, dass er dir gefällt. Dann lass uns mal sehen, was du noch gebrauchen kannst", erwiderte sie und führte mich fachmännisch durch ihr Geschäft.

Circa eine Stunde später verließ ich Barbaras Laden mit drei riesigen Tüten in der Hand. Meine Ausbeute war mehr als gut und dank Barbara, die mir noch zwanzig Prozent Freundschaftsrabatt auf den gesamten Einkauf gegeben hatte, auch gar nicht mal so teuer. Da ich guter Laune war, ging ich noch in den angrenzenden Supermarkt und besorgte Hamburgerfleisch, Brötchen und alles was man sonst noch für ein paar gute Burger brauchte.

Die Sonne stand heute hoch am Himmel und schien warm auf mich herab, weshalb ich mir vornahm, nachher den Grill aus dem Gartenhäuschen, das hinter der Hütte stand, zu holen und für Christopher und mich Burger zu grillen. Schließlich war er gestern Abend so nett gewesen und hatte das Kochen übernommen. Darum würde ich mich heute ums Essen kümmern. Zudem hatte ich außer einer Tasse Kaffee noch nichts zu mir genommen und mein Magen begann allmählich fürchterlich zu knurren, weshalb ich mich sputete, um zurück zur Hütte zu kommen.

Ich war gerade dabei meine Tüten auszuladen, als sich die Haustür öffnete und Christopher nach draußen geschlendert kam.

„Da bist du ja wieder. Ich habe mich schon gewundert, wo du abgeblieben bist", sagte er grinsend und hielt auf mich zu. „Aber ich denke, so ist das eben, wenn eine Frau sagt, dass sie mal eben *kurz* einkaufen geht."

„Ich habe eine alte Bekannte getroffen und mich noch um die heutige Verpflegung gekümmert", antwortete ich und hob als Beweis die braune Papiertüte mit den Lebensmitteln an.

Genau in diesem Moment erreichte mich Christopher und nahm mir einen Teil der Einkäufe ab. „Warte, ich helfe dir. Du scheinst ja sehr erfolgreich gewesen zu sein, bei deiner Shoppingtour", stellte er fest, als er all die Tüten erblickte.

„Ja, durchaus", gab ich mit einem zufriedenen Lächeln zu.

Wir trugen die Sachen nach drinnen und ich begann alles auszupacken und auf seinen neuen, vorgesehenen

Platz zu räumen. Neben dem Quilt, einer kleinen Lampe im Tiffany Stil für den Nachttisch und neuen Vorhängen für mein Zimmer, hatte ich auch noch einen schönen silberfarbenen Kerzenständer mit passenden Kerzen, eine hübsche Dekoschale aus Wurzelholz und eine in blau und grün marmorierte Glasvase gefunden, deren neuer Platz das Wohnzimmer sein würde. Die Dekoschale füllte ich mit frischem Obst aus dem Supermarkt und stellte sie auf den Esstisch. Die Vase wurde gleich mit frischen Blumen versehen, die ich ebenfalls im Supermarkt gekauft hatte. Diese platzierte ich auf der schmalen Kommode, die neben der Tür zu meinem Schlafzimmer stand. Der Kerzenständer mit den Kerzen bezog auf dem Couchtisch Stellung.

Zufrieden betrachtete ich mein Werk und empfand diese Veränderung, wenn sie auch noch so klein war, als sehr angenehm. Christopher hatte derweil die Lebensmittel, die ich mitgebracht hatte, verstaut.

„Sieht sehr hübsch aus", gab er zu. Er lehnte lässig an der Kochinsel und sah zu mir herüber.

„Ja, das finde ich auch. Da fällt mir noch etwas ein, was ich dich fragen wollte."

„Und das wäre?", hakte er nach.

„Ich habe gehofft, du würdest mir ein oder zwei deiner Bilder verkaufen, die ich dann hier aufhängen kann. Vorausgesetzt natürlich, dass ich sie mir leisten kann."

Christopher musterte mich nachdenklich und schwieg einen Moment. Man konnte förmlich sehen, wie seine grauen Zellen arbeiteten, doch was da hinter seiner Stirn vorging, blieb mir verborgen.

„Gerne!", meinte er plötzlich und stieß sich von der Kochinsel ab. „An welche hast du denn gedacht?"

Ich zuckte etwas überfordert mit den Schultern, da ich alle seine Bilder schön fand. Mit einem Grinsen im Gesicht nahm er mich bei der Hand und zog mich mit sich. Seine Hand war groß und umschloss meine kleine völlig. Sie war warm und weich. Hände eines Künstlers, die bestimmt viel Feingefühl besaßen. Es fühlte sich unglaublich gut an, von ihm festgehalten zu werden und ich fragte mich im Stillen, wozu diese Hände wohl noch im Stande wären? Wie würde es sich anfühlen, wenn diese Hände meinen Körper erkunden würden? Entsetzt über diesen Gedanken, verdrängte ich ihn augenblicklich. Was war nur los mit mir? Ich kannte diesen Mann noch keine vierundzwanzig Stunden und trotzdem stellte ich mir erotische Situationen mit ihm vor. Dabei wollte ich doch im Moment überhaupt nichts mit einem Mann anfangen.

Christopher zog mich in sein Schlafzimmer, was mich zusätzlich verwirrte. Ich wollte ihn schon fragen, warum er mich in sein Schlafzimmer brachte, als mir wieder einfiel, dass er seine Bilder dorthin geräumt hatte.

„Hier", sagte er und machte eine ausladende Handbewegung durch den Raum, dessen Wände an allen möglichen Stellen mit Leinwänden gepflastert waren. „Such dir aus, was du willst."

„Und der Preis?", fragte ich verunsichert.

„Keine Angst, da werden wir uns schon einig. Aber darüber mach ich mir Gedanken, wenn ich weiß, welche du haben möchtest."

Ich konnte nur hoffen, dass er recht behielt, denn ich

hatte keine Ahnung, was solch ein Kunstwerk in der Regel kostete. Daher hielt ich an dem Glauben fest, dass es mein Budget nicht sprengen würde.

In aller Ruhe arbeitete ich mich durch die Bilder und sah mir jedes einzelne noch einmal ganz genau an. Meine Entscheidung fiel auf ein Bild, worauf ein verliebtes Pärchen, welches auf einer Parkbank saß, zu sehen war. Sie hielten einen geöffneten Regenschirm über ihren Köpfen und kuschelten sich eng aneinander, während ihnen sonst nur das Blätterdach der umstehenden Bäume Schutz vor dem niedergehenden Regen bot. Dieses Bild strahlte so viel Liebe und Wärme aus, dass ich es einfach nehmen musste.

Meine zweite Wahl war das Bild mit dem Mann der die Tauben fütterte. Es war so friedvoll und aus irgendeinem Grund, erinnerte es mich an meinen Vater. Vielleicht weil er heutzutage manchmal im Garten des Pflegeheims saß und selbst den Vögeln Brotkrumen zuwarf.

„Diese hier, wenn das für dich okay ist", meinte ich nachdem ich meine Entscheidung getroffen hatte.

„Natürlich! Soll ich sie dir noch rahmen?", wollte er von mir wissen.

„Geht das denn?"

Er schmunzelte und erwiderte: „Ja. Sie werden fast nur gerahmt verkauft. Ich schau mal, was ich noch im Wagen habe, dann mach ich das für dich."

„Du fährst mit Bilderrahmen im Auto in den Urlaub?", stellte ich verblüfft fest und folgte ihm mit den Bildern in der Hand ins Wohnzimmer.

„Nur ein paar, aber ja. Wenn ich wo anders arbeite, habe ich für den Fall, dass jemand ein Bild kaufen möchte, immer welche dabei. Und wie du siehst, tritt dieser Fall auch hin und wieder ein. Warte kurz und leg die Bilder schon mal auf den Tisch. Ich bin gleich wieder da."

Christopher verschwand nach draußen, während ich seiner Aufforderung nachkam und die Bilder vorsichtig auf den Tisch legte. Ich musste dazu die Schale zur Seite stellen, weil beide Bilder den gesamten Tisch einnahmen. Einen Augenblick später kam er auch schon wieder hereingelaufen und hatte zwei breite Rahmen aus dunklem Massivholz in der Hand.

„Schau mal, wie findest du die?"

„Die sind sehr schön und passen von Art und Farbe perfekt zu den Bildern", erkannte ich sofort.

„Genau mein Gedanke", stimmte er mir zu. „Zudem passen sie hervorragend zu der Inneneinrichtung der Hütte."

„Da gebe ich dir Recht. Brauchst du meine Hilfe?", wollte ich wissen.

„Nein. Aber wenn du mir sagst, wo du sie hinhaben willst, dann hänge ich sie gleich für dich auf."

„Oh, das wäre nett. Eins hätte ich gerne über meinem Bett. Am besten das mit dem Pärchen. Und das andere hier, an der freien Wand hinter dem Esstisch." Ich zeigte in die besagte Richtung. „Hammer und Nägel müssten in der kleinen Besenkammer neben der Küche sein."

„Alles klar. Wird erledigt", versprach er mit einem Lächeln und machte sich an die Arbeit.

„Danke. Dann kümmere ich mich mal um das Essen", erwiderte ich und machte mich auf den Weg nach draußen und somit zum Gartenhäuschen.

Das aus Holz gezimmerte Gartenhäuschen war voll-gestellt mit etlichem Krimskrams. Hier lagerte, neben ein paar wenigen Gartengeräten und dem Klapptisch, der Grill. Dieser war lange nicht benutzt worden und daher staubig und mit reichlich Spinnenweben bespannt. Doch der Besen, der in der Ecke des Häuschens lehnte, beseitigte den gröbsten Schmutz und den Rest würde das Feuer erledigen. Mit etwas Anstrengung schleppte ich das gute Stück nach vorne und positionierte ihn neben der Veranda. Mit dem Grillrost lief ich nach drinnen, um ihn zu säubern, blieb aber abrupt im Türrahmen stehen.

Christopher stand am Tisch und war hoch konzen-triert in seine Arbeit vertieft. Er hatte mir sein Profil zugewandt und ich musste, wie schon am Tag zuvor, feststellen, dass er verdammt gut aussah. Seine Haare fielen ihm leicht ins Gesicht, weshalb ich glaubte, dass er mich nicht sah. Ich nutzte die Gunst der Stunde und ließ meinen Blick ungeniert über seinen Körper wandern. Ich hatte ja schon das Vergnügen, ihn zum Teil ohne Kleidung gesehen zu haben. Doch auch mit Kleidung war er einfach zum Anbeißen. Er hatte etwas Verwegenes an sich, das vermutlich jedes Frauenherz schneller schlagen ließ. Dazu diesen schlanken und männlichen Körperbau und diese stattliche Größe. Ich musste ein sehnsüchtiges Seufzen unterdrücken.

Natürlich hatte ich mir untersagt, mich bis auf weiteres auf einen Mann einzulassen, aber dieser Anblick war einfach zu göttlich. Zudem war anschauen ja erlaubt.

Sein knackiger Hintern steckte heute in einer schwar-zen Jeans und lud geradezu dazu ein hineinzukneifen. Am liebsten hätte ich ihm sein Haar aus dem Gesicht gestrichen, um auch dieses bewundern zu können, was natürlich nicht möglich war.

„Wartest du auf etwas Bestimmtes?", fragte er plötzlich, sah auf und schenkte mir ein breites Grinsen.

Verdammt, schoss es mir durch den Kopf, hatte er mich eben wirklich beim Spannen erwischt? Ich setzte mich mit gesenktem Haupt in Bewegung, um mein hochrotes Gesicht vor ihm zu verbergen, und murmelte: „Ich müsste kurz den Grillrost saubermachen und wusste nicht, ob ich dich damit stören würde." Eine lausige Ausrede, aber eine bessere fiel mir auf die Schnelle nicht ein.

„So, so, wie rücksichtvoll von dir", säuselte er und sein Grinsen schien noch breiter zu werden, während seine Augen amüsiert funkelten.

Ich wünschte mir augenblicklich, der Erdboden würde sich auftun und mich verschlucken. Da dies aber nicht eintraf, machte ich mich an der Spüle über den Grillrost her und versuchte seinen Blick zu ignorieren, den ich regelrecht auf mir spüren konnte. Sobald ich fertig war, huschte ich schnell nach draußen und hörte dabei ein leises Lachen hinter mir. Verflixt, das war sowas von peinlich.

Um mich von dieser verpatzten Situation abzulenken, holte ich einige Scheite Holz und legte sie zusammen mit einem Grillanzünder, die sich wie auch ein Päckchen Streichhölzer immer griffbereit beim Grill befanden, in die Grillschale und setzte alles in Brand. Da es nun eine Weile dauern würde, bis das Feuer das Holz in glühende Kohlen verwandelt hätte, ging ich erneut kurz nach drinnen. Ich hörte ein Klopfen und ging davon aus, dass Christopher gerade dabei war, das gewünschte Bild in meinem Zimmer aufzuhängen. Darum eilte ich schnell zum Kühlschrank, holte die Burger-Patties heraus und flitzte ungesehen wieder nach draußen. So verharrte ich auf der Hollywoodschaukel und sah dem Feuer bei seiner Arbeit zu.

„Kann ich dir hier draußen zur Hand gehen?", ertönte kurz darauf Christophers Stimme.

Ich sah auf und stellte fest, dass er im Türrahmen lehnte. „Bist du denn schon fertig?", fragte ich.

„Ja, dein Auftrag wurde ordnungsgemäß ausgeführt", bestätigte er mit einem zufriedenen Gesichtsausdruck.

„Oh, das ging aber schnell. Das will ich mir gleich mal ansehen. Du könntest unterdessen den Klapptisch aus dem Gartenhäuschen holen, dann können wir auf der Veranda essen. Es steht gleich hinter der Hütte."

„Klingt gut", erwiderte er, stieß sich vom Türrahmen ab und setzte sich in Bewegung.

Ich stand auf und lief nach drinnen, um sein Werk zu begutachten, und wurde nicht enttäuscht. Die Bilder in ihren neuen Rahmen sahen einfach fantastisch aus. Noch besser als ich sie mir vorgestellt hatte. Mehr als zufrieden, machte ich noch einen weiteren Abstecher in die Küche und packte alles, was wir für unser geplantes Essen brauchen würden, auf ein Tablett. Als ich wieder nach draußen kam, stellte Christopher bereits den Tisch vor der Hollywoodschaukel auf, sodass ich mein Tablett darauf abstellen konnte.

„Und, gefällt es dir?", wollte er wissen.

„Sie sind umwerfend! Ich bin überwältigt", gab ich zu. „Vielen Dank."

„Das freut mich zu hören und gern geschehen."

Da das Feuer soweit heruntergebrannt war, wie ich es geplant hatte, lief ich zum Grill, setzte das Grillgitter ein und legte die Patties darauf.

„Sollte das nicht lieber ich machen?", fragte Christopher und trat neben mich. Bei seiner Frage runzelte ich die Stirn und sah ihn perplex an. Mein Gesichtsausdruck sprach wohl Bände, weshalb er hinzufügte: „Grillen ist schließlich Männersache."

Ein lautes Lachen platzte aus mir heraus. „Wenn ich jedes Mal, wenn mir der Sinn nach einem Burger steht, auf einen Mann warten würde, der ihn für mich grillt, musste ich wohl warten, bis ich schwarz werde, um einen zu bekommen", konterte ich.

„Du willst doch wohl nicht behaupten, dass du keine männlichen Verehrer hast, die das für dich machen würden?"

„Doch, genau das. Und wenn es schon welche in meinem Leben gab, dann kamen die bestimmt nicht zu mir, um Burger für mich zu braten." Ich begann das Fleisch zu wenden und ignorierte Christophers verwunderten Blick.

„Tut mir leid, wenn ich das sage, aber wenn sie dir nicht mal einen Burger gebraten haben, waren das alles Idioten, denen du nicht wichtig genug warst", sagte er prompt, was mich aufschauen ließ.

„Herzlichen Dank, für den Hinweis, aber ich kann dich beruhigen, denn darauf bin ich selbst schon gekommen. Nur leider hängt an den Typen, wenn man sie kennenlernt, kein Zettel, auf dem draufsteht, was an das Komplettpaket gebunden ist."

„Na, das wäre doch mal was", antwortete er mit einem

Grinsen. „Ein Beziehungsbeipackzettel."

„Ja, durchaus. Das würde einem das Leben bei weitem leichter machen und einen vor Enttäuschungen bewahren." Mein Seufzen entschlüpfte mir, ohne, dass ich es hätte verhindern können. Darum bat ich Christopher um einen der leeren Teller, um das Fleisch vom Grill nehmen zu können. Er deckte unterdessen den Tisch.

„Weißt du, ich habe zwar keine Ahnung, was bei dir geschehen ist, dass dein Herz so gelitten hat, aber ich kann dich trotzdem verstehen."

„Ach ja?", erwiderte ich, während ich zu ihm ging, mich setzte, ihm sein Fleisch reichte und damit begann, meinen eigenen Burger zusammenzubauen.

„Ja! Ich bin jetzt fünfunddreißig und habe immer noch nicht die Frau fürs Leben gefunden."

„Was dir ja eigentlich nicht schwerfallen dürfte", mutmaßte ich. Schließlich sah er umwerfend aus.

„Warum?", fragte er überrascht.

„Schau mal in den Spiegel, dann weißt du warum", antwortete ich und biss hungrig in meinen Burger.

Er unterbrach seine Burgerbauarbeiten, drehte sich leicht, sodass er mich direkt ansehen konnte und sagte: „So, du findest mich also attraktiv."

Ich versuchte mich nicht an meinem Essen zu verschlucken, was mir äußerst schwerfiel. „Du siehst für einen Mann in deinem Alter ganz gut aus. Warum, war das seither ein Geheimnis?", gab ich lässig zurück, in der Hoffnung, dass er nicht merkte, dass ich mich ertappt fühlte.

Aus Christopher brach ein herzhaftes Lachen heraus. „In meinem Alter? Sehr charmant. So alt bin ich nun auch nicht. Außerdem könnte ich dich ja wieder daran erinnern, wie du mich vorhin beobachtet hast, aber ich möchte dich nicht in Verlegenheit bringen."

„Sehr witzig", murrte ich. „Du bist auch überhaupt nicht eingebildet."

„Und du um keine Ausrede verlegen", hielt er dagegen. „Was wäre so schlimm daran, zuzugeben, dass du mich anziehend findest?"

Jetzt blieb mir mein Essen doch im Hals stecken und ich begann zu husten. Christopher klopfte mir unterstützend auf den Rücken, konnte es aber nicht lassen, weiter über mich zu lachen. Als ich mich wieder unter Kontrolle hatte, sah ich ihn gereizt an. „Was soll das? Was willst du hören?"

„Die Wahrheit!" Sein Blick wurde ernst und hielt meinen fest.

Es war ein seltsamer Moment, bei dem meine Haut verräterisch zu kribbeln begann. Seine goldbraunen Augen glitten über meine Gesichtszüge und verweilten auf meinen Lippen. In mir stieg eine ungeahnte Hitze auf und mein Herz begann immer heftiger gegen meine Rippen zu hämmern, so, als wolle es vor lauter Aufregung aus meiner Brust springen. Ich hatte das Gefühl, als würde die Welt um uns plötzlich stillstehen und konnte es nicht verhindern, mir vorzustellen, wie es sich anfühlen würde, wenn er mich jetzt küssen würde.

Eine solche Empfindung hatte ich schon sehr lange nicht mehr gespürt und sie machte mir auf eine gewisse Weise Angst. Ich hatte nicht die geringste Absicht, mich in mein nächstes Unglück zu stürzen. Doch mein verräterischer Körper schien da ganz anderer Meinung zu sein. Wohingegen die leise Stimme in meinem Kopf mir warnende Worte zuflüsterte. Worte wie: Er ist viel zu gut für dich. Was soll er schon mit dir anfangen. Du bist nicht einmal mehr eine vollwertige Frau.

Das riss mich aus meiner Trance. Abrupt wandte ich den Kopf ab, stand auf und lief nach drinnen. Fluchtartig verschwand ich in meinem Zimmer, stieß die Tür hinter mir ins Schloss und warf mich auf mein Bett. Die Tränen kamen von ganz allein, ohne, dass ich sie hätte aufhalten können. Ich schluchzte in meinen neuen Quilt und wünschte mir, die letzten Monate wären anders verlaufen.

KAPITEL 6

Stella war so abrupt und unerwartet verschwunden, dass Christopher keine Chance hatte, schnell genug zu reagieren, um sie aufzuhalten. Wie vom Blitz getroffen, war sie aufgesprungen und davongestürmt. Aber warum? Was hatte sie zu so einer Reaktion veranlasst? Hatte er sie zu sehr bedrängt? Zu viele Fragen schossen ihm durch den Kopf, auf die er keine Antwort wusste. Doch in einer Sache war er sich absolut sicher. Er hatte schlagartig das Gefühl gehabt, ihr so nah zu sein, wie noch nie zuvor einer anderen Frau. Dabei kannte er sie kaum. Die Anziehungskraft war unglaublich stark gewesen und das dringliche Bedürfnis, sie zu küssen, war in ihm aufgeflammt.

Auch sie hatte sich mit ihrem Verhalten am heutigen Tag verraten, als sie im Türrahmen stehen geblieben war und ihn ausgiebig beobachtet hatte. Christopher konnte ihre Blicke regelrecht auf seiner Haut fühlen. Trotzdem war dieser besondere Moment eben schlagartig von ihr beendet worden. So plötzlich er das Knistern zwischen ihnen gespürt hatte, so schlagartig hatte sie ihre Schilde hochgefahren und war davongestürmt.

Völlig durcheinander strich er sich mit der Hand durchs Haar. Wäre es besser, sie in Ruhe zu lassen oder sollte er ihr nachgehen? Sollte er ihr die nächsten zwei Wochen aus dem Weg gehen oder ihre Nähe suchen? Nicht, dass schon genug Probleme vor ihm lagen und er noch nicht wusste, wie er sie meistern sollte. Vermutlich gab es dafür ohnehin keinen Masterplan. Er würde alles auf sich zukommen lassen und wenn es nötig sein sollte, sein Bestes geben, in der Hoffnung, dass es genügen würde.

Stella war hingegen ein ganz neues Problem, mit dem er nicht gerechnet hatte. Was würde sich daraus entwickeln, wenn er sich auf sie einlassen würde? Er war schon vom ersten Moment an von ihr fasziniert gewesen, aber das, was eben zwischen ihnen geschehen war, war etwas anderes. Keine Schwärmerei. Keine hormongesteuerte, sexuelle Lust. Es war etwas viel Tieferes gewesen. Etwas das sich kaum mit Worten erklären ließ. Als hätte er für den Bruchteil einer Sekunde in ihr Herz blicken können, um dort so viele Gefühlsregungen zu sehen, dass es ihm fast den Boden unter den Füßen weggerissen hätte. Er hatte Sehnsucht gesehen. Verzweiflung. Sogar Schmerz. Aber da war auch Leidenschaft gewesen. Ja, er glaubte in der Zwischenzeit tatsächlich, dass sie eine sehr leidenschaftliche Frau sein konnte. Eine Frau, mit der man Pferde stehlen könnte. Die mit einem durch dick und dünn ging. Doch irgendwas schien in ihr zerbrochen zu sein, denn der Schmerz in ihrem Herzen schien unendlich groß.

Christopher erhob sich und beschloss, ihr zu folgen, was wohl die einzig vernünftige Entscheidung war, wenn er Antworten haben wollte. Vor ihrer Tür zögerte er einen Augenblick und lauschte. Er hörte ihr Schluchzen, wodurch sich sein Herz schmerzlich zusammenzog. Dass sie so weinte schien im plötzlich unerträglich, weshalb er die Tür ohne zu klopfen öffnete und schnellen Schrittes zu ihr lief.

Stella lag auf ihrem Bett. Das Gesicht in der neuen

Decke vergraben und die Hände zu Fäuste geballt. Ohne weiter darüber nachzudenken, legte er sich zu ihr, schlang die Arme um sie und zog sie an seine Brust. Beim ersten Kontakt stieß sie überrascht die Luft aus und er befürchtete schon eine Gegenwehr, doch sie weinte so sehr, dass sie es schlussendlich zuließ. Ihr kleiner Körper wurde von Weinkrämpfen geschüttelt und das erste Mal stellte er fest, dass sie wohl doch nicht mit allem so gelassen und selbstsicher umgehen konnte, wie er gestern Abend noch geglaubt hatte. Sie mochte nach außen einen starken und optimistischen Eindruck machen, doch in ihr drin schien es ganz anders auszusehen. Wer oder was daran die Schuld trug, blieb ihm bis jetzt verborgen. Aber vielleicht konnte er ihr durch seine tröstende Geste wenigstens ein bisschen von dem Schmerz nehmen, der auf ihrer Seele lastete.

Zärtlich fuhr er ihr mit der einen Hand über den Rücken, während er mit der anderen das Haar aus ihrem Gesicht strich. Ihre Augen waren gerötet und leicht geschwollen. Die Tränen strömten so stark, dass sie sein Shirt bereits völlig durchtränkten.

„Ich bin hier, Stella. Alles wird wieder gut", versuchte er sie zu trösten.

Sie schluchzte laut auf und erwiderte seine Geste, indem sie sich an ihn klammerte, als suche sie Halt.

Wie von selbst setzte Christopher ihr einen Kuss aufs Haar und hielt sie einfach nur fest. Eine gefühlte Ewigkeit verstrich, bevor sich Stella schließlich beruhigte und ihre Tränen versiegten, was ihn aber nicht störte. Im Gegenteil. Es war ihm egal wie viel Zeit sie benötigte, denn er stellte fest, wie gut sich ihr kleiner Körper in seinen Armen anfühlte und wie sehr er ihren Duft nach Frühlingsblumen mochte. Erst als sich völlige Stille im Zimmer ausgebreitet hatte, begann er zu sprechen. „Ich wollte dich nicht zum Weinen bringen."

„Es war nicht deine Schuld", wehrte sie mit schwacher Stimme ab.

„Warum hast du dann geweint? Ich sehe doch, dass dich etwas belastet."

*****

Wie sollte ich ihm das erklären, fragte ich mich im Stillen? Ich konnte ja wohl kaum sagen, dass ich Angst hatte, mich auf etwas einzulassen, weil ich ohnehin nicht mehr für eine ernsthafte Beziehung geeignet war. Dass ich mich nicht mehr als vollwertige Frau fühlte, da mein Ex-Freund mich genau aus diesem Grund verlassen hatte. Oder doch? Ich kannte Christopher kaum und würde ihn nach diesen zwei Wochen ohnehin nicht mehr sehen. Unsere Wege würden sich wieder trennen und der Alltag würde seinen Lauf nehmen. Egal, was in diesen zwei Wochen geschehen würde oder über was wir reden würden, es war nichts von Dauer. Vielleicht war er genau aus diesem Grund der richtige Kandidat, um ihm davon zu erzählen und die Sichtweise eines Mannes dazu zu hören, der außenstehend genug war, um eine neutrale Meinung abzugeben.

Bis heute hatte ich nur mit Jane ausgiebig darüber gesprochen. Bei ihr konnte ich mich immer ungeniert ausheulen und wusste, dass sie mit ihrer Meinung immer offen und ehrlich zu mir war.

Josh wusste zwar, was geschehen war, doch auf ein tiefgründiges Gespräch hatte ich es in seinem Fall nicht ankommen lassen. Er hatte mich als mein langjähriger Freund sofort angerufen, nachdem ich ihm eine Mail geschrieben hatte, in der ich ihm erklärte, was geschehen war. Ohne das Geschehene genauer zu analysieren, hatte er sofort seinen Frust über Mason kundgetan und mir in jedem Punkt gut zugeredet. Daher hatte ich das Gefühl, von ihm keine neutrale Bewertung der Situation zu bekommen. Ich war zwar dankbar gewesen, für seine tröstenden Worte, doch weitergebracht hatte mich dieses Telefonat nicht.

Christopher hingegen war sehr neutral. Also, warum nicht mit ihm darüber reden? Mir fiel kein Grund ein. Bei ihm hatte ich nichts zu verlieren. Zudem kannte er dann die Wahrheit und wüsste, dass ich mit Sicherheit nicht die Frau fürs Leben sein konnte, die er noch nicht gefunden hatte. Für mehr als ein kleines Abenteuer war ich nicht mehr zu gebrauchen. Daher konnte nichts Falsches daran sein, ihm die Fakten gleich offenzulegen, um ihm den Wind aus den Segeln zu nehmen.

Ich blieb einfach in Christophers Armen liegen, denn so musste ich ihm nicht ins Gesicht sehen. Zudem gab mir seine Nähe das Gefühl von Geborgenheit, was mir half die richtigen Worte zu finden und den Mut aufzubringen, ihm von meinem Problem zu erzählen.

„Ich bin der Grund, warum ich in Tränen ausgebrochen bin."

„Das verstehe ich nicht ganz", gab er zu.

„Ich habe die letzten Monate ziemlich viel durchgemacht. Allerdings war das schlimmste von allem, zu erfahren, dass ich keine Kinder mehr bekommen kann. Mason, mein Ex- Freund, hat mich aus genau diesem Grund verlassen, noch bevor ich wieder vom OP-Tisch runter war."

„Warum kannst du keine Kinder mehr bekommen?", hakte er nach und strich mir weiter über den Rücken.

„Ich hatte Endometrieosezysten im Unterleib. Leider nicht nur eine. Ich hatte das Pech, dass beide Eierstöcke befallen waren, weshalb bei einer Operation beide komplett entfernt wurden. Das kam so überraschend, dass ich es selbst kaum glauben konnte. Bei meiner letzten Vorsorgeuntersuchung war noch alles gut und plötzlich bekam ich immer häufiger Schmerzen. Kurz darauf erfuhr ich von meinem Arzt den Grund dafür."

„Das tut mir leid. Es ist für eine Frau mit Sicherheit nicht leicht zu erfahren, dass sie keine Kinder mehr bekommen kann. Vor allem dann, wenn sie noch keine hat", pflichtete Christopher mir bei und drückte mir einen Kuss auf die Haare.

„Das ist es tatsächlich nicht und ich muss zugeben, dass ich mir auch immer ein Kind gewünscht habe. Zudem glaubte ich bis zu diesem Zeitpunkt noch daran, dass man in einer Beziehung jedes Problem überwinden kann, solange man sich liebt. Leider wurde ich eines Besseren belehrt. Als ich Mason, meinem Ex- Freund, davon erzählte, stand er auf und packte schweigend seine sieben Sachen. Als ich mich erkundigte, was das werden sollte, meinte er nur, was ich von ihm erwartet hätte. Ob ich tatsächlich gedacht hätte, dass er bei einer Frau bleiben würde, die ihm keine Kinder schenken könnte. Fünf Minuten später war er verschwunden und seither nie mehr gesehen. Über ein Jahr waren wir zusammen gewesen und er ist einfach so gegangen. Natürlich hatte ich gewusst, dass er sich von ganzem Herzen Kinder wünschte, doch ich hatte mir mein Schicksal schließlich nicht ausgesucht. Dieses Verhalten hat mir die Augen geöffnet. Ich bin keine vollständige Frau mehr und werde daran nichts mehr ändern können. Dass ich ohnehin nicht der Traum jedes Mannes bin, war mir ja immer bewusst. Doch jetzt bin ich auch noch unfähig ein Kind in die Welt zu setzen, was mich für die Männerwelt noch unattraktiver macht." Schnell wischte ich mir die Tränen weg, die schon wieder aus meinen Augen drangen.

Überrascht keuchte ich auf, als sich Christopher ruckartig aufsetzte und mich von oben fassungslos anstarrte. „Moment mal. Du glaubst also, dass du nicht Frau genug bist, einen Mann glücklich zu machen, weil du dich selbst nicht für unwiderstehlich hälst und nun auch keine Kinder mehr bekommen kannst? Verstehe ich das so richtig?", hakte er nach.

„Ja!", bestätigte ich mit leiser Stimme.

„Bullshit!", rief er und ragte plötzlich drohend über mir auf. „Wie kannst du nur so etwas glauben? Dein Ex ist ein Vollidiot und keine Träne wert, wenn er dich in so einer Situation einfach alleine lässt."

„Nur zu deiner Information. Ich heule meinem Ex nicht hinterher. Dass er ein Idiot ist, ist mir schon selbst klargeworden. Aber danke für den Hinweis", gab ich zurück.

„Beruhigend, auch wenn mir das noch nicht genügt. Denn was dich anbelangt, bin ich durchaus der Meinung, dass sich ein Mann glücklich schätzen kann, dich an seiner Seite zu haben."

„Das sagst du doch nur, weil du mich seit gestern ein wenig besser kennengelernt hast. Aber sind wir doch mal ehrlich. Ich habe ein unspektakuläres Aussehen, ungefähr vier Pfund zu viel auf den Rippen und mit einer anständigen Größe wurde ich auch nicht gesegnet. Deshalb hatte ich in meinem Leben auch erst vier Männer. Um mich reißt man sich nicht gerade. Und jetzt wird man das noch viel weniger tun. Sobald sie erfahren, dass ich keine Kinder mehr in die Welt setzen kann, werden sie weg sein."

Der Ausdruck auf Christophers Gesicht schien noch finsterer zu werden. „Okay, ich will ehrlich zu dir sein. Ich wäre genauso an dir vorübergegangen, wie du es gestern Abend behauptet hast. Weil ich seither genauso dumm war, wie viele andere Männer, und nur auf Äußerlichkeiten geachtet habe. So Frauen wie Zoe gehörten zu meinem Beuteschema. Groß, schlank, aufgebrezelt, wallende Mähne."

„Danke, für deine Ehrlichkeit, aber so genau wollte ich es gar nicht wissen", murrte ich dazwischen und fühlte mich augenblicklich noch schlechter, weshalb ich mich abwandte.

Christopher ließ das jedoch nicht zu, drückte mich zurück auf die Matratze und hielt mich mit seinem Körper unter sich gefangen. „Ich bin noch nicht fertig", fuhr er fort und war mir dabei so nah, dass ich seinen Atem auf meiner Wange spüren konnte. „Mein Aussehen und meine Arbeit haben mir viele Frauen beschert. Sehr viele, um es genau zu sagen. Trotzdem habe ich bis heute nicht die Frau fürs Leben gefunden. Was bringen all diese Frauen, der ganze hemmungslose Sex, wenn es dabei um nichts anderes geht. Keine Liebe. Nichts das tiefer geht. Du bist dümmer als ich gedacht hatte, wenn du glaubst, dass ein anderes Aussehen deine Situation verbessern würde. Und noch dümmer bist du, wenn du der Meinung bist, dass das einzige was wir Männer wollen, eine Frau ist, die unsere Kinder austrägt. Zudem, tut mir leid das sagen zu müssen, gibt es schlimmere Schicksale, als keine Kinder mehr bekommen zu können."

Ich schnappte fassungslos nach Luft. Mit dem Letzteren hatte er zwar nicht ganz unrecht, aber hatte er mich eben wirklich als dumm betitelt.

„Ich kann dir sagen, was ich mir wünsche", fuhr er unbeirrt fort. „Auch wenn ich nicht für alle Männer der Welt sprechen kann, aber mir ist es wichtig, von einer Frau um meinetwillen geliebt zu werden. Nicht wegen meines Jobs, meines Geldes oder meines Aussehens. Ich musste auch erst meine Erfahrungen sammeln, bevor mir das klar wurde. Aber genau aus diesem Grund bin ich hier. Es sollte mir als Pause vor einem Neuanfang dienen. Einem Weg, den ich mir geschworen habe zu gehen, komme was wolle. Ach und noch was. Ich hätte es bitter bereut."

„Was hättest du bereut?", wollte ich wissen.

„Wenn ich einfach an dir vorübergegangen wäre", antwortete er zu meiner Überraschung. Seine Stimme war wieder ruhiger geworden und er sah mir tief in die Augen.

„Das hättest du nicht, denn du hättest es nie erfahren", flüsterte ich unsicher und war mir seiner körperlichen Nähe plötzlich sehr bewusst. Sein Körper drängte mich sehr bestimmend auf die Matratze. Ich spürte wieder diese verräterische Hitze in mir aufsteigen, während sich langsam seine Lippen näherten. Ich focht einen innerlichen Kampf mit mir aus. Sollte ich ihn von mir stoßen oder es zulassen? Sollte ich seinen Kuss annehmen und erwidern oder...

Ich kam nicht dazu, meinen Gedanken zu vollenden, da ich von draußen ein lautes Poltern vernahm. Gleichzeitig sahen Christopher und ich zur Tür.

„Verdammt, was war das?", knurrte Christopher.

„Das wüsste ich auch gern."

Er rückte von mir ab, stand auf und hielt mir die Hand entgegen, um mir aufzuhelfen. Gemeinsam verließen wir mein Zimmer. Im Wohnzimmer war nichts Auffälliges zu entdecken, weshalb ich die Haustür ansteuerte, die noch immer offenstand. Im Türrahmen blieb ich stehen und schaute mich um, als ich im nächsten Moment zusammenzuckte, weil ein weiteres Krachen zu hören war.

Sofort war mir klar, was die Quelle des Übels war. Ein Waschbär machte sich an dem Essen zu schaffen, das noch immer auf dem Tisch vor der Hollywoodschaukel stand. Christopher war mir gefolgt und setzte dazu an, den Unruhestifter zu vertreiben, als ich ihn am Arm packte und zurückhielt. „Warte!", bat ich. „Ich glaube, ich kenne unseren Besucher."

Christopher sah mich mit gerunzelter Stirn an, blieb aber stehen.

„Percy, bist du das?", fragte ich und ging langsam auf das Tier zu, das mit dem Rücken zu uns auf dem Tisch saß.

„Percy?", wiederholte ich etwas lauter.

Der Waschbär reagierte, wandte sich um, kletterte

vom Tisch und kam keckernd auf mich zugesprungen. Ich reagierte, ging in die Hocke und nahm Percy mit meinen Armen in Empfang.

„Ich freue mich so, dass du mich besuchen kommst, mein kleiner Räuber", flüsterte ich und strich ihm liebevoll übers Fell.

„Das musst du mir jetzt aber erklären, Stella. Warum kuschelst du mit einem wilden Waschbär?"

„Das ist Percy. Ich habe ihn vor fast zehn Jahren als verwaistes Jungtier mit meinen Eltern beim Wandern gefunden. Er war völlig abgemagert und entkräftet und seine Mutter verschwunden, weshalb wir beschlossen, den kleinen Kerl mitzunehmen und aufzupäppeln. Er hat sich sofort in mein Herz geschlichen und ich mich wohl in seins. Nach den vier Wochen, die wir hier verbracht haben, war er kräftig genug, um ihn wieder in die Wildnis zu entlassen, aber er ging nie weit weg. Blieb immer in der Umgebung. Nachdem wir abgereist waren, schaute Mrs. Martin immer wieder nach ihm und stellte ihm anfänglich noch Futter hin, weil ich mir sorgen machte, ob er fähig wäre, alleine klar zu kommen. Da er aber immer dicker wurde, verringerte sie die Futterportionen, bis er schlussendlich gar nichts mehr bekam. Allerdings ging er trotzdem nie ganz. Er kommt immer wieder hierher zurück. Anscheinend um nachzusehen, ob er was zu fressen findet oder ob ich hier bin."

„Wow! Und er hat dich nie gebissen?", hakte Christopher nach. „Er ist ja schließlich ein Wildtier und kein Schoßhündchen."

„Nein, anfänglich war er für jede Gegenwehr zu

schwach. Selbst der örtliche Tierarzt, den wir damals aufsuchten, gab ihm kaum noch eine Überlebenschance. Doch ein paar Aufbauspritzen, viel gutes Futter und ganz viel Liebe und Percy war bald wieder das blühende Leben."

„Das ist ja unglaublich. Kann ich ihn auch streicheln?"

„Du kannst es gern versuchen, doch die Vergangenheit hat gezeigt, dass er sich nicht von anderen anfassen lässt. Selbst meine Eltern durften ihn nicht berühren."

Langsam hob Christopher die Hand in Percys Richtung, weshalb dieser sofort ein Knurrgeräusch ausstieß. Blitzschnell zog er die Hand wieder zurück. „Tja, er scheint dich als Mutterersatz zu sehen", stellte er fest.

„Kann schon sein."

„Ist er dann nicht schon ungewöhnlich alt?"

„Na ja, ein Waschbär hat offiziell eine Lebenserwartung von zehn bis fünfzehn Jahren. Leider liegt das Durchschnittsalter eines Waschbären in freier Wildbahn nur bei zwei bis drei Jahren, was an ihren natürlichen Feinden liegt. Jedoch darf man einen Waschbären nicht unterschätzen. Sie sind sehr intelligent. Percy scheint besonders clever zu sein, sonst wäre er hier draußen nicht so alt geworden."

„Und er taucht immer auf, wenn du hier bist?"

„Ja, auch Josh hat ihn hin und wieder schon gesehen, wenn er hier war. Er scheint in regelmäßigen Abständen vorbeizuschauen, um zu sehen, ob ich wieder da bin."

„Oder wenn ihn seine Nase hertreibt, weil er etwas zum Fressen riecht", fügte Christopher hinzu und nickte Richtung Tisch.

Zwei Teller lagen zerbrochen auf dem Boden der

Veranda, welche auch der Grund für den Krach gewesen sein mussten. Die Burger waren verschwunden, die ungenutzten Brötchen waren angefressen, die Wassergläser umgestoßen und auch der Rest sah nicht mehr allzu gut aus. Selbst der Käse und die Soßen, die in der Verpackung sicher sein sollten, wiesen Bissspuren auf.

„Also wirklich, Percy", sagte ich mit gespielter Empörung und setzte ihn auf dem Boden ab. „Würdest du mir von drinnen bitte einen Müllbeutel holen, Christopher? Außer natürlich, du möchtest lieber auf Percy aufpassen, damit er nicht noch mehr anstellt?"

„Ich entscheide mich lieber für den Job als Laufbursche. Ich stehe nämlich nicht besonders auf Waschbärbisse", entschied er mit einem Grinsen und verschwand nach drinnen.

Da es bereits dämmerte, begann ich schnell die Scherben einzusammeln. Kurz darauf hielt mir Christopher schon den Beutel auf, in dem ich alles versenkte, was nicht mehr zu retten war. Danach organisierte ich von drinnen ein paar Weintrauben, die ich Percy gab und der damit in der Abenddämmerung verschwand.

„Was für ein süßer Kerl", bemerkte Christopher. Er hatte den Grill geleert und aufgeräumt und kam um die Ecke, als Percy gerade mit seiner Beute davonsprang.

„Ja, das ist er. Ich werde sehr traurig sein, wenn er irgendwann nicht mehr hier auftaucht. Dann weiß ich, dass er seine letzte Reise angetreten hat."

„Nachvollziehbar, nur leider lebt niemand ewig", erwiderte er mit einem liebevollen Blick und kam die Stufen hoch.

„Nein, leider nicht", stimmte ich zu.

KAPITEL 7

Da der Abend kühl wurde, verbrachten wir ihn im Inneren der Hütte. Jeder ging seinen eigenen Interessen nach. So verschwand Christopher mit der Bemerkung, er würde noch etwas arbeiten und einer Tüte Kartoffelchips in seinem Zimmer. Ich schnappte mir einen Apfel und machte mich ebenfalls rar.

Der Nachmittag mit Christopher hatte mich zu sehr aufgewühlt, weshalb ich froh darüber war, etwas Zeit für mich zu haben.

Während ich meinen Apfel aß, checkte ich mein Handy. Jane hatte auf meine Textnachricht, die ich ihr am Morgen gesendet hatte, geantwortet und wollte unbedingt mehr über den unbekannten Fremden erfahren. Zügig biss ich die letzten Stücke meiner roten Frucht ab, warf das Kerngehäuse in den Mülleimer neben dem Schreibtisch und rief Jane an.

„Hallo Stella, los erzähl. Ist er ein Leckerbissen?", meldete sie sich prompt, nach dem ersten Klingeln.

Ich lachte über ihre direkte Art und antwortete: „Hallo Jane. Ja, das ist er."

„Einzelheiten! Los, spann mich nicht auf die Folter."

„Er ist groß. Ich reiche ihm gerade mal bis zu den Schultern", begann ich zu erzählen und setzte mich unterdessen auf mein Bett.

„Das ist bei deiner Körpergröße keine Kunst", frotzelte Jane.

„Haha, sehr witzig. Sein Haar ist braun, sein Körper

schlank und muskulös. Er hat dieses süße Grübchen am Kinn. Und seine Augen..." Ich seufzte verträumt.

„Das klingt sehr lecker. Und hast du schon an ihm genascht?"

„Jane, ich kenne ihn doch erst seit gestern Abend. Zudem sind wir beide im Moment nicht auf eine Beziehung aus. Auch wenn ich zugeben muss, dass es hier heute sehr aufgeheizt zuging."

„Wie soll ich das jetzt verstehen?"

Ich erzählte ihr von den heutigen Vorkommnissen, dass ich Christopher von meinem Manko erzählt hatte und dass er mir verflucht nahegekommen war.

„Oh Stella, den musst du dir einverleiben. Was spricht schon gegen einen heißen Urlaubsflirt?"

„Im Prinzip nichts, aber du weißt ganz genau, dass ich aus anderen Gründen hier bin. Ich wollte endlich meinen Kopf freibekommen und mich nicht in das nächste Chaos stürzen. Für mich stand Erholung auf dem Plan."

„Ein Urlaubsflirt heißt nicht zwangsläufig Chaos, solange man ihn ungezwungen sieht. Sex kann sehr entspannend und erholsam sein, Stella. Zudem muss es doch auch etwas Gutes mit sich bringen, dass dir dein Bruder das eingebrockt hat. Nimm es wie es kommt."

„Du musst es ja wissen."

„Und wenn schon. Ich habe es zumindest nie bereut."

„Ich werde mich Christopher trotzdem nicht einfach an den Hals werfen", beharrte ich.

„Na schön, wenn du meinst. Aber noch sind die zwei Wochen nicht vorbei. Im Gegenteil. Sie haben eben erst begonnen", stellte sie klar und ich konnte ein wissendes Lachen in ihrer Stimme hören. „Ich muss jetzt leider

Schluss machen. Brain kommt gleich. Wir wollten noch gemeinsam um die Häuser ziehen und etwas trinken gehen."

„Dann wünsche ich euch viel Spaß und grüße Brain von mir."

„Das mach ich. Dir ebenfalls viel Spaß mit deinem neuen Mitbewohner und wir hören uns."

„Danke und bis bald." Ich unterbrach die Verbindung, legte das Telefon zur Seite und stand auf.

Da ich an diesem Abend sonst nichts mehr geplant hatte und ein bisschen verloren im Zimmer herumstand, beschloss ich, das Bad zu putzen. Vielleicht würde mir das helfen, um mich von den Geschehnissen des Tages abzulenken. Mit dem Badreiniger und einem Putzlappen, den ich aus dem Schrank unter dem Waschbecken zu Tage förderte, machte ich mich ans Werk.

Ich wollte nicht darüber nachdenken, was zwischen Christopher und mir geschehen war, bevor wir von Percy so rüde unterbrochen worden waren. Doch das Telefonat mit Jane brachte mich dazu, dass ich gedanklich nicht davon ablassen konnte. Eigentlich war ich froh darüber, dass Percy uns gestört hatte, denn alles was hätte passieren können, hätte vermutlich nur zu weiteren Problemen geführt. Zumindest redete ich mir das ein. Trotzdem hatte es gutgetan, Christopher von meinem Problem zu erzählen. Ich bereute es nicht und war überrascht, dass er die Dinge, aus der Sicht eines Mannes, ganz anders sah als ich es vermutet hatte. Mit seiner direkten Art hatte er mir, im wahrsten Sinne des Wortes, den Kopf geradegerückt. Natürlich war das nur seine Ansicht, doch vielleicht gab es doch noch Hoffnung für mich und meine Situation. Womöglich war irgendwo da draußen doch noch ein Mann, dem es egal war, dass ich keine Kinder bekommen konnte. Schließlich gab es auch Männer, die Kinder nicht ausstehen konnten. Bei dem Gedanken schüttelte ich den Kopf. Was für ein Blödsinn. Was wollte ich denn mit einem so lieblosen Kerl, der keine Kinder mochte?! Nein, so jemand kam für mich nicht in Frage. Es müsste schon jemand sein, der Charakter und Sinn für Humor besaß. Zudem sollte er liebevoll sein und Feingefühl besitzen.

Prompt kam mir Christopher in den Sinn, den ich lieber ganz schnell wieder von der Liste der potentiellen Kandidaten ausschloss und den Kalkflecken in der Duschwanne noch energischer zu Leibe rückte. Mein neuer Mitbewohner hatte ausdrücklich erwähnt, dass er derzeit nicht an einer festen Beziehung interessiert sei, weshalb es auch nichts zur Sache tat, dass er all diese Eigenschaften zu besitzen schien. Egal, was da heute zwischen uns abgelaufen war, es würde ohnehin nichts Ernstes daraus werden. Und ob ich mich auf ein kurzes Abenteuer einlassen würde, wusste ich nicht so recht.

Nachdenklich rieb ich die Duschwanne trocken und wand mich dem Waschbecken zu. Vielleicht sollte ich mich einfach meinem Singleleben hingeben und es mit vollen Zügen auskosten. Schließlich hatte ich nichts zu verlieren und andere taten das ja genauso. Ich könnte mich mal wieder etwas rausputzen und mich unters Volk mischen. Einfach wieder öfter unter Leute gehen. Mein Leben genießen, ohne etwas davon zu erwarten. Ich konnte meinen Spaß doch auch haben, ohne einen festen Partner an meiner Seite. Natürlich würde das nichts an dem Umstand ändern, dass ich niemals ein eigenes Kind bekommen würde. Doch Christopher hatte recht, als er sagte, dass es durchaus schlimmere Schicksale gäbe. Wenigstens hatte ich den Eingriff gut überstanden und war nun wieder ein gesunder Mensch, der sein Leben noch vor sich hatte. Wer brauchte schon zwingend Kinder und einen Mann im Leben?!

Und auch Jane hatte mit dem, was sie vom Stapel gelassen hatte, nicht ganz unrecht. Vielleicht sollte ich es einfach auf mich zukommen lassen und sehen, wie sich die Sache mit Christopher entwickeln würde. Und was meine Zukunft nach dem Urlaub betraf, würde ich es ebenso handhaben. Wenn sich was ergab, gut. Wenn nicht, dann nicht. Und falls doch, würde ich von vornherein abchecken, ob ein Kinderwunsch im Raum stand und mit offenen Karten spielen. So konnte ich im Nachhinein nicht enttäuscht werden. Ich würde versuchen, auch wenn es an manchen Tagen schwer sein und der Wunsch nach einem eigenen Kind übermächtig sein würde, weiter an meiner Lebenseinstellung festzuhalten und die Probleme zu lösen, wie sie kamen und damit basta.

Das klang nach einem guten Plan, dachte ich, schnappte mir den WC-Reiniger und widmete mich der Toilette.

Ich hatte die letzten eineinhalb Jahre mit Mason verbracht und war zu einer echten Couchpotato mutiert. Dazu kamen die gesundheitlichen Probleme meines Vaters, die mich schon zuvor immer wieder in Anspruch genommen hatten. Natürlich hatte ich für ihn gerne zurückgesteckt, aber nun saß er seit Kurzem in einem Pflegeheim und erkannte mich nicht mehr. Mit meinem

Bruder war ich fertig und meine Mutter war nicht mehr am Leben. Außer Jane hatte ich niemanden mehr in meinem Leben, auf den ich Rücksicht nehmen musste. Okay, da war noch Josh, doch den sah ich nur, wenn ich auf Urlaub hier war, weshalb er in diesem Fall nicht nennenswert war. Also, warum dann nicht das Beste aus der Situation machen und das Leben in vollen Zügen genießen. Es wäre zumindest ein Anfang.

Mit einem Lächeln erhob ich mich von meinem Platz vor der Toilette und betrachtete zufrieden mein glänzendes Werk. Das Bad war sauber und sah fast wie neu aus. In meinem Inneren kehrte endlich Ruhe ein. Als hätte ich meine Seele ebenso gesäubert wie das Bad. Ich fühlte mich sogar irgendwie erleichtert. Das alte, leidige Kapitel war nun beendet und es war an der Zeit ein neues, besseres zu beginnen. Ab morgen würde ein neuer Abschnitt in meinem Leben starten und um dies einzuläuten, ging ich zurück in mein Zimmer und schrieb Jane erneut eine Nachricht, um ihr von meinen guten Vorsätzen zu erzählen.

***

In dieser Nacht schlief Christopher besonders schlecht. Er wälzte sich von links nach rechts und focht mit seiner Bettdecke einen wahren Kampf aus. Auch sein Kopfkissen kam ihm plötzlich schrecklich unbequem vor, obwohl er die Nächte zuvor so hervorragend darauf geschlafen hatte.

Ihm war bewusst, was der Grund für seine Ruhelosigkeit war. Das Gespräch mit Stella wollte ihm einfach nicht aus dem Kopf gehen. Das, was sie ihm heute erzählt hatte, spukte ihm unaufhörlich durch die Gedanken. Konnte es wirklich sein, dass das Schicksal zwei Menschen zusammenführte, die dazu bestimmt waren, einander aus ihrem tiefen Tal zu helfen? Oder vielleicht sogar noch viel mehr?

Christopher erinnerte sich an das Gefühl, das er empfunden hatte, als er Stella tröstend in seinen Armen gehalten hatte. Ihn hatte das dringende Bedürfnis durchzuckt, ihre Wunden zu heilen. Ihr den Schmerz zu nehmen und sie wieder zum Lachen zu bringen. Dieses Lachen, das er so sehr an ihr liebte, wie er sich nun selbst eingestehen musste. Es ging ihm jedes Mal unter die Haut, wenn ihr klares Lachen die Luft erfüllte. Die Tränen, die sie hingegen geweint hatte, waren so bitter gewesen, dass er ihren Schmerz beinahe fühlen konnte.

Dass sie so ehrlich und offen zu ihm gewesen war, hatte ihn ein wenig überrascht, schließlich kannten sie einander kaum. Andererseits war er sehr froh darüber, dass sie ihm den wahren Grund für ihre Traurigkeit erzählt hatte. So war es für ihn einfacher ihr Verhalten zu verstehen und ihr über ihren Kummer hinwegzuhelfen.

Als ihm bei ihrem Gespräch die Nähe zu ihr bewusst wurde, hatte er es wieder gespürt. So, wie schon zuvor auf der Hollywoodschaukel. Vielleicht war nicht nur er derjenige, der dieses seltsame Knistern zwischen ihnen spürte. Irgendetwas zog ihn an Sella an. Lockte ihn und schien ihn immer mehr zu reizen. Dazu hatte sie so perfekt in seine Arme gepasst. Sich wie angegossen mit ihren weichen und weiblichen Rundungen an seinen Körper geschmiegt.

Immer hatte Christopher geglaubt, dass große Frauen das waren, was er und auch sein Körper bevorzugten. Doch heute wurde er eines Besseren belehrt. Wären sie nicht von Percy dem Waschbären gestört worden, hätte er Stella vermutlich nicht mehr aus dem Bett gelassen. Wie er so auf ihr gelegen hatte, ihren wohl geformten Körper unter sich gespürt hatte, war etwas in ihm aus den Fugen geraten. Er hatte Lust empfunden, aber auch das dringende Bedürfnis, sie zu beschützen, was völlig ungewöhnlich für ihn war. In diesem Augenblick wollte er sie nicht einfach nur vögeln. Nein, da war mehr gewesen. Etwas, das er nicht benennen konnte. Etwas, das er noch nie zuvor gespürt hatte. Es war ihm fremd und das machte ihm Angst; ließ ihn nicht schlafen; machte ihn unruhig.

Noch nie hatte er eine Frau von ganzem Herzen geliebt. Natürlich hatte es Schwärmereien und Unmengen an One-Night-Stands gegeben, aber über eine gewisse Verliebtheit kam er nie hinaus. Selbst die Sache mit Zoe, hatte sein Herz nicht erwärmt und reichte, trotz der misslichen Umstände, nur für eine Freundschaft aus. Aber war es denn wirklich Liebe, die da in seinem Herzen wuchs? Woher sollte er das mit Sicherheit sagen, wo er es doch noch nie gefühlt hatte. Zudem kannte er Stella doch kaum. Sie hatten bis jetzt einen Abend und einen Tag miteinander verbracht. Was war das schon?! Wie konnte es sein, dass sich nach so kurzer Zeit etwas wie Liebe in ihm regte? Das war unmöglich, oder nicht?

Seufzend fuhr er sich mit den Händen übers Gesicht. Da es ohnehin nichts brachte, sich weiter im Bett herumzuwälzen, würde er aufstehen, sich einen Tee kochen und noch etwas arbeiten. Vielleicht würde ihm das die nötige Ruhe verschaffen, um wenigstens noch ein paar Stunden Schlaf zu finden. Er hatte heute zwar schon etliches geschafft und fertiggestellt, aber was konnte es schaden, noch etwas mehr zu tun, in der Hoffnung, einen freien Kopf zu bekommen.

Da Christopher grundsätzlich nackt schlief, stieg er in seine Boxershorts und lief in die Küche. Dort setzte er Wasser auf, nahm eine Tasse aus dem Schrank und wählte einen Tee aus.

„Kannst du nicht schlafen?", murmelte eine verschlafene Stimme hinter ihm. Stella lehnte in ihrem Türrahmen und rieb sich müde die Augen.

„Oh, habe ich dich geweckt? Das tut mir schrecklich leid! Nein, ich finde keinen Schlaf und dachte, ein Tee und etwas Arbeit würden vielleicht Abhilfe schaffen."

„Nicht wirklich. Meine Blase hat mich geweckt, da habe ich dich gehört und das Licht unter der Tür durchscheinen sehen", gab Stella zu und tapste zu ihm. „Tee klingt gut. Mach du dich an die Arbeit, ich kümmere mich um den Tee", schlug sie vor und schob ihn gähnend zur Seite.

Christopher musste sich anstrengen, sie nicht zu offensichtlich anzustarren, während sie sich neben ihm nach einer weiteren Tasse streckte, um sie zu erreichen. Dabei hob sich ihr weißes T-Shirt, das sie wohl zum Schlafen trug, soweit hoch, dass er die verlockenden Rundungen ihres Hinters sehen konnte, die in einen schlichten weißen Baumwollslip verpackt waren. Dazu gab dieses Outfit eine uneingeschränkte Sicht auf ihre Beine preis. Ihr schien nicht im Geringsten bewusst zu sein, wie freizügig sie gerade vor ihm herumtänzelte.

So würde er mit Sicherheit nicht auf andere Gedanken kommen, musste sich Christopher eingestehen. Mit einem spitzbübischen Grinsen im Gesicht, warf er über seine Schulter hinweg einen weiteren Blick auf das, was Stella ihm gerade ganz ungeniert zeigte, während er zurück in sein Schlafzimmer ging.

***

Da ich nun ohnehin wach war, konnte ich auch einen Tee trinken. Darum schob ich Christopher zur Seite, der zu meiner Überraschung nur eine Boxershorts trug, und machte mich daran die Teebeutel, die er ausgewählt hatte, in die Tassen zu hängen. Ich versuchte mir nicht anmerken zu lassen, dass mich sein Anblick nervös machte und konzentrierte mich auf den Tee. Kurz darauf kochte das Wasser und ich goss es in die Tassen. Diese stellte ich auf das Tablett und kramte noch ein paar Kekse aus dem Vorratsschrank, die ebenfalls ihren Platz darauf fanden. Mit dem Tablett in den Händen lief ich in Christophers Schlafzimmer. Ich fand ihn vor seiner Staffelei stehend mit einem Pinsel in der Hand. Zu Gunsten meines Pulses, hatte er sich ein schwarzes Shirt und eine gleichfarbige Sporthose angezogen. Er blickte für einen Sekundenbruchteil auf, lächelte mich an und konzentrierte sich dann wieder auf seine Arbeit.

Das ehemalige Schlafzimmer meiner Eltern war noch genauso wie ich es in Erinnerung hatte. Das dunkelgraue, extragroße Polsterbett nahm den meisten Platz des Zimmers ein. Der große Massivholzschrank aus europäischer Kirsche stand auf der gegenüberliegenden

Seite. Vor dem Fenster stand der dunkelrote Ohrensessel. Das Beistelltischchen hatte Christopher zweckentfremdet und als Abstellfläche für seine Malutensilien benutzt. Zu meiner Beruhigung hatte er ein altes Handtuch daruntergelegt, weshalb ich mir keine Sorgen um spätere Ölfarbenflecken machen musste.

Ich stellte das Tablett auf dem Nachttisch ab. Seine Tasse brachte ich zu ihm und stellte sie neben die Farbtuben, bevor ich zurück in Richtung Bett lief.

„Danke für den Tee", meinte er ohne aufzusehen.

„Gern geschehen. Magst du auch einen Keks dazu", bot ich ihm an.

„Im Moment nicht. Vielleicht nachher."

„Würde es dich stören, wenn ich dir zusehe, während ich meinen Tee trinke?", fragte ich und hoffte nicht zu aufdringlich zu sein.

„Keineswegs! Du darfst mir nur nicht direkt über die Schulter schauen. Das mag ich nicht. Ich zeige meine Werke immer erst dann vor, wenn sie ganz fertig sind", bat mich Christopher.

Da der Sessel von seiner Kleidung belegt wurde, gab es eigentlich nur einen Platz, den ich einnehmen konnte. „Macht es dir etwas aus, wenn ich mich auf dein Bett setze? Der Sessel ist etwas überfüllt und der Boden sehr unbequem."

„Nein, nur zu", erwiderte er ohne aufzusehen.

Deshalb krabbelte ich auf das Bett, stopfte mir ein Kissen in den Rücken und zog mir eine Decke über die Beine, da mir allmählich etwas kühl wurde. Genüsslich nippte ich an meinem Tee und knapperte zwischendurch an einem Keks, den ich in der anderen Hand hielt.

Unterdessen sah ich zu Christopher, der hochkonzentriert auf sein entstehendes Werk starrte. Immer wieder tauchte er seinen Pinsel in Farbe und zog ihn danach lautlos über die Leinwand. Ab und an trank er ebenfalls einen Schluck von seinem Tee, während er nachdenklich auf sein Kunstwerk sah.

Da ich mich nicht traute ein Gespräch mit ihm zu beginnen, aus Angst ihn zu stören, saß ich einfach nur da und sah ihm zu. Ich betrachtete ihn ausgiebig und musste erneut feststellen, dass er selbst beim Arbeiten in schlichter Sportkleidung verdammt sexy aussah.

Als meine Tasse leer war, stellte ich sie zurück auf das Tablett und ließ mich ein wenig tiefer in das Kissen sinken.

„Du bist so still, Stella. Ist alles okay?", wollte Christopher unerwartet wissen.

„Ja, alles Bestens. Ich will dich nur nicht stören", erwiderte ich wahrheitsgemäß. „Vielleicht wäre es sogar besser, wenn ich wieder in mein Bett gehen würde, sonst bin ich morgen zu nichts zu gebrauchen."

„Warum, was hast du denn für morgen geplant?"

„Och, ich dachte, wenn das Wetter so gut wird wie heute, könnte ich an den Lake Louise fahren, mir ein Kanu mieten und ein bisschen paddeln gehen."

„Das klingt toll! Hast du das schon öfters getan? Also, Kanufahren, meine ich."

„Immer dann, wenn ich hier war und das Wetter mitgespielt hat. Warst du schon mal Kanu fahren?"

***

„Ruderboot, ja. Kanu, leider nein. Das hat sich bis jetzt noch nicht ergeben. Ich wollte es immer mal ausprobieren, aber leider kam ich bisher nicht dazu. Dabei finde ich Sport einen tollen Ausgleich zu meiner Arbeit. In Seattle versuche ich so oft wie möglich etwas Sport zu treiben, um nicht einzurosten. Manchmal gehe ich Laufen oder ich spiele mit einem Freund Tennis. Im Winter war ich auch schon Ski fahren, aber für meinen Geschmack, könnte ich öfter etwas tun. Nur leider fällt es mir alleine immer so schwer mich dazu aufzuraffen. Weißt du, was ich meine?"

Christopher wartete auf eine Antwort, aber die kam nicht. Verwundert sah er auf und bemerkte, dass Stella eingeschlafen war. Sie lag auf der Seite, hatte sich ins Kissen gekuschelt und atmete ruhig und gleichmäßig.

Er legte den Pinsel zur Seite und ging zum Bett.

Sie sah so friedlich und entspannt aus, wie sie so in seinem Bett lag. Kein schützender Panzer aus Entschlossenheit und Stärke umgab sie. Auch keine sonstigen Gefühle beeinflussten ihr Äußeres. Nur Stella lag da vor ihm, ganz natürlich.

Eine Haarsträhne lag über ihrem Gesicht, welche er vorsichtig zur Seite strich und dabei sacht ihre Wange berührte. Ihre Haut war glatt und weich und Stella reagierte auf die Berührung, indem sie leise grummelte und sich auf den Rücken drehte.

Das ist es, dachte Christopher plötzlich, strich ihr Haar noch etwas zurecht und hetzte zu einer leeren Leinwand. Da war sie, seine Muse, und er konnte nur hoffen, dass diese es ihm nicht übelnehmen würde, dass er diese Situation so schamlos ausnutzte. So lange hatte er darauf gewartet, dass ihn ein neues Motiv dazu inspirierte, ein neues Werk zu beginnen. Doch seit der Geschichte mit Zoe war ihm nichts mehr vor die Augen gekommen, was ihn dazu angetrieben hätte. Als wäre ihm durch das ganze Chaos jeglicher Blick dafür abhandengekommen. Vielleicht hatte auch seither nichts mehr so sehr seine Aufmerksamkeit erregt wie es Stella derzeit tat.

Er hatte sich wegen Zoe und dem was zwischen ihnen geschehen war, so gegrämt, dass er kaum noch etwas um sich herum wahrgenommen hatte. Darunter hatte auch seine Arbeit gelitten, weshalb er sich auch diese Auszeit genommen hatte und hierhergefahren war. Vielleicht war es ja wirklich Schicksal, dass er Stella hier getroffen hatte. Und zwar in jeglicher Hinsicht. Sie gab ihm neuen Auftrieb, brachte ihn zum Lachen und lenkte ihn von seinen trüben Gedanken ab. Nun fand er sogar noch ein Motiv in ihr und wer wusste schon, was er noch alles in ihr finden würde. Aber das würde sich noch herausstellen.

KAPITEL 8

Seit wann war mein Bett so warm, dass ich ins Schwitzen geriet? Und warum roch es so gut? Zudem schien es sich zu bewegen, was mich zusätzlich verwirrte, weshalb ich langsam die Lider hob. Heilige Scheiße! Ich lag in Christophers Bett und klammerte mich mit Armen und Beinen an ihm fest.

Ich musste in der vergangenen Nacht in seinem Bett eingeschlafen sein, als ich ihm beim Malen zugesehen hatte. Doch warum ich ihn jetzt als Schmusedecke missbrauchte, war mir schleierhaft.

Vorsichtig, um ihn nicht zu wecken, versuchte ich mich von ihm zu lösen, was nur zur Folge hatte, dass er sich zu mir drehte und mich in seine Arme schloss. Angespannt hielt ich die Luft an. Verdammt! Wie zum Teufel sollte ich mich aus dieser Situation befreien? Wie sollte ich ihm erklären, dass ich mich im Schlaf an ihn rangemacht hatte? Gott, mir wurde immer heißer, während ich auf seine Brust starrte und spürte, wie sein Körper sich an meinen presste. So viel zum Thema, ich würde mich ihm nicht an den Hals werfen. Das hier war fast noch schlimmer. Nein, es war schlimmer! Hätte er nicht wenigstens etwas anbehalten können?! Ich konnte nur nackte Haut fühlen und fragte mich gerade, ob er überhaupt etwas trug, als Christopher plötzlich zu lachen begann.

„Wenn du noch etwas länger die Luft anhältst, läufst du noch blau an."

„Christopher, du bist ja wach", krächzte ich verlegen.

„Ja, schon eine Weile. Es ist schon fast Mittag. Du hast geschlafen wie ein Murmeltier." Er löste seine Umklammerung und rückte soweit von mir ab, dass er mich ansehen konnte. „Du bist eingeschlafen und da das Bett groß genug für uns beide ist, habe ich mich später dazugelegt. Ich konnte ja nicht wissen, dass du mich im Schlaf begrapscht."

„Was habe ich?", meinte ich entsetzt.

„Und an deinem Schnarchen müssen wir auch arbeiten. Du hast im Schlaf den halben Nationalpark abgeholzt."

Ich sah ihn mit weit aufgerissenen Augen an und wünschte mir, ich könnte in den Tiefen der Matratze versinken. Warum hatte Jane nie erwähnt, dass ich schnarche und was hatte ich mit Christopher angestellt? Als dieser plötzlich lauthals loslachte, wurde mir klar, dass er mich nur veräppelt hatte.

Ich setzte mich auf, griff nach meinem Kopfkissen und schlug auf ihn ein. „Du Mistkerl! Für einen Moment habe ich dir tatsächlich geglaubt."

Er wehrte meinen Angriff gekonnt ab, schnappte mich und drehte sich mit mir herum, sodass ich zwischen seinem Körper und der Matratze gefangen war. „Der Anblick deines entsetzten Gesichts war diesen kleinen Schwindel auf jeden Fall wert."

Ich stemmte meine Hände gegen seine nackte Brust, um ihn von mir herunterzuschieben, was aber in einem erfolglosen Versuch endete. „Los, geh runter von mir."

„Warum sollte ich?! Ich finde es hier durchaus sehr gemütlich", erwiderte er und strich mir meine Haare aus dem Gesicht. „Weißt du eigentlich, dass du unglaublich schön bist, wenn du schläfst?!"

„Du veräppelst mich schon wieder", stellte ich fest und sah ihn wütend an.

„Warum sollte ich dich bezüglich deines Äußeren veräppeln? Wenn ich sage, dass du unglaublich schön ausgesehen hast, dann meine ich das auch so", konterte er entschlossen und kam mir immer näher.

Ich konnte schon seinen Atem auf meiner Haut spüren, weshalb ich mit aller Kraft bemüht war, mich zu befreien. Das einzige, was ich jedoch erreichte, war, dass die Bettdecke, die bis eben unsere Körper voneinander getrennt hatte, verrutschte und er nun gänzlich auf mir lag. Sein angespannter Gesichtsausdruck sprach Bände und seine Worte zusammen mit dem Beweis, der gegen meinen Oberschenkel drückte, ließ mich sofort stillhalten.

„Wenn du dich weiterhin so aufreizend bewegst, muss du auch mit den Konsequenzen leben", warnte er mich und sah auf mich herab, wie ein Puma, der bereit zum Angriff über seiner Beute stand.

„Du bist nackt!", gab ich mit piepsender Stimme kund und hatte nun auch meine Antwort auf die Frage, die mir nach dem Aufwachen durch den Kopf geschossen war.

„Ich schlafe immer nackt. Hast du ein Problem damit, Stella?"

„Nein...Ja...Vielleicht." Ich war so nervös, dass ich keinen vernünftigen Satz mehr zusammen bekam. Es wäre so einfach, meine Beine zu spreizen und die Bilder, die vor meinem geistigen Auge aufblitzten, in die Tat umzusetzen. Mir war in der Zwischenzeit so heiß, dass ich glaubte in Flammen zu stehen. Die Stelle zwischen meinen Beinen, die sich nach ihm verzehrte, pochte und Feuchtigkeit sammelte sich in meinem Höschen.

Als könnte Christopher meine Gedanken lesen, fragte er prompt: „Was soll ich tun, Stella?"

Ich öffnete den Mund und setzte zu einer Antwort an, schloss in dann aber wieder. Was hätte ich auf diese Frage antworten sollen? Das alles war so absurd. Ich kannte Christopher kaum und doch zog er mich an, wie eine Blüte die Biene.

Statt weiter auf eine Antwort von mir zu warten, kündigte er mit weicher Stimme an: „Ich werde jetzt aufstehen. Nicht weil ich möchte, sondern weil ich dir die Zeit geben werde, die du brauchst, um dich auf das unvermeidliche vorzubereiten. Glaube bloß nicht, dass dies hier abgehakt ist. Wir werden das hier fortsetzen, wenn die Zeit dafür reif ist." Er schwieg kurz und fügte dann hinzu: „Und Stella, viel Zeit kann ich dir nicht mehr geben."

Bevor ich hätte reagieren können, legte er seine Lippen auf die meinen und stahl sich einen Kuss. Dieser Kuss war so sanft und zärtlich, dass ich es einfach geschehen ließ. Dazu versprach er noch so viel mehr. Er war verheißungsvoll. Ein hoffnungsvoller Auftakt von etwas Großartigem, das unaufhaltsam auf mich zuraste.

Abrupt löste Christopher sich von mir, sprang auf, schlüpfte in seine Boxershorts, und verschwand im Bad.

Sprachlos und benommen von diesem unglaublichen Kuss, setzte ich mich auf, stieg aus dem Bett und tapste wie ferngesteuert in mein eigenes Schlafzimmer. Dort zog ich mich an und ging, nachdem die Geräusche im Bad verklungen waren, ebenfalls hinein. Während ich meine Haare durchbürstete, starrte ich in den Spiegel.

Meine Lippen prickelten immer noch von Christophers Kuss. Das Gefühl war unglaublich gewesen. Wie sein warmer, weicher Mund so unverfroren von mir gekostet und mich mit einer unglaublichen Zärtlichkeit liebkost hatte. Es war besser als ich es mir in meinen wildesten Fantasien hätte ausmalen können. Ich dachte an seine Worte und an das Versprechen, das er mir gegeben hatte. Wie konnte es sein, dass ein Mann wie er etwas mit einer Frau wie mir anfangen wollte? Er selbst meinte doch, dass er im Moment keine Beziehung wollte. Dass er sich auf das konzentrieren müsse, was vor im läge. Also, was wollte er dann von mir? Einen Urlaubsflirt? Es schien so, denn anders konnte ich mir sein Verhalten nicht erklären. Doch könnte ich ihm das geben? Eine kurze Zeit, gefüllt mit heißen Nächten, um dann am Ende getrennter Wege zu gehen? Ich zuckte mit meinen Schultern und schüttelte unentschlossen den Kopf. Ich wusste es nicht. Die Vorstellung mit diesem Luxusexemplar von einem Mann im Bett zu landen und die Laken zu durchwühlen war sehr verlockend. Und eigentlich hatte ich mir ja vorgenommen mein Leben ab sofort zu genießen. Ob ich jedoch für spontanen und unverbindlichen Sex geeignet war, konnte ich nicht sagen, da ich mich noch nie in solch einer Situation befunden hatte. Mir schoss Janes Aufforderung durch den Kopf, dass ich mir diesen Leckerbissen einverleiben solle, weshalb ich kurz auflachte. Vermutlich würde ich diese Entscheidung treffen, wenn es soweit war. Einfach ganz spontan. Schließlich hatte ich beschlossen, die Situationen zu nehmen wie sie kamen und nicht weiter darüber nachzudenken. Und es würde kommen, so viel war klar. Die Entschlossenheit hatte ich Christophers Stimme entnommen. Was ich dann damit anfange, würde sich von ganz allein ergeben.

Zurück in meinem Zimmer, nahm ich den kleinen Wanderrucksack, den ich hier vor Jahren in meinem Kleiderschrank deponiert hatte, lief in die Küche und packte mir Proviant für meinen Ausflug zum See ein. Das Wetter war gut und trotz, dass es schon Mittag war, blieben mir noch ein paar Stunden Zeit, um mit einem Kanu auf den Lake Louise hinauszufahren. Äpfel, einige belegte Brote und die angebrochene Packung Kekse von letzter Nacht fanden ihren Platz in dem Rucksack. Ich steckte gerade eine Wasserflasche ein, als Christopher in der Küche erschien.

„Ich hoffe, du packst genügend ein. Bei jeglicher Art von Sport, habe ich im Anschluss immer einen Bärenhunger", erklärte er mir mit einem Lächeln auf seinen Lippen.

„Wie jetzt, du kommst mit?", meinte ich überrascht.

„Klar! Das habe ich dir doch letzte Nacht gesagt und du hattest zugestimmt. Na ja, wenn man ein zustimmendes Brummen gelten lassen kann. Wenn du es dir jedoch anders überlegt hast...", schwindelte er. Sie hatte natürlich geschlafen, was sie jedoch nicht wusste. Doch er hatte für sich beschlossen, sie zu begleiten und war daher um eine kleine Notlüge nicht verlegen.

„Nein, nein", unterbrach ich ihn, griff nach einer zweiten Wasserflasche, um sie in meinen Rucksack zu stecken und überlegte, ob der Proviant für uns beide ausreichen würde, entschied dann aber, dass ich genug eingepackt hatte. „Ich hatte nur gedacht, du müsstest vielleicht arbeiten", fuhr ich fort. Meine Erinnerung an die letzte Nacht ließ mich leider im Stich. Mir war noch bewusst, dass ich mich mit ihm über Sport und meinen Plan, heute Kanufahren zu gehen, unterhalten hatte. Nur konnte ich mich nicht daran erinnern, dass er mitkommen wollte. Doch wenn es so war und ich dem zugestimmt hatte, wäre es auch nicht sehr nett, jetzt einen Rückzieher zu machen.

Zugegeben wäre mir etwas Abstand nach seiner morgentlichen Drohung lieber gewesen. Seine Anwesenheit machte mich nervös und meine Hormone kamen inzwischen unglaublich schnell in Wallung, wenn er sich in meiner Nähe aufhielt, woran vermutlich dieser Kuss schuld war.

„Da ich vergangene Nacht fleißig gewesen bin, spricht nichts dagegen, heute mal die Seele baumeln zu lassen und sich ein wenig zu bewegen."

„Also gut, dann lass uns gehen", forderte ich ihn auf, lief an ihm vorbei nach draußen und beschwor mich im Stillen, in seiner Gegenwart ruhig und gelassen zu bleiben. Genieße einfach den Tag mit ihm, redete ich mir in Gedanken ein und lief auf meinen Wagen zu.

Christopher kam mir nach, nahm mir kurzerhand den Rucksack aus der Hand und meinte: „Ich fahre."

Da es mir egal war, zuckte ich nur gleichgültig mit den Schultern und steuerte seinen Wagen an. Er entriegelte die Türen und setzte sich hinters Lenkrad, während ich auf dem Beifahrersitz Platz nahm. Der Wagen schien mir noch ziemlich neu zu sein, denn er hatte noch diesen typischen Neuwagengeruch. Zudem war er ungewöhnlich sauber. „Ist der Wagen neu?"

„Mehr oder weniger! Eigentlich ist es ein Leihwagen. Mein Auto hat vor ein paar Wochen den Geist aufgegeben. Bis ich einen anderen gefunden habe, der meinen Wünschen entspricht, fahre ich den hier", erklärte er mir, während er sich umdrehte, den Rucksack auf die Rückbank stellte, sich anschnallte, den Motor startete und losfuhr.

„Aber ist so ein Leihwagen nicht furchtbar teuer?", wollte ich wissen.

„Nicht, wenn der beste Freund selbstständiger Autohändler und Inhaber der dazugehörigen Werkstatt ist. Bei ihm genieße ich Sonderkonditionen und habe in der Not immer einen fahrbaren Untersatz. Dafür kaufe ich meine Autos auch ausschließlich bei ihm und empfehle ihn grundsätzlich weiter. Also, wenn du mal ein Auto brauchst..." Er zwinkerte mir von der Seite aus zu und sah dann wieder auf die Straße.

Wir hatten die Hauptstraße erreicht und Christopher folgte der Beschilderung zum See.

„Danke, für das Angebot, aber bis jetzt fährt meine alte Karre noch sehr zuverlässig. Sollte sich das jedoch ändern, lasse ich es dich wissen. Wobei Seattle nicht gerade der nächste Weg für mich ist, um ein Auto zu kaufen."

Christopher fuhr auf den Parkplatz am Lake Louise und stellte seinen Wagen ab. „Na ja, wer weiß. Vielleicht ergibt sich mal eine günstige Gelegenheit, um nach Seattle zu kommen", entgegnete er und schenkte mir ein Lächeln. Ohne auf eine Reaktion von mir zu warten, stieg er aus dem Wagen, nahm den Rucksack von der Rückbank und kam um den Wagen herumgelaufen.

Ich wusste nicht so recht wie ich seine Aussage deuten sollte, weshalb ich einfach schwieg, ebenfalls ausstieg und zu ihm trat. „Dann lass uns mal ein Kanu mieten und sehen, ob du uns zum Kentern bringst", sagte ich keck, bevor ich mich in Bewegung setzte und den Weg zum Bootsverleih einschlug.

„Darum brauchst du dir keine Sorgen zu machen. Das wird nicht passieren. Außer natürlich, du legst es darauf an, dann könnte es vermutlich sein, dass ich dich zu den Fischen ins Wasser werfe und zurückschwimmen lasse", bot er mir frech grinsend Paroli.

„Das würdest du nicht wagen", widersprach ich. Dieser Mann war unmöglich. Ständig musste er mir aufzeigen, dass ich gegen ihn ohnehin keine Chance hatte. Zugegeben mochte ich zwar seine stattliche Größe und die körperliche Stärke, weshalb er mir dennoch nicht ständig unter die Nase reiben musste, wie klein und schwach ich im Gegensatz zu ihm war. Das war sowas von typisch Mann!

„Du kannst es gerne austesten, wenn du mir nicht glaubst, Stella", ärgerte er mich weiter.

„Vielleicht nehme ich mir lieber ein eigenes Kanu, dann kannst du sehen wo du bleibst", rief ich ihm über meine Schulter hinweg zu und ging zu dem jungen Mann am Bootshaus, ohne weiter auf Christopher zu achten.

„Hallo, was kann ich für Sie tun?", fragte dieser höflich.

„Wir würden gerne ein Kanu mieten", kam Christopher mir zuvor, der hinter mich getreten war.

„Zwei Kanus", warf ich ein und sah trotzig zu ihm auf.

„Eins", widersprach er.

Der junge Mann sah zwischen Christopher und mir

hin und her und mischte sich schließlich in unsere Meinungsverschiedenheit ein.

„Ich habe nur noch ein größeres für zwei Personen oder ein kleines Kanu für eine Person. Alle anderen sind schon weg. Es ist Mittag, da ist das meiste schon vermietet", erklärte er uns.

Mit einem Seufzen gab ich mich geschlagen und murrte: „Dann das für zwei Personen."

Christopher grinste triumphierend und zog einen fünfzig Dollarschein aus seiner Hosentasche und reichte sie dem Bootsverleiher.

„Hey, ich wollte doch bezahlen", protestierte ich.

„Das heute geht auf mich. Zudem habe ich dann das volle Recht an dem Kanu, falls du mir doch noch Anlass dafür gibst, dich über Bord zu werfen."

Dieser Mann war unmöglich. „Danke, aber nur damit du es weißt, wenn ich gehe, gehst du mit", meinte ich entschlossen und lief auf den Bootssteg, wo ich auf die Herren der Schöpfung wartete.

Christopher nahm sein Wechselgeld entgegen und kam mir Sekunden später nach, gefolgt von dem jungen Mann, der uns noch ein paar Anweisungen mit auf den Weg gab.

Keine zehn Minuten später waren wir auf dem Wasser und paddelten gleichmäßig dahin. Zum Glück saß Christopher hinter mir. So musste ich sein selbstgefälliges Grinsen nicht sehen, das er auf seinen Lippen trug, seitdem ich unseren kleinen Machtkampf verloren hatte.

Der See war heute ausgesprochen ruhig. Er lag vor uns wie ein riesiger Spiegel, umgeben von Wäldern und Bergen. Ein Fischadler, der über uns seine Kreise zog, stieß einen Schrei aus, bevor er Richtung Ufer abdrehte. Die Sonne schien auf uns herab und erwärmte meine Haut. Zusammen mit der Bewegung beim Paddeln, wurde mir bald so warm, dass ich mir wünschte, ich hätte zu meinem olivgrünen Top eine kurze Short angezogen und keine lässige Jeans.

Wir glitten eine ganze Weile durch den See dahin ohne ein Wort zu wechseln. Ich genoss einfach die Stille hier draußen, die saubere Luft, die mit dem Duft des Waldes erfüllt war, und die Natur, die hier so unberührt und wunderschön war. Erhaben rahmten die Berge den Lake Louise ein und boten eine unglaubliche Kulisse, die einen alles vergessen ließ. Ich fühlte mich befreit und so leicht, dass sich ein zufriedenes Lächeln auf meine Gesichtszüge legte.

Zielsicher steuerte ich meinen Lieblingsplatz am unteren Ende des Sees an. Es handelte sich dabei um eine kleine Bucht, die so weit abgelegen war, dass kaum Touristen hier vorbeikamen. Meistens waren es nur ein paar eingefleischte Wanderer, die an dieser Stelle meinen Weg kreuzten und auch das kam äußerst selten vor.

„Was hast du vor, Stella", wollte mein Hintermann wissen, als ich direkt auf das Ufer zuhielt.

„Ich will hier eine Pause einlegen", gab ich kurz angebunden zurück und zog ein letztes Mal das Paddel durchs Wasser.

„Das klingt gut", stimmte er mir zu.

Ich stand vorsichtig auf und sprang ans Ufer, was mir Christopher gleichtat. Gemeinsam zogen wir das Kanu noch ein Stück aus dem Wasser, damit es nicht davontreiben konnte. Bepackt mit meinem Rucksack lief ich zu einem umgestürzten Baum und setzte mich so auf den mit Moos bewachsenen Boden, dass ich mich mit dem Rücken am Baumstamm anlehnen konnte.

„Es ist wirklich sehr schön hier", meinte Christopher, der sich gerade neben mir niederließ. „Ich war noch nie in dieser Gegend und bereue es ein wenig. Die Natur hier draußen ist wirklich atemberaubend."

„Ja, das ist sie. Ich werde meinem Vater wohl für den Rest meines Lebens dankbar dafür sein, dass er ausgerechnet hier eine Hütte gekauft hat."

„Nachvollziehbar!", gab er zurück. Dankend nahm er die Wasserflasche entgegen, die ich aus dem Rucksack zog und ihm reichte. „Was tust du eigentlich, wenn du nicht gerade hier Urlaub machst?"

„Ich arbeite in Missoula/Montana bei einer kleinen Firma als Grafikdesignerin."

„Oh, also in gewisser Weise auch eine Künstlerin", meinte er und bediente sich an dem Essen, das ich gerade zwischen uns auf dem weichen Boden ausbreitete.

„Irgendwie schon", bestätigte ich.

„Für was genau bist du zuständig?"

„Ich gestalte hauptsächlich Webseiten."

„Dann bist du genau die Frau die ich brauche", gab er kund, was mich dazu brachte, meinen Blick vom See loszureißen und ihn verwirrt anzusehen.

„Wie meinst du das?"

„Ich überlege schon eine Weile, eine Webseite zu Info- und Werbezwecken anzulegen. Ich selbst habe jedoch nicht das Wissen noch die Geduld mich an einen Computer zu setzen und selbst eine zu gestalten. Vielleicht könnte ich dich dazu erweichen mir eine zu entwerfen."

„Wenn es nicht eilt, könnte ich das eventuell schon tun. Falls du es nicht offiziell über meine Firma abwickeln willst, müsste ich das nämlich in meiner Freizeit erledigen, weshalb es dann etwas dauern könnte", antwortete ich.

„Nein, das tut es nicht und wenn ich es bei dir günstiger bekomme als direkt über deine Firma, warte ich gern."

„Du Sparfuchs", lachte ich, griff nach einem der Brote und biss genüsslich hinein.

„Man muss Vorteile nutzen, wenn sie sich anbieten", meinte er zufrieden und nahm sich ein Stück Apfel aus der Kunststoffdose.

„Da muss ich dir recht geben", stimmte ich zu. „Ich gebe dir später meine E-Mail Adresse und meine Handynummer, damit du mich erreichen kannst. Melde dich einfach nach deinem Urlaub bei mir und wir gehen alles gemeinsam durch. Ich werde noch einiges an Daten und Bildern von dir benötigen. Zudem eine detaillierte Angabe, was du alles auf deiner Homepage haben möchtest. Vielleicht kannst du dir in deinem Urlaub schon mal darüber Gedanken machen."

„Das werde ich. Danke, dass du meinen spontanen Auftrag annimmst", erwiderte er und schenkte mir ein Lächeln.

Dieses Lächeln war einfach umwerfend, wie ich mal wieder feststellen musste. Und dieses Grübchen am Kinn... Ach, der ganze Mann war einfach ein Traum. Er war so unglaublich sexy und männlich, dass ich mich zusammenreißen musste, um nicht verträumt zu seufzen. Deshalb wandte ich meinen Blick lieber ab und antwortete, in dem ich ihn zitierte. „Man muss seine

Vorteile nutzen, wenn sie sich anbieten."

Christopher lachte auf. „Du bist unglaublich."

Darauf sagte ich nichts, sondern fixierte mit meinem Blick einen Zaunkönig, der auf einem nahen Baum saß und sein musikalisches Können unter Beweis stellte. Ich genoss einfach den Augenblick und ließ meine Seele baumeln. Ein Specht klopfte irgendwo gegen einen Stamm, um Nahrung unter der Baumrinde hervorzulocken.

Christopher erhob sich, zog sein Handy aus der Hosentasche und machte einige Bilder. „Ist es in Ordnung, wenn du mit auf meinen Fotos bist?", wollte er wissen, während er schon den Auslöser betätigte.

„Ich finde mich zwar nicht besonders fotogen, aber wenn es unbedingt sein muss."

Mit verwundertem Blick sah er mich an, machte noch ein weiteres Bild, steckte sein Handy zurück in seine Hosentasche und gesellte sich wieder zu mir. „Warum glaubst du, du seist nicht schön?"

Ein abfälliges Schnauben entwich mir. „Weil ich es nicht bin. Ich bin höchstens durchschnittlich", erklärte ich ihm.

„Das ist absoluter Schwachsinn. Du bist auf natürliche Weise schön. Du versteckst dein gutes Aussehen nur, indem du dich so unauffällig stylst."

„Ach, bist du jetzt schon mein Styling-Experte", frotzelte ich.

„Nein, aber ich bin nicht blind. Durch dein schlichtes Auftreten versteckst du dich, weil du selbst an dir zweifelst. Ich bin mir jedoch sicher, dass du mit dem richtigen Outfit jedem Mann die Luft zum Atmen raubst."

Überraschung lag auf meinen Gesichtszügen, als ich

ihn anblickte und seine Worte sacken ließ. Christopher hatte nicht ganz unrecht. Ich hatte nur schlichte Kleidung im Schank, da ich die Lust daran verloren hatte, etwas Gewagtes anzuziehen. Auch Jane beschwerte sich schon mehrmals darüber, aber ich konnte mich einfach nicht dazu durchringen etwas anzuziehen, das sexy oder elegant war. Meine Garderobe bestand derzeit nur aus lässigen Hosen und schlichten Oberteilen. Meistens trug ich Turnschuhe und meine Haare waren fast immer zu einem Zopf gebündelt. Selbst wenn ich mit Jane ausging, kleidete ich mich so.

Ich wandte meinen Blick von ihm ab und sah auf die glänzende Wasseroberfläche, die durch eine Entenfamilie in Bewegung gesetzt wurde und durch die Sonneneinstrahlung zu glitzern begann.

Das war nicht immer so gewesen. Früher hatte ich mehr Wert auf mein Äußeres gelegt, doch in den vergangenen Monaten war mir das alles so unwichtig erschienen. Ich war zu sehr mit meinen Problemen beschäftigt gewesen. Erst das mit meinem Vater und dann meine Krankheitsgeschichte. Als Mason mich dann verlassen hat, habe ich in einem Anflug von unbändiger Wut, alle meine sexy Kleidungsstücke zur Kleiderspende gegeben, weil ich mit jedem Stück etwas verband, was mich an diesen Idioten erinnerte. Etwas Neues hatte ich mir seither nicht mehr zugelegt. Doch da dies wohl mit auf die Liste zu den guten Vorsätzen gehörte, wenn ich was in meinem Leben ändern wollte, würde ich auch an diesem Zustand etwas ändern müssen, was mir ja selbst schon am gestrigen Abend durch den Kopf geschossen war. Trotzdem änderte es nichts an meiner persönlichen

Einstellung, dass ich mich zwar nicht für hässlich aber auch nicht für wunderschön hielt.

„Wir sollten uns allmählich auf den Rückweg machen, damit wir vor Anbruch der Dunkelheit zurück sind", meinte Christopher plötzlich und holte mich so aus meiner Trance.

Ich sah gen Himmel und stellte enttäuscht fest, dass die Sonne schon an Höhe verloren hatte. „Du hast recht. Wir haben den halben Tag verschlafen, weshalb wir das hier gar nicht lange genießen können", jammerte ich und begann die Sachen unseres Picknicks wieder im Rucksack zu verstauen.

„Ich habe das hier, auch wenn es länger hätte andauern können, sehr wohl genossen. Jedoch würde ich den Morgen mit dir im Bett um nichts in der Welt eintauschen wollen", meinte Christopher, während er sich erhob und mir die Hand anbot, um mir aufzuhelfen. Dabei sah er mir direkt in die Augen.

Bei dem Gedanken an den heutigen Morgen und sein Versprechen, wurde ich sofort wieder nervös. Dieses verräterische Kribbeln stieg in mir auf und nahm meinen Körper in Besitz. Zögerlich ergriff ich seine Hand, ließ mir aufhelfen und stand ihm abwartend gegenüber.

Christopher überbrückte die Distanz zwischen uns, legte die Arme um mich und zog mich an seine Brust. Ich hatte schon die Befürchtung, er würde mich erneut küssen, was er aber nicht tat. Er hielt mich einfach nur fest und als er zurücktrat, mir den Rucksack abnahm und zum Kanu lief, spürte ich sogar eine gewisse Enttäuschung darüber, dass er mich nicht geküsst hatte.

KAPITEL 9

Wir erreichten den Bootssteg, als es bereits dämmerte. Die Kälte der Nacht legte sich allmählich über das Land und leichter Nebel kroch über die Wasseroberfläche. Ich begann zu frösteln und war jetzt froh darüber, keine kurze Hose angezogen zu haben.

Christopher schien dies nicht zu entgehen, dass ich fror, denn er legte den Arm um mich und zog mich an seine Seite. Meine eigenen Arme hatte ich bereits um meinen Oberkörper geschlungen, um ihn warm zu halten. Es fühlte sich gut an, von ihm gewärmt zu werden. Nur leider konnte ich es durch die Kälte nicht so richtig genießen. So liefen wir zu seinem Wagen, stiegen ein und fuhren zurück zur Hütte. Leider reichte die kurze Fahrt nicht aus, um den Wagen richtig aufzuheizen, weshalb ich, bis wir unser Ziel erreichten, noch immer fror.

„Ich mache den Kamin an, damit dir wieder warm wird", sagte Christopher entschieden, während wir aus dem Auto stiegen und zum Eingang liefen. Ohne auf eine Antwort zu warten, drückte er mir den Rucksack in die Hand und drehte ab, um Feuerholz zu holen.

Mit einem stummen Nicken, das mehr mir selbst galt, weil Christopher schon davoneilte, nahm ich sein Angebot an und lief weiter, um die Tür zu öffnen. Drinnen steuerte ich die Küche an, stellte den Rucksack ab und machte mich daran, ihn auszuräumen.

Christopher eilte mit einem Arm voller Holz zu Tür herein und kümmerte sich um das Feuer. Als dieses brannte, kam er zu mir, nahm meine Hand und zog mich zum Sofa. „Du solltest dich erst einmal aufwärmen. Um die leeren Kunststoffdosen können wir uns auch noch später kümmern", wies er mich an und drückte mich auf das Polster.

„Ich weiß deine Fürsorge wirklich zu schätzen, Christopher, aber wenn ich mich bewege wird mir schneller warm. Wenn ich nur dasitze, dauert es ewig", protestierte ich und wollte wieder aufstehen.

„Meine Freunde nennen mich übrigens einfach nur Chris, was du ab sofort auch tun solltest", meinte er mit einem Lächeln und drückte mich mit den Händen auf meinen Schultern zurück auf das Sofa. „Zudem bleibst du sitzen. Ich hole deine Decke und sorge dafür, dass du mir nicht noch krank wirst." Mit diesen Worten verschwand er in meinem Schlafzimmer und kam nur wenige Sekunden später mit meiner Bettdecke zurück.

„Chris, das ist ja wirklich nett von dir, aber mir ist nur ein wenig kalt. Du tust ja gerade so, als hätte ich im tiefsten Winter stundenlang im Schnee gestanden", erwiderte ich und wollte erneut aufstehen.

Er drückte mich mitsamt Decke zurück auf meinen Sitzplatz, ließ sich in der Ecke neben mir nieder, ordnete die Decke so, dass sie über uns beiden ausgebreitet war und zog mich in seine Arme.

„Vorsicht ist besser als Nachsicht, hat mich meine Mutter gelehrt. Außerdem bist du widerspenstig."

„Nett von deiner Mutter, dir solche Dinge beizubringen", entgegnete ich. „Ach und übrigens, ich bin nicht widerspenstig", widersprach ich, gab mich geschlagen und kuschelte mich an ihn. Er war aber auch verführerisch warm. Da konnte ich einfach nicht länger widerstehen, was zugegeben auch mit dem Mann und dessen Anziehungskraft auf mich zu tun hatte, an den ich mich gerade schmiegte.

Christopher legte lachend sein Kinn auf meinem Kopf ab und antwortete: „Nein, kein bisschen. Wie komme ich nur auf so einen Unsinn."

„Das weiß ich auch nicht", sagte ich und grinste vor mich hin.

So saßen wir eine Weile schweigend da. Ich starrte in das knisternde Kaminfeuer und genoss die Wärme und Geborgenheit. Die Kälte war aus meinem Körper verschwunden und seine Hand strich sanft meinen Oberarm auf und ab. Ich fühlte mich unglaublich wohl und doch schossen mir so viele Fragen durch den Kopf. Fragen, die mich verunsicherten. Fragen, die ich nicht länger für mich behalten konnte. „Was soll das eigentlich werden, Chris?"

„Was meinst du?"

„Das mit uns. Ich erinnere mich noch gut an deine Drohung von heute Morgen und du scheinst nicht im Geringsten davon abgeneigt zu sein, mich zu verführen."

„Und, wäre das so schlimm, Stella?"

„Schlimm? Ja... nein... vielleicht. Ich verstehe es einfach nicht. Du hast selbst gesagt, dass ich nicht der Typ Frau bin, der dich anspricht. Also, warum willst du mich dann überhaupt ins Bett bekommen? Das ergibt doch irgendwie keinen Sinn. Zudem kennen wir uns gerade einmal zwei Tage. Ganz schön kurz, um schon so entschlossen zu sein."

„Ich habe schon Entscheidungen in kürzerer Zeit

getroffen. Die mögen nicht immer die besten gewesen sein, aber ich stehe zu ihnen. Und nur, weil du nicht in mein übliches Beuteschema passt, heißt das noch lange nicht, dass ich dich nicht faszinierend und anziehend finde."

„Aber das Auge isst bekanntlich mit."

Christopher rückte etwas von mir ab, so, dass er mich ansehen konnte. „Habe ich dir nicht heute Morgen gesagt, wie schön ich dich fand, als du schlafend in meinem Bett gelegen hast?! Und vorhin am See habe ich es dir nochmal erklärt. Warum glaubst du, du seist nicht attraktiv? Weil du nicht so verhungert aussiehst wie die Models auf den Laufstegen? Weil du bei einem Meter sechzig aufgehört hast zu wachsen? Oder weil du mehr von diesen verführerischen und weiblichen Kurven hast wie andere Frauen?"

„Ein Meter zweiundsechzig", korrigierte ich ihn mit gesenktem Blick.

Er legte seine Hand unter mein Kinn und zwang mich ihn anzusehen. „Stella, das was du glaubst, was dir fehlen würde, ist nicht das was Schönheit ausmacht. Hör auf damit, dich selbst hässlich zu finden. Das ist völliger Quatsch."

„Ich habe nie gesagt, dass ich mich hässlich finde. Ich bin nur der Meinung, dass ich nicht herausragend schön bin und dass ich nicht in dein Beuteschema passe, womit wir wieder beim Thema wären", erwiderte ich. „Ich will einfach nur wissen auf was ich mich einlasse."

Schweigend blickte er mich an und ich fragte mich, was er wohl gerade dachte, als er mich plötzlich packte, in die Kissen drückte und seine Lippen auf die meinen presste. Im ersten Moment war ich wie erstarrt, bis ich kurz darauf in mir zusammensackte und mich seinen Lippen hingab. Fordernd drängten sie sich mir entgegen, als wären sie auf der Suche nach mehr. Deshalb gab ich ihnen mehr, öffnete meine eigenen und ließ meine Zunge in seinen Mund gleiten. Er begrüßte mich stürmisch. Mit geschlossenen Augen genoss ich jede Nuance von ihm. Wie er schmeckte, sich anfühlte, seinen männlichen Duft. Meine Finger glitten wie von selbst über seinen Rücken und ertasteten jeden Muskel den ich unter seinem Shirt fühlen konnte, während sich meinen Körper noch enger gegen seinen drängte. Den entzückten Laut, den ich von mir gab, als er seine Hand unter mein Top schob und fühlte, wie sie langsam über meinen Bauch nach oben fuhr, erstickte er, indem er mich unaufhörlich weiter küsste. Als er sie um meine volle Brust schloss und mit Daumen und Zeigefinger sacht in die harte Spitze kniff, riss ich mich von seinen Lippen los, warf den Kopf zurück und stöhnte laut auf.

Es war schon eine ganze Weile her, dass mich ein Mann auf so intime Weise berührt hatte und wenn ich es mir recht überlegte, hatte mich auch keiner von ihnen so in den Wahnsinn getrieben. Bei Christopher fühlte sich alles viel intensiver an. Gewaltiger. Er entfachte so viel Lust in mir, dass ich kaum wusste wie mir geschah. Die Sicherungen in meinem Kopf schienen durchzubrennen und ließen mich alles vergessen. Da war nur noch er und ich und dieses gewaltige Verlangen. Seine Lippen glitten über meinen Kieferknochen, bis zu meinem Hals und dann abwärts zu meinem Schlüsselbein. Dort ließ er Lippen und Zunge darüber tanzen, saugte sacht daran, um dann weiter abwärts zu wandern. Das Feuer im Kamin knackte und strahlte zwischenzeitlich so viel Wärme ab, dass es mir egal war, dass meine Bettdecke von unseren Körpern rutschte und auf dem Fußboden landete. Zudem brachte Christopher mit seinen Berührungen meine Haut zum Glühen. Meine Mitte pochte begierig auf mehr, weshalb ich meine Beine öffnete und seine Hüfte damit umfing. Der Beweis seiner Erregung drängte sich ebenso begierig gegen mich und ließ mich erneut aufstöhnen.

Das penetrante Klingeln meines Handys riss mich aus meiner Trance. Ich versuchte es zu ignorieren, doch dieses verdammte Ding wollte einfach nicht aufhören zu klingeln.

Christopher rückte von mir ab und sah mich an. „Das ist deins, du solltest rangehen. Vielleicht ist es wichtig", sagte er und stand auf.

Ich stieß etliche Verwünschungen aus, während ich mich aufrappelte, zum Rucksack ging, der noch in der Küche stand, und mein Handy hervorzog. Auf dem Display leuchtete Janes Name, weshalb ich den Anruf seufzend entgegennahm. „Hallo Jane, was gibt's?"

„Oh Stella, du wirst es nicht glauben", kreischte sie völlig aufgedreht ins Telefon. „Brain hat mir einen Antrag gemacht."

Mir blieb für einen Moment der Mund offenstehen. „Und was hast du gesagt?", hakte ich nach.

„Ja, natürlich! Gott, er hat dieses phänomenale Abendessen vorbereitet. Oder eher gesagt, er hat es bestellt, aber egal. Auf jeden Fall hat er alles so romantisch gestaltet und mich damit überrascht, als ich von der

Arbeit kam. Nach dem Nachtisch ist er vor mir auf die Knie gefallen und hat mich gefragt, ob ich seine Frau werden will. Ist das nicht toll?"

„Das ist super, Jane. Ich freu mich für euch. Ihr seid so ein tolles Paar, ihr werdet bestimmt glücklich miteinander."

„Danke! Ich schicke dir gleich ein Bild von diesem wunderschönen und ultrateuren Diamantring, den er mir an den Finger gesteckt hat. Ach und wir haben beschlossen, dass er fürs Erste bei uns einzieht, bis wir eine Wohnung gefunden haben, die groß genug ist und uns beiden zusagt. Ich hoffe, das ist kein Problem für dich?"

„Natürlich nicht! Wo ist Brain jetzt?", fragte ich und sah kurz zu Christopher der noch ein paar Holzscheite ins Feuer legte.

„Er ist hier und wartet darauf, dass ich auflege."

„Dann solltest du deinen zukünftigen Bräutigam nicht länger warten lassen und ihm das geben, was er nach so einem Auftritt verdient."

Jane kicherte ins Telefon.

„Sag ihm liebe Grüße und Glückwünsche von mir."

„Das mache ich, Stella. Und wenn du zurück bist, dann feiern wir meine Verlobung, ja?"

„Logisch! Dann macht euch noch einen schönen Abend und danke für den Anruf."

„Machen wir und bis bald."

Ich unterbrach die Verbindung, legte mein Handy auf die Arbeitsplatte und starrte es schweigend an. Jane und Brain hatten sich verlobt. Das ging schneller, als ich es erwartet hatte. Sie waren jetzt seit einem dreiviertel

Jahr ein Paar. Himmelten sich unaufhörlich an und waren aus meiner Sicht wie füreinander geschaffen. Und trotzdem war es eine Überraschung. Natürlich hatte Jane sich ebenfalls schon geäußert, dass Brain der Richtige für sie sein könnte, doch Brain hatte nie etwas durchsickern lassen, dass er in Erwägung zog, sich mit Jane zu verloben. Dass er erst einmal bei uns mit einzog, war auch kein Problem. Ich konnte verstehen, dass Jane nicht in seine kleine Einzimmerwohnung ziehen wollte und Platz genug hatten wir ja. Nichtsdestotrotz fiel es mir schwer, in Jubelgeschrei auszubrechen. Nicht, dass ich mich nicht für sie freute. Ich selbst hatte sie ja in diese Richtung geschubst und gesagt, sie solle auf mich keine Rücksicht nehmen. Und doch stand ich jetzt hier und fühlte mich seltsam.

Mein Handy piepste und das Bild, auf dem Janes Hand mit dem Ring am Finger zu sehen war, ging ein. Ich sah es schweigend an und schickte ihr eine Nachricht zurück, in der ich ihr in wenigen Worten meine Bewunderung ausdrückte.

Prompt wurde mir bewusst, dass sich seit Monaten alles um mich herum unaufhörlich veränderte. Nur ich schien auf der Stelle zu treten. Ich saß seit meinem Schulabschluss in ein und derselben Werbeagentur und sah dabei zu, wie die jungen Frauen bei uns anfingen zu arbeiten und irgendwann mit einem Ring am Finger und einem Babybauch wieder gingen. Ich selbst hatte immer noch keinen Mann an meiner Seite. Und das mit einem Kind konnte ich ohnehin vergessen. Mein Vater saß in einem Pflegeheim und erkannte mich nicht mehr. Und mit meinem Bruder war ich fertig. Nun veränderte sich auch noch die letzte Konstante in meinem Leben. Meine beste Freundin würde heiraten und in absehbarer Zeit aus unserer gemeinsamen Wohnung ausziehen, um mit Brain in ein neues Leben zu starten.

Ich atmete tief durch. Es wäre falsch jetzt in Tränen auszubrechen, schließlich freute ich mich für die beiden. Zudem musste ich an meinem guten Vorsatz festhalten, mein Leben ab sofort zu genießen. Die Welt ging nicht unter, wenn ich den letzten Menschen, der mir in meinem Leben etwas bedeutete, gehen lassen musste. Wir würden uns so oft wie möglich sehen und vielleicht fanden die beiden ja eine Wohnung ganz in der Nähe.

„Du siehst aus, als sei jemand gestorben. Ist alles okay?", riss mich Christopher aus meinen Gedanken. Er stand neben der Kochinsel und sah mich besorgt an.

„Ja, alles bestens. Es war nur Jane. Sie wollte mir sagen, dass Brain und sie sich verlobt haben."

„Das sind tolle Neuigkeiten. Aber warum kommt es mir so vor, als würdest du gleich in Tränen ausbrechen?"

„Es ist nur...", ich überlegte kurz, ob ich ihm meine Gedanken mitteilen sollte, entschied mich dann aber dagegen. „Ach nichts. Ich freue mich. Lass uns auf die beiden anstoßen." Ich öffnete den Kühlschrank und späte hinein. Es war nur eine Flasche Weißwein zu sehen.

„Im Vorratsschrank steht auch noch Rotwein und eine Flasche Jacky", erwähnte Christopher beiläufig.

„Jacky klingt gut", meinte ich und holte zwei Gläser, während er den Jacky übernahm. Dazu zauberte er auch noch eine Packung gesalzene Erdnüsse hervor, die wir zusammen mit dem Rest zum Sofa trugen.

Mit gefüllten Gläsern saßen wir uns gegenüber und prosteten uns zu.

„Auf deine Freundin Jane und ihren Verlobten", sagte Christopher und nahm einen Schluck Whiskey.

„Ja, auf Brain und Jane", pflichtete ich bei und leerte mein Glas in einem Zug, was mein Gegenüber mit großen Augen verfolgte.

„Du bist sicher, dass bei dir alles gut ist, Stella?", fragte er erneut und sah zu wie ich mir nachschenkte.

„Klar! Auf das die beiden glücklich werden und viele kleine Babys machen", verkündete ich und leerte mein Glas erneut. Die Flüssigkeit brannte in meinem Hals und erwärmte meinen Bauch so schnell, dass ich hicksen musste. „Entschuldigung", meinte ich beschämt und konnte ein Kichern nicht unterdrücken.

Christopher stellte sein Glas zur Seite, nahm mir die Flasche aus der Hand, nach der ich eben erneut gegriffen hatte und stellte sie außer Reichweite.

„Hey", protestierte ich und musste schon wieder hicksen. „Hoppla, tut mir leid. Mein Inneres scheint sich selbstständig zu machen. Und jetzt gib mir die Flasche zurück. Ich will gebührend auf meine beste Freundin und ihren Verlobten trinken."

„Nein, du bekommst die Flasche nicht", widersprach er mir entschlossen und sah mich mit einer Mischung aus Mitgefühl und Entsetzen an. „Wenn du so weitermachst, hast du die Flasche gleich alleine geleert und ich darf höflichst darauf hinweisen, dass du bereits zu lallen anfängst."

„Ich lalle nicht", versuchte ich zu widersprechen, musste aber feststellen, dass meine Zunge mir nicht mehr so richtig gehorchte und sich meine Worte etwas seltsam anhörten.

„Hör zu, Stella. Ich weiß nicht, was dieses Telefonat gerade in dir ausgelöst hat, aber das hier gerät eindeutig außer Kontrolle. Du versuchst dich zu betrinken und das gefällt mir nicht."

Ich kicherte. Seine autoritäre Art war irgendwie süß.

„Stella, das ist nicht witzig. Ich mach dir jetzt einen Kaffee, vielleicht wirst du dann wieder du selbst." Er drehte sich leicht und griff nach der Flasche, um sie mit in die Küche und somit aus der Gefahrenzone zu schaffen.

Diese Gelegenheit machte ich mir zu Nutzen und griff nach seinem halbvollen Glas, das noch auf dem Tisch stand. Auf Ex war der Inhalt in meinem Magen verschwunden und verstärkte dieses wohlige Gefühl in meinem Inneren.

Wütend aber zu spät schritt Christopher ein, entriss mir das Glas und fluchte dabei so sehr, dass ich erneut zu kichern begann. „Okay, Stella, jetzt reicht es. Tut mir leid, das tun zu müssen, aber anscheinend geht es nicht anders."

Bevor mir klar wurde, was er geplant hatte, packte er mich und warf mich wie ein Sack Mehl über seine Schulter.

„Hey, lass mich...", wieder ein Hicksen, „sofort wieder runter."

**

Stella zappelte wie ein Fisch auf dem Trockenen, während Christopher sie ins Bad trug. Mit einer Hand stellte er das Wasser in der Dusche an und drehte es auf Eiskalt. Mit der anderen hielt er sie an Ort und Stelle fest.

„Was soll das werden?", lallte sie an seinem Rücken, doch er ignorierte diese kleine, widerspenstige Person einfach und versuchte auch nicht über diesen prallen, knackigen Hintern nachzudenken, der sich direkt neben seinem Gesicht wand.

Mit einem Ruck packte er sie bei den Hüften, hob sie an und stellte sie unter den kalten Wasserstrahl. Sie kreischte auf, schlug um sich und versuchte ihm zu entkommen, allerdings ohne Erfolg. Er hielt sie mit seinem Arm, der um ihre Taille lag, fest und nahm dabei in Kauf, selbst nass zu werden. Nach einem Augenblick stellte er das Wasser auf warm und drückte sie weiterhin unter den Wasserstrahl. Als sie ruhiger wurde, lockerte er seinen Griff und drehte sie so, dass er ihr ins Gesicht sehen konnte. Tränen perlten ihr über die Wangen, vermischten sich mit dem Wasser, das aus ihren Haaren tropfte, und lief dann in Rinnsalen daran entlang.

Christopher fackelte nicht lange, stellte sich gänzlich zu ihr unter den Wasserstrahl und zog sie an sich. Ihr kleiner Körper bebte in seinen Armen und er spürte ihre Verzweiflung. „Oh, Stella, was ist nur los mit dir. Sag mir was dich so sehr bedrückt."

Sie schluchzte auf, hob ihr Gesicht und sah ihn an. „Es tut mir leid, ich habe mich unmöglich benommen und jetzt heule ich schon wieder. Du musst mich für eine völlig verweichlichte Tussi halten. Das Bild von Selbstbewusstsein und Stärke, das du von mir hattest, habe ich auf jeden Fall ruiniert."

„Gar nichts hast du ruiniert", stellte er klar. „Und dass

du weinst zeigt nur, dass du auch ein Herz besitzt. Sag mir was dich bedrückt. Vielleicht kann ich dir helfen", schlug er vor.

„Das kannst du nicht. Oder kannst du verhindern, dass mich alle verlassen? Erst stirbt meine Mutter. Dann muss ich meinen Vater in ein Heim geben. Mein bescheuerter Bruder, dem ich ohnehin scheißegal bin, ist auch Geschichte und meinen Ex- Freund, den Vollidioten schlechthin, will ich nicht wirklich erwähnen. Ach, und nicht zu vergessen, wird meine beste Freundin heiraten und ebenfalls ihren eigenen Weg gehen. Es scheint so, als würden mich auf kurz oder lang alle verlassen und ich bleibe allein zurück. Alles um mich herum verändert sich, nur ich schein die gleiche zu bleiben. Diejenige die immer auf der Stelle tritt. Das macht mir eine Scheißangst. Aber das ist nicht dein Problem. Auch damit werde ich irgendwie fertig. Deshalb bin ich eigentlich hierhergekommen. Ich wollte Kraft schöpfen und die Zeit nutzen, um alles verarbeiten zu können, was in der Vergangenheit auf mich eingeprasselt ist. Allerdings hatte ich nicht damit gerechnet, dass hier neue Dinge auf mich einprasseln, wie zum Beispiel mein Bruder und Jane. Dass du jetzt zu meinem Seelenklempner wirst, war ebenfalls nicht geplant und soll auch nicht so sein. Gott, ist mir schlecht ich glaub ich muss..."

***

Ich stürzte aus der Dusche, riss den Klodeckel hoch und übergab mich. Ja, das kam davon, wenn man Hochprozentiges wie Wasser trank und die letzte Mahlzeit schon wieder Stunden zurücklag. Hätte ja auch funktionieren können, meinen Kummer für eine Weile in Alkohol zu ertränken und damit zu betäuben. Mission missglückt!

Christopher trat hinter mich und hielt mir meine Haare aus dem Gesicht, bis ich aufhörte zu würgen. Mit zitternden Knien versuchte ich mich in die Höhe zu stemmen. Er half mir, indem er seinen Arm um meine Taille schlang und mich stützte. Ich steuerte das Waschbecken an, um meine Zähne zu putzen, damit dieser widerliche Geschmack nach Magensäure und Alkohol aus meinem Mund verschwand. Meinen Blick hielt ich dabei gesenkt, weil ich mich zu sehr, für mein Benehmen und dass ich mich vor Christophers Augen übergeben hatte, schämte. Ich war hierhergekommen, um mit mir selbst wieder ins Reine zu kommen. Ohne dass irgendjemand sah, wie es wirklich in mir aussah. Alle kannten mich als die taffe Stella, die nie Schwäche zeigte und sich jedem Problem stellte. Nur Jane wusste, dass dieses Bild, welches ich nach außen hin widerspiegelte, oft nur Fassade war. Dass es auch bei mir Zeiten gab, in denen ich das Gefühl hatte, es würde alles über mir zusammenbrechen und mich begraben. Natürlich hatte jeder mal solche Tiefs, aber ich persönlich hasste es, wenn das jemand mitbekam. Dieser jemand war in diesem Fall Christopher und das verabscheute ich. Dieser Mann war der Traum meiner schlaflosen Nächte und ich lud meinen emotionalen Müll bei ihm ab. Nicht zu vergessen, dass ich mich in seiner Gegenwart in Rekordzeit angetrunken und übergeben hatte, was wohl daran lag, dass ich sonst nicht wirklich viel und schon gar nichts Hochprozentiges trank. Toll gemacht, Stella! Wirklich toll!

Ich spuckte die Zahnpasta aus, spülte mir den Mund mit klarem Wasser aus und richtete mich wieder auf.

Christopher stand immer noch hinter mir und sah mich besorgt an. „Geht es wieder?"

Ich nickte. „Hör zu, Chris. Es tut mir leid. Ich habe eine harte Zeit hinter mir und ich...", ich seufzte. „Mein Verhalten war alles andere als Ladylike. Ich werde morgen abreisen und zurück nach Missoula fahren. Du bist hier um Urlaub zu machen und den wollte ich dir nicht vermiesen, indem ich mich so unmöglich aufführe."

Er trat auf mich zu und drängte mich mit seinem Körper so weit nach hinten, dass ich mit meiner Kehrseite gegen das Waschbecken stieß. „Nein, Stella, du hörst mir jetzt zu. Jedem geht es mal schlecht und du hast, wie ich nun weiß, einiges hinter dir. Es gibt nichts für das du dich entschuldigen müsstest. Ich sollte mich wohl eher für die kalte Dusche entschuldigen. Doch leider fiel mir keine andere Alternative ein, um dich aus deinem Alkoholnebel zu reißen."

„Schon okay, ich hatte es verdient", gab ich zu.

„Nein, hattest du nicht, aber egal. Du wirst morgen nicht nach Hause fahren. Du wirst hierbleiben, dich erholen und amüsieren, bis die zwei Wochen vorbei sind. Haben wir uns verstanden?"

Sein gebieterischer Tonfall ließ mich aufkeuchen. „Hör mal, du hast mir nicht zu sagen, was ich zu machen habe und was nicht. Zudem meine ich es nur gut. So kannst du deinen Urlaub genießen und musst dich nicht mit mir herumschlagen."

„Herumschlagen? Herumschlagen?", wiederholte er fassungslos. „Wenn ich jemals das Gefühl haben sollte, mich mit dir herumschlagen zu müssen, lass ich es dich wissen. Und du wirst hierbleiben. Punkt!"

„Chris, glaub mir. Es ist besser, wenn ich fahre", sagte ich erneut und versuchte ihn von mir zu schieben, indem ich meine Hände auf seine Brust legte und Druck ausübte. Seine Kleidung war von der Dusche noch genauso nass wie meine und unter uns hatte sich bereits eine Pfütze gebildet. Mein Versuch ihn von mir zu schieben brachte auch nichts. Er rührte sich nicht von der Stelle.

„Du willst also nicht hören? Gut, dann fordere ich hiermit die Bezahlung für eins meiner Bilder, die wie folgt aussieht. Du wirst hierbleiben und das ist nicht verhandelbar, hast du das jetzt kapiert?"

Mir fiel die Kinnlade herunter. Zudem bemerkte ich, dass er immer wütender wurde, was mich allmählich beunruhigte. So kannte ich ihn gar nicht und in seinen goldbraunen Augen blitzte etwas auf, das ich nicht zuordnen konnte. „Das ist Erpressung", stellte ich zerknirscht klar.

„Interessiert mich nicht", bellte er und begann an meinem Top zu zerren.

„Was wird das?", meinte ich und schlug seine Hand weg.

„Du bist klatschnass. Die Klamotten müssen runter", meinte er und schob mein Top nach oben, bis kurz vor meine Brüste.

Ich schlug seine Hände erneut weg und erwiderte: „Du bist selbst nass. Also kümmere dich gefälligst um deine eigenen Klamotten."

Das tat er auch. Und zwar so schnell, dass er nur Sekunden später, in denen ich unbewusst die Luft angehalten hatte, splitterfasernackt vor mir stand. Völlig schamlos ragte er in seiner ganzen Nacktheit vor mir auf. Ich konnte nicht verhindern, dass mein Blick über seinen prachtvollen Körper glitt und wie gebannt bei der gewaltigen Erektion zwischen seinen Beinen verweilte.

„Du bist immer noch angezogen", meinte er mit rauer Stimme und zog mein Top erneut nach oben.

Ich war so perplex, dass ich keinen weiteren Widerstand leistete. Stück für Stück, schälte er mich aus meinen nassen Sachen und warf sie zu den seinen, die bereits in Form eines Haufens auf dem Boden lagen. Als ich ebenfalls komplett nackt war, nahm er meine Hand, stieg mit mir in die Dusche und stellte das Wasser wieder an.

Zufrieden seufzend hielt ich mein Gesicht für einen kurzen Augenblick in den Wasserstrahl und genoss es, als mich die Wäre umfing.

Christopher griff nach meiner Seife und begann mich abzuseifen.

„Das kann ich selbst", stellte ich klar und wollte ihm die Seife aus der Hand nehmen, als er sie einfach fallen ließ, mich an den Hüften packte und an die Wand drängte. Im gleichen Atemzug presste er seine Lippen auf meinen Mund und forderte mit seiner Zunge Einlass. Es lag so viel Verlangen in diesem Kuss, dass ich nicht anders konnte als nachzugeben. Ich vergrub meine Finger ins seinen Haaren und neigte den Kopf, um ihn noch inniger küssen zu können. Unsere Zungen verfielen in einem wilden Tanz, während sich unsere nackten und erhitzten Körper aneinanderdrängten. Mein Herz hämmerte gegen meine Rippen. Mein Blut schoss durch meine Adern, sodass ich das Rauschen in meinen Ohren hören konnte. Oder war es das Wasser, das über unsere Körper perlte? Ich wusste es nicht mit Sicherheit, weil ich nur noch Christopher wahrnahm.

„Du bist so wunderschön", raunte er an meinem Ohr, während seine Hände über meine Haut wanderten. Sie schienen mich überall zur gleichen Zeit zu berühren. Seine Lippen nahmen mich erneut gierig in Besitz. Er wiegte meine Brust in seiner Hand. Knetete sie und kniff zärtlich in die harten Spitzen, die sich ihm begierig entgegenreckten. Mit seinem Handeln trieb er mich wahrhaftig in den sexuellen Wahnsinn.

Ich hatte jegliche Kontrolle über die Situation verloren. Die Gier nach Christophers Berührungen war so groß, dass ich mich ihm einfach hingeben musste. Ich wollte mehr von dem, was er mir zu geben bereit war, weshalb ich es einfach geschehen ließ, ohne über die Konsequenzen nachzudenken. Vielleicht lag es daran, dass ich sexuell ausgehungert war. Wahrscheinlicher jedoch war, dass es an ihm lag. An dem was er mit meinem Körper anstellte und wie er ihn in Brand setzte. So war es mir noch nie zuvor ergangen.

Christopher ließ seine andere Hand über meine Rippen hinabgleiten, weiter zu meinem Bauch, bis hin zu dem kleinen, dunklen Dreieck zwischen meinen Beinen. Als seine Finger meinen intimsten Punkt fanden, stöhnte ich laut auf und ließ meinen Kopf gegen die gekachelte Wand fallen. Immer wieder strich er zärtlich darüber und reizte mich so sehr, dass mein Körper vor lauter Lust zu beben begann. In meinem Inneren brach ein Feuer aus, das so intensiv war, dass es mich beinahe um den Verstand brachte.

„Oh Gott, was tust du nur mit mir?", hauchte ich.

„Ich zeige dir, wie begehrenswert und anziehend ich dich finde. Ich lasse dich fühlen, was die ganze Zeit in meinem Kopf vorgeht, wenn ich dich ansehe. Und ich will, dass du dich entspannst und genießt. Gibt dich deiner Lust hin, Babe, und komm für mich." Seine Finger tauchten in mich ein. Dehnten mich und stießen tief in mich, während sein Mund meinen Hals liebkoste. Sachte strich er mit seiner Zunge über meinen Puls, der kräftig unter meiner Haut pulsierte, und saugte zärtlich daran. Das warme Wasser prasselte über meinen ohnehin schon empfindlichen Körper und neckte ihn zusätzlich. Das war zu viel. Ich spürte, wie sich diese gewaltige Lust in meinem Zentrum sammelte, immer weiter anschwoll, um dann so zu explodieren, dass ich einen Schrei ausstieß und meine Beine unter mir nachgaben. Der Mann, der mir dieses berauschende Gefühl beschert hatte, reagierte sofort, legte mir den Arm um die Taille und hielt mich fest. Mein Atem ging schwer und mein Herz schien mit schlagen nicht mehr hinterher zu kommen.

Christopher hob mich an und stieg mit mir aus der Dusche. Vorsichtig stellte er mich auf meine Füße, die sich anfühlten als seien sie aus Watte, drehte das Wasser ab und griff nach einem großen Badetuch. Sorgfältig rubbelte er mich trocken und wickelte mich kurzerhand darin ein. Meine Haare schlug er in Form eines Turbans in ein kleineres Handtuch ein. Nachdem er sich selbst abgetrocknet hatte, hob er mich auf seine Arme und trug mich in sein Schlafzimmer. Keiner von uns sagte ein Wort. Ich fühlte mich nicht fähig dazu, denn ich war immer noch dabei zu verarbeiten, was eben geschehen war. Entschlossen steuerte Christopher das Bett an, legte mich hinein, zog mir das feuchte Badetuch weg, gesellte sich zu mir und deckte uns sorgfältig zu.

Ich fühlte mich so müde und ausgelaugt, dass es mir schwerfiel, die Augen offenzuhalten. Trotzdem folgte ich dem Verlangen ihm nahe zu sein, schmiegte mich an ihn und murmelte: „Danke!"

Er lachte leise auf und erwiderte: „Gern geschehen!"

Ein bisschen verwundert, dass er nicht mehr forderte, war ich schon, denn es war anhand der ausgeprägten Beule unter der Decke nicht zu übersehen, dass er immer noch unter Strom stand. So gerne ich mich auch bei ihm revanchiert hätte, meine Erschöpfung gewann die Oberhand. Deshalb genoss ich es einfach, ihm so nahe zu sein, und nahm mir vor, es bei nächster Gelegenheit wiedergutzumachen.

So lagen wir schweigend da und ich lauschte dem Klopfen seines Herzens. Ich spürte, wie ich langsam wegdämmerte, als er mir unerwartet eine Frage stellte.

„Stella, du bleibst doch, oder?"

„Mhm", brummte ich.

„Stella, heißt das ja?", hakte er nach.

Ich seufzte und zwang meine Augen sich zu öffnen. „Ja, das heißt es. Schließlich muss ich mein Bild bezahlen. Zudem kannst du sehr überzeugend sein."

Der Mond schien ins Zimmer und hüllte seine Züge in ein silbernes Licht, die sich zu einem zufriedenen Lächeln verzogen.

„Dann lass uns einen Pakt schließen."

„Was für einen Pakt?", fragte ich überrascht.

„Lass uns die nächsten eineinhalb Wochen, die uns noch bleiben, genießen. Lass uns machen auf was immer wir Lust haben und uns keine Gedanken mehr über das machen, was uns beschäftigt. Einfach genießen und Spaß haben. Okay?"

„Das klingt toll. Bin dabei", sagte ich zustimmend, schloss wieder meine Augen und kuschelte mich noch enger an ihn.

„Schön, dann schlaf jetzt und ruh dich aus, denn ich habe noch so einiges mit dir vor", meinte er und setzte mir einen letzten Kuss auf mein Haar.

Bei dem Gedanken daran, um was es sich dabei handeln würde, stahl sich ein Lächeln auf mein Gesicht und die Vorfreude auf das, was er mit mir tun wollte, wuchs zu ungeahnten Ausmaß an, während ich das Land der Träume betrat.

KAPITEL 10

Der Regen prasselte gegen das Fenster, wie Trommler, die im Gleichtakt ihre Stöcke auf ihr Musikinstrument niedersausen ließen, und weckte mich auf. Verschlafen setzte ich mich auf und stellte fest, dass die Matratze neben mir leer war. Christopher war nicht hier. Enttäuschung machte sich in mir breit, denn ich hätte mir nach dem vergangenen Abend gewünscht neben ihm aufzuwachen.

Der Gedanke an den letzten Abend zauberte mir ein Lächeln ins Gesicht. Das waren wohl die verrücktesten Stunden in meinem Leben. Eine wahre Achterbahnfahrt der Gefühle. Absolutes Highlight war jedoch der sensationelle Orgasmus, den Christopher mir beschert hatte. Es war mit Abstand der beste, den ich je hatte und die Erinnerung daran reichte aus, um meinen Schritt von Neuem zum Leben zu erwecken. Gerne hätte ich mich für sein Tun bei ihm revanchiert, nur leider war das nicht möglich, weil der Grund meiner Lust sich nicht im Zimmer befand. Ich fragte mich gerade, warum er sich schon davongestohlen hatte, als die Tür aufschwang und er, nur mit einer Boxershorts bekleidet und einem Tablett in der Hand, ins Schlafzimmer kam.

„Guten Morgen, Schlafmütze", begrüßte er mich und kam lächelnd auf mich zu.

„Guten Morgen. Ich hatte mich schon gefragt, wo du abgeblieben bist. Rieche ich da etwa Frühstück?", fragte ich, weil mir der Duft von Kaffee und frisch Gebratenem in die Nase stieg. Neugierig reckte ich meinen Hals, um einen Blick aufs Tablett zu erhaschen. Erst jetzt merkte ich, wie ausgehungert ich war und dass mein Magen einer riesigen, leeren Höhle glich.

„Ja. Ich dachte, ein stärkendes Frühstück ist genau das, was du heute Morgen brauchst."

„Du kannst Gedanken lesen", bestätigte ich, lächelte ihn an und platzierte mich so, dass ich mich gemütlich ans Kopfende des Bettes lehnen konnte.

Christopher setzte sich neben mich, stellte das Tablett vor mir ab und hauchte mir ganz selbstverständlich einen Kuss auf den Mund. „Hast du schon Pläne, was du heute tun möchtest?", wollte er wissen und nahm sich eine Scheibe Toast, die mit Erdnussbutter und Marmelade bestrichen war, und biss genüsslich hinein.

„Tja, das Wetter scheint fürs Erste jegliche Außenaktivität auszuklammern", antwortete ich mit einem kurzen Blick zum Fenster und griff nach einer der beiden Kaffeetassen. „Aber das kann sich schnell wieder ändern. Hier in den Bergen schlägt das Wetter immer recht zügig um", erklärte ich und trank einen großen Schluck. Der Kaffee war genauso wie ich ihn mochte. Mit Milch und Zucker.

„Wie wäre es dann, wenn wir den Vormittag einfach im Bett verbringen und sehen, was der Tag heute noch für uns bereithält?"

Ich aß etwas Rührei mit Speck, bevor ich sagte: „Ist das ein Versuch, mich in deinem Bett festzuhalten? Und soll das Frühstück vielleicht zur Bestechung dienen?"

„Verdammt, in welchem Leben sind wir uns schonmal begegnet, dass du mich jedes Mal durchschaust?", murrte er, hatte jedoch ein spitzbübisches Lächeln auf den Lippen. „Funktioniert es wenigstens?", jagte er hinterher.

Ich begann zu lachen und schob ihm eine Gabel Ei in den Mund, den er bereitwillig öffnete. „Ich würde sagen, du bist auf dem besten Weg mich weichzukochen", gestand ich und griff ebenfalls nach einer Scheibe Toast. „Allerdings solltest du dich mit mir zusammen stärken, sonst geht dir nachher noch die Puste aus."

Jetzt war er derjenige der lachte, aber dennoch meiner Aufforderung nachkam und mit mir gemeinsam alle Köstlichkeiten aufaß, die er für uns zubereitet hatte. Als wir fertig waren, stellte ich das Tablett neben dem Bett auf den Boden und wandte mich Christopher zu. „So, und wie sieht jetzt dein Bettunterhaltungsprogramm aus?", fragte ich herausfordernd, weil ich es kaum noch erwarten konnte, seine Nähe zu spüren.

Er griff nach der Decke, unter der ich schon die ganze Zeit meinen Körper versteckte und zog sie mir ganz langsam weg. Von dem Gefühl, wie die Decke sanft über meine Haut glitt, bekam ich eine leichte Gänsehaut. Meine Brustspitzen wurden sofort hart und ich wusste nicht, ob es an der kühlen Luft im Zimmer lag oder an dem Wissen, was nun kommen würde.

***

Christopher betrachtete Stella ausgiebig und ließ dabei seine Hand über jede einzelne Stelle gleiten, die er gerade im Blick hatte. „Du bist wunderschön!", flüsterte er. „Zweifle nie an deinem Aussehen. Du hast mehr zu bieten, als du glaubst. Als du gestern Abend für mich gekommen bist, warst du so voller Leidenschaft, dass ich mich zurückhalten musste, um dich nicht gleich unter der Dusche zu nehmen. Ich musste die ganze Nacht daran denken, wie erotisch du aussahst. Selbst im Schlaf hörte ich noch die lustvollen Laute, die du von dir gegeben hast. Ich will dich, Stella. Will dich fühlen und schmecken. Sehen, wie du dich unter meinen Stößen vor Lust windest. Hören wie du stöhnst. Will dich dazu bringen, dass du deine Lust herausschreist und dich darin verlierst."

Sie sah ihn mit leicht geröteten Wangen an. In ihren Augen erkannte er eine leichte Überraschung, was ihn etwas verunsicherte.

„Was ist? Habe ich etwas Falsches gesagt?", hakte er nach und strich dabei ihren Arm empor.

„Nein! Es ist nur, dass noch nie ein Mann so etwas zu mir gesagt hat", gab sie zu.

„Weil sie zu dämlich waren, es zu erkennen."

„Vielleicht. Ich denke, an deine direkte und offene Art muss ich mich erst noch gewöhnen, was nicht heißt, dass ich sie nicht mag. Um ehrlich zu sein, turnt es mich sogar an."

„Das ist gut", sagte Christopher und senkte seine Lippen, um sie zu küssen.

Ihm war schleierhaft, was hier geschah, aber eins wusste er. Diese Frau, mit der er gerade im Bett lag, war etwas Besonderes. Irgendwas an ihr war so anders.

In der Vergangenheit war er mit so vielen Frauen zusammen gewesen, aber nie mit einer, die so war wie Stella. Entweder war er an Frauen geraten, die ihn nur wollten, weil er sich als Künstler in Seattle einen Namen gemachte hatte und sich in seinem Ansehen sonnen wollten, oder es war von Anfang an für beide Parteien klar, dass es nur um reinen Sex ging. Grundlegend waren die Beziehungen immer ziemlich oberflächlich oder dienten nur rein sexuellen Zwecken, was vermutlich auch daran lag, dass er sich nie so sehr zu einer Frau hingezogen gefühlt hatte, wie in diesem Augenblick zu Stella. Sie war ehrlich. Nahm kein Blatt vor den Mund. Hatte sich ihm sogar anvertraut und ihm von ihren Sorgen, Ängsten und Erlebnissen erzählt. Kurz gesagt, hatte sie ihr Herz für ihn geöffnet. Dazu kamen diese verführerischen, weiblichen Rundungen, die sich so herrlich an seinen Körper schmiegten. Ihre vollen Brüste, die seine Hände richtig ausfüllten. Der knackige und wohlgeformte Hintern, an dem er nicht irgendwelche Knochen spürte, wenn er sich mit der Hand daran zu schaffen machte.

Just in diesem Augenblick fragte er sich im Stillen, was er an diesen salatfressenden, klapperdürren Frauen immer gefunden hatte, bei denen er immer Angst haben musste, sie könnten unter ihm zerbrechen. Stella hingegen war weder knochig noch fett. Es gab überall dort Kurven, wo sie perfekt waren. Dazu steckte sie voller Gefühl und Leidenschaft, was ihr selbst gar nicht bewusst zu sein schien. Außerdem musste er sich bei ihr keine Sorgen machen, dass sie ihn nur zu irgendwelchen eigennützigen Zwecken wollen könnte. Dazu kannte sie ihn viel zu wenig. Nein, sie lag hier bei ihm, weil sie einfach bei ihm sein wollte. Weil sie ihn wollte. Weil sie sichtlich genoss, was er mit ihr tat und deshalb würde sie noch mehr davon bekommen.

***

Christopher küsste mich so leidenschaftlich und zärtlich, dass es mir den Atem nahm. Ganz langsam erforschte er meinen Körper und ließ sich dabei alle Zeit der Welt. Genüsslich liebkoste er meine Brüste, saugte und leckte daran, und glitt dann mit der Zunge weiter durch deren Tal abwärts, bis er meinen Bauchnabel erreichte. Ich hatte nicht gewusst, dass es erotisch sein konnte, am Bauchnabel geküsst und mit der Zunge gestreichelt zu werden, doch Christopher belehrte mich eines Besseren. Selbst der roten Linie, dem Überbleibsel meiner OP, schenkte er liebevolle Aufmerksamkeit, indem er sanft mit den Lippen darüber hinwegstrich, was sich anfühlte wie das Streicheln einer Feder. Seine Hand strich mein Bein hinauf und schob es zur Seite, so, dass er den Platz dazwischen einnehmen konnte. Als seine Lippen meinen Venushügel erreichten und er sein Gesicht zwischen meinen Schenkeln vergrub, stöhnte ich laut auf. Ich drückte meinen Rücken durch und hob mich ihm auffordernd entgegen. Die Vibration seines lautlosen Lachens spürte ich bis ins Mark, während er seine Zunge durch meine feuchte Falte tanzen ließ. Dieses Gefühl machte mich rasend und verstärkte sich noch, als er mit der Zunge in mich eintauchte. Er leckte und saugte an mir, als sei ich ein köstliches Eis, das er mit aller Hingabe genießen wollte. Ohne jede Hast, erforschte er jeden Millimeter meines Inneren und brachte mich damit um den Verstand. Ich brauchte ihn in mir. Musste ihn endlich spüren. Konnte nicht mehr länger warten.

„Chris, bitte", flehte ich und griff nach seinen Haaren, um ihn zu mir hochzuziehen.

Christopher kam meiner Aufforderung nach, legte sich auf mich und küsste mich. Das war das erste Mal in meinem Leben, dass ich mich selbst schmeckte. Eine Mischung aus Süße und Lust. Ungewöhnlich aber dennoch erregend. Gierig drängte ich mich ihm entgegen, wollte, dass er mich endlich ausfüllte, als er sich zurückzog, seine Lippen von mir löste und mich ernst ansah.

„Brauchen wir ein Kondom? Ich meine, ich weiß zwar, dass du nicht Schwanger werden kannst, aber wie sieht es mit deiner Gesundheit aus?"

Ich war etwas überrascht über diese spontane Frage, musste ihm aber zugute heißen, dass er sich nicht einfach auf eine Frau stürzte, sondern sich über alle Eventualitäten Gedanken machte, was mir imponierte.

„Der Bluttest und der Abstrich vor meiner OP hat ergeben, dass ich gesund bin. Seither war ich mit keinem Mann mehr zusammen. Und du?"

„Ich benutze meistens Kondome und habe mich vor Kurzem ebenfalls vorsorglich testen lassen. Alles im grünen Bereich."

„Und seitdem?", hakte ich vorsichtig nach.

„Keine Frau", versicherte er mir mit einem Lächeln, zog seine Boxershorts aus und küsste mich erneut.

Von Lust und Leidenschaft getrieben bettelte ich zwischen zwei Küssen: „Dann nimm mich endlich."

Christopher ließ sich nicht zweimal bitten und setzte seine Spitze an meinen Eingang. Sanft drang er in mich ein, was ich stöhnend begrüßte.

„Oh Gott, Stella, du bist so wunderbar eng", raunte er an meinem Ohr, während er sich langsam wieder herauszog, um mit dem nächsten Stoß noch weiter in mich vorzudringen.

Seine direkten Worte brachten mein Blut zum Kochen, weshalb ich mich ihm entgegenschob und ihn mit einer einzigen Bewegung komplett in mir aufnahm. Seine Antwort darauf war ein Stöhnen, bevor er begann sich in einem langsamen Rhythmus in mir zu bewegen. Ich stimmte mit ein und erforschte seinen Körper. Seine Muskeln bewegten sich unter meinen Händen und seine Sehnen waren zum Reißen gespannt. Mit geschlossenen Lidern gab ich mich diesem unbeschreiblichen Gefühl hin, ihn endlich in mir zu spüren. Ihm so nah sein zu können und mich zum ersten Mal einem Mann wirklich hingeben zu können. Zumindest fühlte es sich für mich so an. Ob es an seiner offenen Art lag, wusste ich nicht. Fakt war, dass ich es mich bis heute bei keinem Mann getraut hatte, mich so gehen zu lassen oder ihn beim Sex um etwas zu bitten.

Ich schlang meine Beine um Christophers Mitte und bat: „Fester!"

„Babe, ich will dir nicht weh tun."

„Ich bin vielleicht klein, aber nicht aus Porzellan", entgegnete ich. „Also halt dich wegen mir nicht zurück."

Kaum hatte ich ausgesprochen, stieß er so fest zu, dass ich vor Lust aufschrie. Wie er es vorausgesagt hatte, wand ich mich unter ihm und strebte immer schneller meinem Höhepunkt entgegen.

„Mach die Augen auf uns sieh mich an", forderte er plötzlich. „Ich will das Verlangen in deinen Augen sehen, wenn du kommst."

Ich tat was er verlangte und was dann passierte war anders als alles was ich kannte. Mein Orgasmus überrollte mich mit einer Kraft, dass ich einen weiteren Schrei nicht zurückhalten konnte. Meine Muskeln umschlossen ihn und hielten ihn genau dort fest, wo ich ihn haben wollte. Unserer Blicke miteinander verbunden, hatte ich das Gefühl im so nah zu sein, wie noch nie zuvor einem anderen Mann. Als seien nicht nur unsere Körper miteinander verschmolzen, sondern auch unsere Seelen. Auch Christopher erreichte seinen Höhepunkt und ich konnte spüren, wie er sich mit einer gewaltigen Kraft in mir entlud. Wir hielten uns aneinander fest und kosteten den Moment bis zur letzten Sekunde aus. Erst dann zog er sich aus mir zurück, rollte sich von mir herunter und zog mich mit sich, so, dass ich in seinem Arm zum Liegen kam.

Es dauerte etwas, bis wir wieder zu Atem gekommen waren und ich die richtigen Worte gefunden hatten, um etwas zu sagen.

„Das war...wow", sagte ich und zeichnete mit meinem Finger kleine Kreise auf seine Brust. Okay, wow war vielleicht nicht die wortgewandteste Beschreibung, aber die einzige, die mir in diesem Moment als passend erschien und die mein durchgeschmortes Gehirn zustande brachte.

„Wow, trifft es ganz gut", stimmte er mir zu. „Du fühlst dich sagenhaft an, Stella. Das eben war etwas, das ich auf jeden Fall wiederholen möchte. Und zwar bald, sehr bald."

Ich lachte auf. „Du leidest aber nicht an einem Don-

Juan-Komplex, oder?"

„An einem was?", fragte er verwirrt.

„Na, bei Männern spricht man nicht von Nymphomanie, sondern vom Don-Juan-Komplex oder Satyriasis, was vom griechischen Satyr abgeleitet wurde. Dem männlichen Gegenpol der Nymphe", erklärte ich ihm.

Er richtete sich leicht auf, stützte sich auf seinem Ellenbogen ab und sah auf mich herab. „Du bist nicht nur schlagfertig, sexy, leidenschaftlich und gefühlvoll, sondern auch noch schlau", zählte er auf. „Ich bin beeindruckt. Gibt es noch mehr, was ich über dich wissen sollte?"

„Vielleicht! Aber das musst du schon selbst herausfinden."

„Du liebe Güte, geheimnisvoll ist sie auch noch", meinte er und zeichnete mit seinen Fingern die Rundungen meiner Brüste nach, die sofort wieder auf ihn reagierten. „Um auf deine Frage zurückzukommen. Nein, ich habe seither nicht am Don-Juan-Komplex gelitten, was sich aber in deiner Gegenwart womöglich ändern könnte."

Ich musste erneut lachen, welches aber in ein Stöhnen überging, als Christopher sich erneut auf mich legte, mich zu küssen begann und seine erneut erigierte Männlichkeit in mich schob.

An diesem Tag schliefen wir noch weitere zweimal miteinander. Der Regen hatte am Nachmittag aufgehört und die Sonne war hinter den Wolken hervorgekommen. Trotzdem waren wir so damit beschäftigt, einander in den sexuellen Wahnsinn zu treiben, dass wir es einfach nicht aus dem Bett schafften. Erst am Abend trieb uns der Hunger aus den zerwühlten Laken in die Küche.

„Ich glaube, ich sterbe gleich vor Hunger", jammerte ich und öffnete den Kühlschrank, der allerdings nicht mehr viel hergab. Außer Milch, zwei Eiern und etwas Käse war nichts mehr da.

„Untersteh dich. Ich habe noch so einiges mit dir vor", meinte Christopher und trat hinter mich, um ebenfalls einen Blick auf unsere Vorräte zu werfen.

„Sieht schlecht aus. Meine Kräfte sind am Boden und der Kühlschrank leer", gab ich kund, schloss die Tür und drehte mich zu ihm um.

„Tja, ich hatte nur für mich eingekauft. Mit so reizendem Besuch, hatte ich nicht gerechnet", erklärte er und umschloss mich mit seinen Armen.

„Und ich hatte bei meinem Einkauf nur die Zutaten für die Burger, Obst und Blumen mitgebracht, wovon auch nicht mehr viel übrig ist." Ich sah zu der Obstschale, in der noch ein Apfel lag. „Wir könnten uns Pizza bestellen, wenn du magst. Im Ort gibt es ein kleines Pizzarestaurant, das auch liefert. Ich lade dich auch ein", schlug ich vor.

„Wie könnte ich da nein sagen", antwortete er und gab mir einen Kuss auf die Schläfe.

„Prima, dann bestell ich uns schnell was. Was möchtest du denn als Belag haben?", wollte ich wissen, während ich mich von ihm löste und nach meinem Handy griff, das noch vom Vorabend auf der Arbeitsplatte der Küche lag. Damit lief ich zu der kleinen Pinnwand, die links von mir an der Wand hing, und griff nach der Karte des Restaurants.

„Ich nehme das was du nimmst. Bei Pizza bin ich mit allem einverstanden", sagte er und öffnete die Tür zu der kleinen Besenkammer.

Vom Hunger getrieben, wählte ich die Nummer und bestellte, bei der Frau die den Anruf entgegennahm, eine extragroße Pizza mit Schinken, Salami, Champignons, Peperoni, Ei und extra Käse. Nachdem das erledigt war, holte ich meinen Geldbeutel aus dem Schlafzimmer und begab mich auf die Suche nach Christopher, der mit irgendwas in der Hand nach draußen verschwunden war. Auf der Veranda fand ich ihn und riss erstaunt die Augen auf, als ich sah, was er hier draußen tat.

„Die hatte ich entdeckt, als ich in der Besenkammer nach Hammer und Nägeln gesucht hatte. Ich hoffe, es ist in Ordnung, dass ich sie genommen habe", meinte er, als er mich entdeckte und setzte sein Werk fort. Er hatte wohl die alten Petroleumlampen meiner Eltern gefunden und begonnen sie zu füllen und anzuzünden. Es waren sechs an der Zahl, die er um die Hollywoodschaukel herum verteilte und so die Veranda in romantisches Licht hüllte.

Ich erinnerte mich daran, wie meine Eltern schon zum Schein dieser Lampen hier draußen gesessen und die Abende in trauter Zweisamkeit genossen hatten. Wehmut überkam mich, als dieses Bild vor meinem inneren Auge aufflackerte. Doch ich verdrängte dieses Gefühl und lief zu dem Mann, der mein Herz höherschlagen ließ. „Das ist sehr schön", erwiderte ich zustimmend und schlang meine Arme um seine Mitte. „Aber es ist etwas kühl hier draußen. Findest du nicht?" Wir trugen beide nur eine gemütliche Sporthose und ein dünnes Shirt.

Er schob mich von sich und drückte mich sanft aber bestimmend auf die Schaukel. „Das Problem lässt sich leicht lösen. Warte kurz." Christopher verschwand nach drinnen und kam mit zwei Pullovern und einer Decke zurück. Er reichte mir meinen, schlüpfte in seinen eigenen und setzte sich dann neben mich. Die Decke breitete er über uns aus und legte dann den Arm um mich, sodass ich mich an ihn kuscheln konnte. Meine Beine zog ich dafür an, um es richtig gemütlich zu haben.

„Ich wusste gar nicht, dass du eine romantische Ader besitzt."

„Es gibt vieles, was du nicht über mich weißt", gab er zu. „Wobei wohl in jedem Mann ein kleiner Romantiker steckt. Die meisten wollen es nur nicht zugeben, weil sie denken, sie würden dann als Weichei oder Mädchen abgestempelt werden."

„So ein Blödsinn. Wir Frauen mögen es, wenn ein Mann auch mal romantisch sein kann."

„Ja, ihr Frauen tut das, aber bei uns Männern ist das eben anders. Also bei vielen, nicht bei allen."

„Dann kann ich ja froh sein, dass du nicht zu jenen zählst, die ein Problem damit haben, ihrer romantischen Ader freien Lauf zu lassen."

Ein Wagen fuhr auf das Grundstück und unterbrach unsere Unterhaltung. Es war ein junger Mann der unsere Pizza brachte. Mit einer großen Pappschachtel in der Hand, kam er auf die Veranda gelaufen und stellte sie mit einer freundlichen Begrüßung vor uns auf dem Tisch ab. Ich richtete mich auf, fischte aus meinen Geldbeutel einen zwanzig Dollar Schein und reichte ihm diesen mit einem Dank. Nach einer kurzen Verabschiedung war er wieder verschwunden und wir waren wieder allein.

„Dann lass uns mal sehen, was du uns bestellt hast", meinte Christopher und öffnete die Schachtel. „Mmmh, das sieht nicht nur lecker aus, sondern riecht auch noch göttlich."

Mir schlug der Duft von frischer Steinofenpizza entgegen und ließ mir das Wasser im Mund zusammenlaufen. Ich nahm mir ein Stück und biss hungrig hinein. „Was für eine Wohltat", sagte ich, nachdem ich den ersten Bissen geschluckt hatte.

„Wem sagt du das", erwiderte er und fiel gierig über sein Pizzastück her. „Du hast mich völlig ausgezehrt."

„Ich habe dich ausgezehrt?", lachte ich, „Du hast wohl eher mich ausgezehrt!"

„Von wegen. Würdest du nicht so verführerisch aussehen, dann könnte ich mich auch beherrschen. Aber du sorgst mit deinem verführerischen Körper dafür, dass ich mich einfach nicht mehr ihm Griff habe. Je mehr ich von dir bekomme umso mehr Nachschlag möchte ich noch haben."

Für diese Worte, schenkte ich ihm ein liebevolles Lächeln. Dieser Mann schaffte es tatsächlich, dass ich mich attraktiv, sexy und unwiderstehlich fühlte. So hatte ich mich schon lange nicht mehr gefühlt und ich genoss es. Er ließ mich vergessen, was alles geschehen war und mich selbst endlich wieder als vollständige Frau sehen, auch wenn es den körperlichen Defekt nicht behob. Doch meinen Empfindungen half es sehr. Zu oft hatte ich in letzter Zeit an mir selbst gezweifelt. Mich unansehnlich gefühlt und geglaubt, dass ich nicht mehr als vollwertige Frau durchging. Doch Christopher bewies mir etwas anderes. Er zeigte mir eine ganz neue Seite an mir. Eine erotische und zügellose, die ich bis jetzt noch nie ausgelebt hatte.

Die vier Partner mit denen ich in der Vergangenheit zusammen gewesen war, konnten Christopher bei weitem nicht das Wasser reichen. Da gab es Tom, meinen ersten Freund in der Highschool, mit dem noch alles sehr unbeholfen vonstattenging. Nicolas, der zweite in der Reihe, den ich in einer Bar kennenlernte, hatte mir das blaue vom Himmel erzählt und nachdem ich ihn rangelassen hatte, war er wieder aus meinem Leben verschwunden. Danach war ich fast ein halbes Jahr mit Ray zusammen. Zu dem Zeitpunkt war ich schon dreiundzwanzig und arbeitete als Werbegrafikerin. Dort lernte ich ihn auch kennen. Als charmanten Arbeitskollegen, der dann, wegen einem besseren Jobangebot in New York, wegzog. Bei allen drei hatte ich nicht einmal einen Orgasmus oder das Gefühl, es sei ihnen wichtig, ob ich beim Sex Lust empfinde oder nicht. Erst mit Mason wurde es anders. Er war der erste, der mir einen Höhepunkt verschaffte. Vermutlich war auch das der Grund, warum ich damals glaubte, er wäre der Richtige. Trotzdem war es mit ihm nicht im Geringsten so, wie mit Christopher. Bei Mason war ich immer gehemmt und traute mich nie so richtig, meine Hemmungen fallen zu lassen. Vielleicht lag es daran, dass er ein kleiner Macho gewesen war, aber das war nun ohnehin egal, denn ich wollte keinen Gedanken mehr an diesen Mistkerl verschwenden.

Wir aßen schweigend die komplette Pizza auf und genossen die Stille der Nacht, die nur von dem Ruf einer Eule unterbrochen wurde. Sterne standen am Firmament, gepaart mit ein paar schwarzen Wolkenfetzen, die über den nachtblauen Himmel huschten und ab und an den zunehmenden Mond verschleierten.

Es war herrlich hier mit Christopher zu sitzen und das erste Mal seit einigen Monaten machte sich in mir eine unglaubliche Ruhe breit. Als hätte jemand alle die negativen Erlebnisse und Gedanken, die mich seither beherrscht hatten, aus meinem Inneren gelöscht.

Ich klappte die leere Schachtel zu und schmiegte mich wieder an ihn.

„Es macht Spaß mit dir zusammen zu essen", teilte er mir mit und verflocht seine Finger mit meinen.

„Wie soll ich das denn verstehen?", fragte ich, verwundert über seine Aussage.

„Na ja, wie ich schon erwähnte", begann er zu erklären, „war ich immer mit ziemlich schlanken Frauen aus. Die meisten Leute würden sie wohl als Magermodel betiteln. Auf jeden Fall, macht es nicht sehr viel Spaß, mit so einer Frau essen zu gehen oder für sie zu kochen. Ich musste immer dabei zusehen, wie sie, um drei Salatblätter zu essen, eine halbe Stunde benötigten, um dann zu jammern, dass sie so satt wären und morgen unbedingt wieder Diät halten müssten. Da ist es wirklich schön, mal mit jemandem zu essen, der es auch genießt, wenn du verstehst, was ich meine."

„Ich denke schon. Wobei ich nicht nachvollziehen kann, wie man sich so herunterhungern kann. Ich selbst hätte nichts dagegen vier Pfund leichter zu sein, aber so klapperdürr wollte ich dann auch nicht aussehen. Zudem habe ich das Pech, bei einer Diät immer an den falschen Stellen abzunehmen. Darum habe ich es auch irgendwann aufgegeben."

Christopher drehte sich so, dass er mir ins Gesicht sehen konnte und raunte: „Das freut mich zu hören.

Denn ich liebe deine Kurven und würde jede einzelne davon vermissen." Zur Bestätigung küsste er mich so leidenschaftlich, dass ich alles um mich herum vergaß.

KAPITEL 11

Wie geplant gingen wir am darauffolgenden Abend auf das Sternschnuppenfest, das unterhalb des Skilifts stattfand. Die Sonne war bereits untergegangen und jede Menge Leute tummelten sich hier, um sich das Spektakel am Himmel anzusehen. Auf der Wiese waren mehrere kleine Lagerfeuer entzündet worden, woran man sich wärmen oder, wie es andere taten, sein mitgebrachtes Essen darüber grillen konnte. An einem Stand gab es warme und kalte Getränke und an einem weiteren wurden verschiedene Speisen angeboten. Die Menschen unterhielten sich, lachten oder lagen auf einer Picknickdecke am Berghang und sahen in die Sterne.

Auch wir hatten eine Picknickdecke dabei, die sich Christopher unter den Arm geklemmt hatte. Ich sah mich gerade nach Josh um, als Barbara mit ausgestreckten Armen auf mich zu gelaufen kam.

„Stella, das ist ja mal eine schöne Überraschung. Ich freue mich, dich hier zu sehen", rief sie und schloss mich in eine herzliche Umarmung.

„Hallo Barbara. Ja, wir wollten uns das Spektakel um nichts in der Welt entgehen lassen", erwiderte ich und sah zu Christopher, der neben mir stand und das Geschehen betrachtete. „Chris, darf ich dir Barbara Voß, eine alte Bekannte der Familie, vorstellen. Barbara, das ist Christopher Rade, mein derzeitiger Mitbewohner."

Er trat einen Schritt vor und reichte Barbara die Hand. „Freut mich Sie kennenzulernen, Mrs. Voß", sagte er und schenkte ihr ein Lächeln.

„Sie sind also der unvorhergesehene Gast in Stellas Hütte. Freut mich ebenfalls Sie kennenzulernen und festzustellen, dass Sie auf den ersten Blick sehr sympathisch wirken, Mr. Rade."

Verwirrt warf mir Christopher einen Blick zu, bis ich erklärte: „Sie hat sich Sorgen gemacht, weil ich mit einem Wildfremden zusammenwohne."

Mit einem verstehenden Nicken, entgegnete er an Barbara gewandt: „Keine Sorge, ich gebe gut auf Stella Acht. Bei mir ist sie in den besten Händen." Zur Untermalung griff er nach meiner Hand.

„Das ging aber schnell", bemerkte Barbara lächelnd. „Aber es freut mich dich so glücklich zu sehen. Du siehst auch schon viel besser aus, wie vor drei Tagen, als du in meinem Laden warst. Sie scheinen ihr sichtlich gut zu tun, junger Mann. Machen Sie weiter so."

„Das hoffe ich doch", raunte er in meine Richtung und sah mich mit einem seltsamen Ausdruck in den Augen an, den ich nicht zu deuten wusste.

„Da seid ihr ja", rief eine mir vertraute Stimme, die allerdings sehr angespannt klang.

„Hallo Josh. Wir sind erst vor ein paar Minuten gekommen", erklärte ich, löste mich von Christopher, was Josh nicht zu entgehen schien, und ließ mich von ihm umarmen.

„Hallo Barbara", sagte er eilig in ihre Richtung. „Dann solltet ihr besser wieder umdrehen und gehen." Bei diesen Worten sah er mich eindringlich an.

„Josh, was redest du denn da für einen Blödsinn? Was ist los? Du selbst hast uns doch eingeladen."

„Ja, Stella, ich weiß. Und es tut mir auch leid, aber zu dem Zeitpunkt wusste ich noch nicht, dass Mason hier sein würde. Ich habe ihn vor ein paar Minuten gesehen und habe noch versucht dich auf deinem Handy zu erreichen, um dich vorzuwarnen, aber du bist nicht drangegangen."

„Mein Handy liegt in der Hütte am Ladegerät. Der Akku war leer. Aber was macht Mason denn hier? Ich denke du hast nichts mehr mit ihm zu tun?!", fragte ich und eine leichte Unsicherheit erfüllte meine Stimme. Es beunruhigte mich ein wenig, zu wissen, dass ich hier auf Mason treffen könnte, womit ich nicht einen Moment gerechnet hätte. Nicht, dass ich Angst vor ihm hatte. Dennoch hatte ich ihn seit seinem charakterlosen Abgang nicht mehr gesehen und wusste daher nicht, wie ein Aufeinandertreffen verlaufen würde,

„Das habe ich auch nicht. Beziehungsweise habe ich, nachdem was zwischen euch vorgefallen ist, mich nicht mehr bei ihm gemeldet. Ich dachte, das würde als Hinweis reichen. Doch nun ist er hier und das nicht allein. Er macht hier Urlaub mit seiner neuen Flamme. Ich habe ihn gebeten zu verschwinden und ihm in aller Deutlichkeit gesagt, dass ich ihn hier nicht mehr sehen will, geschweige denn noch etwas mit ihm zu tun haben möchte. Aber er hat nur gespöttelt, warum ich seine Entscheidung dir bezüglich nicht nachvollziehen könnte und dass ich ihm wohl kaum verbieten könnte hier Urlaub zu machen. Es tut mir leid, Stella, aber du weißt ja wie er ist."

„Wer ist Mason und was ist denn passiert?", wollte Barbara wissen, die bis eben schweigend unser Gespräch verfolgt hatte und nun ein besorgtes Gesicht machte.

„Mason ist mein Ex- Freund und er hat mich sitzen gelassen, als ich ihn am dringendsten gebraucht hätte", erklärte ich knapp, bevor die Person auf mich zukam, der ich nie wieder begegnen wollte. Er hatte den Arm um eine junge Frau gelegt, die ein wenig größer war als ich. Sie hatte schwarzes Haar und ein unübersehbares Dekolleté. Mason liebte große Brüste, das wusste ich, da das eins der Dinge gewesen war, die er an mir ebenfalls gemocht hatte, doch auch das hatte nicht ausgereicht, um Frau genug für ihn zu sein, nachdem ich meine Diagnose erhalten hatte.

„Das ist also der wahre Grund, warum du mich loswerden wolltest, Josh", flötete er und sah mich mit einem breiten Grinsen an. „Stella, was für eine Überraschung dich hier zu sehen."

„Wohl kaum, da du weißt, dass ich hier eine Hütte besitze", gab ich gereizt zurück.

„Ach ja." Er nahm einen Schluck aus seiner Bierflasche, die er lässig in der Hand hielt. Sein Blick war bereits glasig, was darauf hindeutete, dass dies nicht sein erstes Bier sein konnte. „Darf ich dir Darci vorstellen. Die neue Frau in meinem Leben."

„Ich habe kein Interesse daran, überhaupt irgendjemanden kennenzulernen, der mit dir im Zusammenhang steht. Also verschwinde und suche dir jemand anderen, den du vollquatschen kannst", knurrte ich in seine Richtung, weil mich sein blödes Gerede immer mehr verärgerte, und wollte mich schon abwenden, als er erneut das Wort ergriff.

„Ach Stella, sag bloß, du bist immer noch verletzt, weil

ich dich verlassen habe." Mason sah seine Begleiterin an und flüsterte: „Weißt du, Darci, Stella ist nämlich keine richtige Frau mehr. Sie kann keine Kinder mehr bekommen. Sie ist nutzlos. Deshalb bin ich gegangen."

„Du bist also das Arschloch, das Stella den Floh ins Ohr gesetzt hat, dass sie deshalb nicht mehr Frau genug wäre", knurrte Christopher an meiner Seite und ich erkannte, wie angespannt seine Körperhaltung war.

„Junger Mann, Sie sollten sich was schämen. Am besten, Sie gehen nach Hause und schlafen ihren Rausch aus", schimpfte Barbara, stellte sich neben mich und legte schützend ihren Arm um mich.

Auch Josh versuchte ihn zum Gehen zu überreden. „Lass Stella in Ruhe und geh einfach. Du hast zu viel getrunken und weißt nicht mehr, was du redest."

„Oh doch! Das weiß ich sehr wohl. Sie wusste, dass ich Kinder wollte. Also braucht sie auch nicht sauer sein. Es ist nicht mein Problem, dass sie..."

Mason kam nicht mehr dazu, seinen Satz zu beenden. Bevor ich reagieren konnte, hatte Christopher die Decke fallen gelassen, ausgeholt und ihm die Faust ins Gesicht gerammt. Mason fiel wie ein nasser Sack um und blieb stöhnend auf dem Rücken liegen. Seine Lippe war aufgeplatzt und Blut quoll hervor.

Darci schrie entsetzt auf und ging neben Mason in die Knie, um nach ihm zu sehen, doch dieser schob sie nur weg und blitzte Christopher wütend an. „Du verdammter Penner, was fällt dir ein?"

Eine Menschentraube sammelte sich um uns, die mit neugierigen Blicken das Geschehen beobachteten.

Christopher ging auf ihn zu, schnappte ihn am Kragen

seines blauen Hemdes und zog ihn auf die Beine. „Wenn du noch einmal so über Stella sprichst, breche ich dir sämtliche Knochen, hast du das kapiert?"

„Ach, sieh mal einer an. Anscheinend hast du jemanden gefunden, der dich trotz deines Makels fickt. Glückwunsch und..." Auch dieser Satz brach ab, als ihn schon der zweite Faustschlag traf.

Mason hatte schon immer ein großes Mundwerk gehabt und konnte die Klappe nicht einmal halten, wenn es angebracht gewesen wäre. Unter Einfluss von Alkohol war es immer noch schlimmer gewesen, wie diese Situation bewies. Da ich noch immer wie versteinert dastand, weil ich nicht einen Moment mit Christophers heftiger Reaktion gerechnet hatte, ging Josh dazwischen und drängte Christopher zurück, bevor er seine Drohung in die Tat umsetzen konnte.

„Hör auf, Christopher. Der Idiot ist es nicht wert, dass du dir die Finger an ihm schmutzig machst", ermahnte Josh ihn und sah dann zu Mason, der erneut Bekanntschaft mit der Wiese geschlossen hatte. „Und du kommst mit mir, lässt dich verarzten und verlässt danach dieses Fest. Hast du mich verstanden?", sagte er zu Mason in einem autoritären Ton und sah ihn böse an.

„Du kannst mich mal. Das ist eine öffentliche Veranstaltung und ich habe jedes Recht hier zu sein", bellte Mason zurück. „Außerdem, warum stellst du dich auf ihre Seite? Ich dachte, wir wären Freunde."

„Vermutlich, weil ich mehr Anstand besitze als du und ich keine Lust habe mit jemandem befreundet zu sein, der sich wie ein charakterloses Arschloch verhält."

„Das hast du ja toll hinbekommen, Stella. Hast dir

gleich noch meinen Freund unter den Nagel gerissen. Ist das deine Art dich an mir zu rächen, weil ich dich verlassen habe?", knurrte er in meine Richtung, während er sich aufrappelte.

Christopher machte einen erneuten Schritt nach vorn, doch dieses Mal reagierte ich. Mit der Hand auf seinem Arm, hielt ich ihn auf, löste mich von Barbara, ging auf Mason zu und sagte mit ganz ruhiger Stimme: „Weißt du, Mason, ich bin nicht verletzt, sondern froh, dass du mich verlassen hast. Mit so einem wie dir wollte ich nicht mein Leben vergeuden. Hätte ich früher gewusst, was für ein charakterloser Vollarsch du bist, hätte ich mich niemals auf eine Beziehung mit dir oder sonst irgendwas in diese Richtung eingelassen. Doch hinterher ist man immer schlauer. Zudem hast du mir sogar einen Gefallen getan, denn sonst hätte ich Christopher vermutlich nie kennengelernt. Ich bin glücklicher, als ich es mit dir je war und werde dich keine Sekunde vermissen, oder der Zeit mit dir nur eine Träne nachweinen. Ist nur fraglich, ob du das auch über dich sagen kannst. Aber das interessiert mich nicht. Mir ist es egal ob du glücklich bist. Und dass sich deine Freunde von dir abwenden, ist ebenfalls nicht mein Problem. Das hast du dir selbst zuzuschreiben. Von daher, leb wohl."

Ich griff nach Christophers Hand und der Decke, murmelte Barbara und Josh einen kurzen Dank zu und drängte mich dann durch die Menschenmenge in Richtung Berghang. Schweigend suchte ich ein abgelegenes Plätzchen, auf der mit Gras bewachsenen, schrägen Fläche und breitete in aller Ruhe die Decke aus.

Aus irgendeinem Grund war ich plötzlich völlig

entspannt. Es hatte gutgetan, Mason meine Meinung zu sagen und sie ihm vor allen anderen reinzuwürgen. Ihm mitzuteilen, dass ich ihn weder vermisste, geschweige denn ihm nachtrauerte, war längst überfällig und hatte meine Seele erleichtert. Natürlich hätte ich auf dieses Aufeinandertreffen auch gerne verzichtet, doch man musste die Vorteile daran erkennen und nutzen, wenn sie sich anboten.

Das andere, was mich mit einem seltsam wohligen Gefühl erfüllte, war Christophers Reaktion. Ich hatte nicht einen Augenblick damit gerechnet, dass er mich so verteidigen würde. Klar, wir verbrachten unseren Urlaub zusammen und schliefen miteinander, doch das musste noch lange nicht heißen, dass er für mich verantwortlich war. Zudem würden sich unsere Wege am Ende der nächsten Woche ohnehin trennen. Nichtsdestotrotz hatte er mich verteidigt wie ein Löwe. Das erwärmte mein Herz und schickte Glücksgefühle durch meinen Körper. So was hatte bis eben noch kein Mann für mich getan. Warum er es getan hatte, war mir jedoch völlig schleierhaft.

Mir fiel auf, dass mich Christopher die ganze Zeit über mit einem besorgten Blick bedachte. Selbst als ich mich auf die Decke setzte und ihn mit einem Klopfen aufforderte sich zu mir zu setzen, sagte er nichts. „Wie geht es deiner Hand?", fragte ich deshalb und betrachtete die Festlichkeit aus der Ferne. Die Menschentraube, die sich durch unsere Vorführung gebildet hatte, hatte sich bereits aufgelöst und alle gingen wieder ihren eigenen Interessen nach.

„Gut. Sehr gut sogar. Ich hätte diesem Scheißkerl

gerne noch mehr von dem gegeben, was er verdient hat", knurrte er und sah in die Richtung aus der wir gekommen waren.

„Danke Chris, dass du dich so für mich eingesetzt hast."

„Gern geschehen."

„Darf ich wissen, warum du das getan hast? Verstehe mich bitte nicht falsch. Ich bin dir sehr dankbar für dein Tun, doch das hättest du nicht müssen. Du bist schließlich nicht für mich verantwortlich."

Überrascht riss er den Kopf herum und sah mich an. „Glaubst du allerernstes, ich hätte eine Sekunde länger dabei zugesehen, wie dieser Mistkerl mit dir redet?"

Ich zuckte mit den Schultern, weil ich nicht wusste, was ich antworten sollte.

„Mich überrascht es allerdings, dass gerade du mit so einem Penner zusammen warst. Der scheint Frauen aus einer sehr erhöhten Position zu sehen, wenn du verstehst was ich meine."

Mit einem müden Seufzen erwiderte ich: „Ja, ich weiß auf was du anspielst. Und um ehrlich zu dir zu sein, weiß ich es heute auch nicht mehr. Mason war von Anfang an ein kleiner Macho, aber ich habe immer geglaubt, damit umgehen zu können. Vermutlich waren damals die Gläser meiner rosaroten Brille besonders dick. Als er mich dann verlassen hat, war ich im ersten Moment natürlich verletzt. Doch mir wurde schnell klar, was für ein Idiot er ist, wenn er mich in so einer Situation alleine lässt. Da ich dann ohnehin genug mit meinen eigenen Problemen zu tun hatte, habe ich ihn aus meinen Gedanken verband. Heute weiß ich umso mehr, dass er ein Fehler war, den ich nicht mehr ungeschehen machen kann."

Christopher rückte näher an mich heran und legte seinen Arm um mich. „Hast du das ernst gemeint, was du zu ihm gesagt hast, oder diente das nur dazu, ihm eins auszuwischen? Du weißt schon. Das mit uns. Dass du glücklicher bis als du es mit ihm je warst."

„Ja und ja. Sicher wollte ich ihm eins reinwürgen und ihm nicht die Genugtuung verschaffen, zu glauben, ich würde ihn vermissen oder irgendwas in dieser Art. Allerdings habe ich es auch ernst gemeint, als ich sagte, dass ich im Moment glücklich bin."

„Glücklicher als du es mit ihm je warst?", hakte er nach und sah mir erwartungsvoll in die Augen.

„Ja, Chris. Glücklicher als ich es mit ihm oder mit einem anderen Mann je war. Weshalb du dich mir gegenüber aber nicht verpflichtet fühlen sollst. Mir ist durchaus bewusst, dass unser Abkommen nur für die zwei Wochen gilt, die ich hier bin. Danach kehren wir beide wieder in unser altes Leben zurück und behalten das hier", ich machte eine Handbewegung, die uns beide einschloss, „in schöner Erinnerung." Ich ließ mich nach hinten sinken, bis ich gänzlich auf der Decke lag.

Und da war wieder dieser seltsame Blick, den Christopher mir zuwarf, bevor er sich zu mir legte und so in den Arm nahm, dass wir beide den Himmel betrachten konnten.

***

War es das was er wollte, überlegte Christopher? Nach diesen zwei Wochen, wovon eine schon bald vorüber war, wieder getrennter Wege gehen und mit einem Lächeln im Gesicht auf diese wunderschöne Zeit zurückblicken? Nein, wurde ihm bewusst, als er sich zu ihr legte und sie in den Arm nahm.

Noch nie in seinem Leben hatte er sich wegen einer Frau mit einem anderen Mann geschlagen. Geschweige denn war er so in Rage geraten. Er hatte die Worte dieses Mason empfunden, als würde dieser seinen kostbarsten Schatz als billigstes Blech abtun. Obwohl er wusste, dass Stella durchaus in der Lage war, sich selbst zu verteidigen, verlor er die Fassung. Hätte Josh ihn nicht zurückgehalten, hätte er vermutlich weiter auf dieses Arschloch eingeschlagen. Sein Bedürfnis Stella vor diesem Mistkerl zu beschützen, war auf einmal so übermächtig geworden, dass er Rot gesehen hatte. Dazu kam das Wissen, dass dieses charakterlose Schwein Sex mit Stella... Er brach den Gedanken ab und versuchte ihn zu verdrängen. Woher nahm er sich das Recht, darüber zu urteilen, mit wem Stella in der Vergangenheit im Bett gewesen war. Schließlich war er keinen Deut besser. Bis heute war er mit mehr Frauen im Bett gewesen, als die meisten Männer in seinem Alter. Und viele davon waren charakteristisch nicht viel besser als Stellas Ex-Freund. Nur, dass es bei den jeweiligen Frauen um andere Dinge ging, weshalb man ihren Charakter als schlecht bezeichnen konnte.

Je länger Christopher darüber nachdachte, desto klarer wurde ihm, dass er Stella zustimmen musste. Auch er war seit langer Zeit endlich wieder richtig glücklich und zum ersten Mal mit einer Frau zusammen, die ihm unter die Haut ging. Er empfand die Zeit mit Stella als das Beste, was ihm je passiert war und warum sollte er es dann zu Ende gehen lassen. Sie hatten zwar vereinbart, dass sie die zwei Wochen gemeinsam genießen wollen, ohne über irgendwelche Probleme nachzudenken, was aber nicht bedeutete, dass danach alles beendet sein würde. Vielleicht hat sie es im Eifer des Gefechts so aufgenommen, doch soweit hatte er zu diesem Zeitpunkt noch gar nicht geplant, geschweige denn daran gedacht, was dann wäre. Natürlich hatte er gesagt, dass er bis auf Weiteres kein Interesse an einer Beziehung hätte, aber da war ihm auch noch nicht klar gewesen, was Stella in ihm auslösen würde. In jenem Augenblick hatte er keinen Gedanken daran verschwendet, dass es soweit kommen könnte. Jetzt machte er sich allerdings Gedanken, denn womöglich war genau sie die Frau, nach der er immer gesucht hatte. Und hätten ihn die misslichen Umstände ihres Bruders nicht zu ihr geschickt, wäre er ihr wahrscheinlich nie begegnet.

Dafür war er Nat eigentlich zu Dank verpflichtet. Aber soweit würde er es nicht kommen lassen. Schließlich hatte sich ihr Bruder Stella gegenüber nicht so verhalten, wie man es von einem Bruder erwarten sollte, weshalb er darauf verzichten würde, sich bei ihm zu bedanken.

Doch was war mit seinen eigenen Problemen? Dem Grund, warum er ursprünglich hierhergefahren war? Um eine Zukunft mit Stella planen zu können, egal wie diese aussehen sollte, müsste er ihr davon erzählen. Aber wie sollte er das tun? Das war nicht gerade ein Thema für einen romantischen Abend unter den Sternen. Und wie wäre ihre Reaktion darauf? Das würde er wohl nur erfahren, wenn er zur Tat schritt und das vielleicht lieber gleich als später. Schließlich war sie auch sehr offen zu ihm gewesen und hatte ihm von ihren Problemen erzählt. Warum also sollte er es nicht genauso halten?! Dann wüsste er auch, wie sie dazu stand und er konnte sich überlegen, wie es mit ihnen weitergehen würde.

Er atmete tief durch und gab ihr einen Kuss auf die Schläfe, während er nach den richtigen Worten suchte. „Jeder begeht mal einen Fehler. Bei dir war es Mason, bei mir war es Zoe."

„Die Frau von deinem Gemälde?", fragte sie überrascht.

„Ja, genau."

„Aber du sagtest, ihr wärt Freunde?!"

„Das sind wir in gewissem Maße auch. Zumindest jetzt, aber auch nur, weil es die Situation erfordert."

„Das verstehe ich nicht ganz", gab sie zu, stützte sich auf ihren Ellenbogen und sah auf ihn herab.

„Zoe kam zu mir, weil sie wollte, dass ich ein Bild von ihr male, welches sie ihrem Verlobten zur Hochzeit schenken wollte. Natürlich sollte es ein erotisches Bild werden, weshalb sie darauf auch nicht viel trägt", erklärte er und konzentrierte sich auf die Sterne am Himmel. „Da sie immer nur stundenweise Zeit hatte, kam sie mehrere Male in mein Atelier, damit ich an dem Gemälde arbeiten konnte. Wie es manchmal bei einem jungen Brautpaar und den Hochzeitsvorbereitungen so ist, gerieten die beiden während dieser Zeit immer wieder aneinander, wovon sie mir berichtete, wenn sie bei mir war. Dazu kam, dass sie mich bei jedem Termin immer mehr bezirzte. Sie schmiss sich mir förmlich an den Hals, bis ich schließlich mit ihr im Bett landete. Ich machte mir nicht weiter Gedanken darüber, da ich es als schlichte Affäre wertete. Sie war verlobt und ich weiß, ich hätte mich eigentlich erst gar nicht darauf einlassen sollen, aber ich bin eben auch nur ein Mann. Da ich wusste, dass sie bald verheiratet sein würde, dachte ich, ich sei sie dann ohnehin wieder los.

Das Ganze ging ein paar Wochen ohne weitere Vorkommnisse. Eines Abends kam ich von der Party eines Bekannten und hatte ziemlich tief ins Glas geschaut. Zoe saß vor meiner Wohnung und erwartete mich bereits. Sie war verheult und erzählte, dass sie mit ihrem Verlobten einen schrecklichen Streit hatte. Der Grund dafür war wohl ich gewesen. Sie hatte ihm in ihrer Wut gesagt, dass sie ihn aus Frust betrogen hatte und die Situation zwischen den beiden war eskaliert. Ich weiß nicht mehr all zu viel von dieser Nacht, weil ich wie gesagt ziemlich angetrunken war. Fakt ist jedoch, dass meine Gegenwehr sehr bescheiden war und ich wieder mit ihr im Bett landete. Langer Rede kurzer Sinn, sie und ihr Verlobter rauften sich in den Tagen darauf wieder zusammen. Ihr Verlobter sah seine Felle davonschwimmen, riss sich deshalb am Riemen und versuchte zu retten was zu retten war, wofür ich ihm immer noch dankbar bin, weil Zoe in keiner Weise eine Frau ist, auf die ich mich langfristig einlassen würde."

***

Christopher machte eine Pause, die ich nutzte, um ihm gut zuzureden. „So was kann wohl passieren, dass man sich auf die falsche Person einlässt. Dann sind wir hiermit schon zwei", meinte ich aufmunternd und lächelte in an.

Er erwiderte meinen Blick und sagte: „Schon, das ist nur leider nicht alles. Stella, Zoe ist schwanger und sie weiß nicht von wem das Kind ist. Ihr Mann, sie haben zwischenzeitlich geheiratet, könnte ebenso der Vater sein wie ich. Ich hatte in der Nacht, als ich so betrunken war, kein Kondom benutzt, was mir erst viel später klargeworden ist. Normalerweise habe ich mich immer geschützt, doch in dieser Nacht war ich so im Alkoholnebel, dass ich es nicht getan habe. Das soll natürlich keine Ausrede für meinen Fehler sein, doch leider der Grund für einen heftigen Filmriss, auf den ich alles andere als Stolz bin. Nicht einmal meinen Eltern, zu denen ich eigentlich ein sehr gutes Verhältnis habe, habe ich davon erzählt, aus Angst sie zu enttäuschen. Ich dachte, ich warte lieber ab, bis ich das endgültige Ergebnis habe, bevor ich sie damit konfrontiere."

Ein riesiger Knoten bildete sich in meinem Magen und der Kloß in meinem Hals war auch nicht gerade klein. Anscheinend war mir mein Entsetzen anzusehen, weshalb Christopher sich aufsetzte und weitersprach.

„Zoe und ihr Mann Tom haben beschlossen dieses Kind trotzdem zu bekommen. Ich hatte in diesem Fall nicht viel Mitspracherecht. Wobei ich niemals von einer Frau verlangen würde, ihr Kind abtreiben zu lassen. Der Termin für die Entbindung ist Anfang nächster Woche. Das ist auch der Grund warum ich hier bin. Ich brauchte etwas Abstand und eine Auszeit, bis das Ergebnis des Vaterschaftstests vorliegt und ich weiß, ob ich der Vater dieses Kindes bin oder nicht."

Ich griff mir mit der Hand an den Hals, um den Kloß darin zu vertreiben und schluckte angestrengt, was

mir äußerst schwerfiel. „Und was ist, wenn du es bist?",
wollte ich mit leiser Stimme wissen.

„Dann werden wir weitersehen. Ich wäre bereit, mich
mit um das Kind zu kümmern, denn schließlich kann es
nichts für diese Misere. Wir würden uns zusammensetzen
und versuchen eine vernünftige Regelung zu finden,
mit der alle Beteiligten einverstanden sind. Wobei ich
zugeben muss, dass ich mir für die beiden wünsche,
dass ich nicht der Vater bin. Für Tom und Zoe wäre es
bestimmt angenehmer, wenn es sein leibliches Kind
wäre, auch wenn er mir versichert hat, dass er auch
mein Kind wie sein eigenes aufziehen würde, was ich
ihm hoch anrechne."

„Er scheint wirklich ein netter Kerl zu sein und Zoe
sehr zu lieben, wenn er das so hinnimmt", stellte ich fest.

Christopher nickte. „Ja, das ist er tatsächlich. Ich hatte
zwar nur zweimal das Vergnügen mit ihm persönlich zu
sprechen, als es darum ging, ob ich einem Vaterschaftstest
zustimme oder nicht, aber ich musste feststellen, dass er
ein toller Kerl ist und Zoe froh sein kann, ihn an ihrer
Seite zu haben. Ich verstehe auch immer noch nicht so
richtig, warum sie eine Affäre mit mir begonnen hat.
Manch anderer hätte sie vermutlich nach dieser ganzen
Geschichte stehen gelassen und wäre nicht doch noch
mit ihr vor den Traualtar getreten."

„Durchaus!" Stimmte ich ihm zu. „Und was wünscht
du dir für dich, wie das alles ausgehen soll?", hakte ich
vorsichtig nach.

Er seufzte, strich sich durchs Haar und setzte sich
nun auch auf. „Verstehe mich bitte nicht falsch, aber
ich wäre ebenfalls froh, wenn ich nicht der Vater wäre.

Natürlich sind Kinder etwas Schönes, doch so hatte ich mir das nicht vorgestellt. Ich hatte mir das immer mit der richtigen Frau ausgemalt oder gar nicht. Doch so..." Er brach den Satz ab.

„Ich denke, ich weiß was du meinst", versicherte ich ihm und legte meine Hand auf seine. Das Wissen, dass er unter Umständen mit einer anderen Frau ein Kind gezeugt haben könnte, erfüllte mich mit Schmerz. Woher dieses Empfinden kam, war mir ein Rätsel. Trotzdem war sie da und fraß sich durch meine Eingeweide. Doch da war auch Mitleid, das ich für Christopher empfand. Ich sah ihm an, dass er unter der Situation litt und er sich wünschte, er könnte die Zeit zurückdrehen und seinen Fehler ungeschehen machen. Es stand in seinen Augen, wie sehr er sich selbst dafür verabscheute, so leichtsinnig gewesen zu sein. Und es zeugte von großem Verantwortungsbewusstsein, dass er für seinen Fehler einstehen wollte, wenn er der Vater sein sollte. Doch eins leuchtete mir noch nicht so ganz ein, weshalb ich fragte: „Und wieso steht ihr Gemälde immer noch bei dir, wenn sie dir angeblich nichts bedeutet und es ursprünglich für ihren Verlobten gedacht war?"

„Durch diesen ganzen Trubel wurde es nie ganz fertig. Zoe bat mich es bei mir stehen zu lassen, bis sie sich endschieden hatte, was damit passieren sollte, weil sie es dann doch nicht mehr für das passende Hochzeits-geschenk hielt. Schließlich wusste Tom inzwischen, wer dieses Bild gemalt hatte und wann es entstanden ist. Vor Kurzem hat sie mir dann mitgeteilt, dass sie es nicht mehr haben wolle und ich es anderweitig verkaufen könnte, unter der Voraussetzung, dass ich es ein wenig ändern sollte, so, dass es nicht so offensichtlich ist, wer auf diesem Bild zu sehen ist. Darum habe ich es mitgenommen. Ich habe es vor deiner Ankunft fertiggestellt und dabei ein paar kleine Änderungen vorgenommen. Nach meiner Rückkehr nach Seattle wird es in der Galerie meines Freundes verkauft. Und das hoffentlich schnell, damit ich es nie wiedersehen muss."

Diese Erklärung war einleuchtend und löste den Knoten in meinem Bauch zumindest ein wenig, weil ich heraushörte, dass ihm diese Frau und die Zeit mit ihr tatsächlich nichts bedeutete.

Christopher legte mir zärtlich die Hand auf die Wange. „Bist du jetzt sehr enttäuscht von mir, Stella?"

„Warum sollte ich enttäuscht sein?", wollte ich verwundert wissen.

„Na ja, du hättest gerne Kinder und hast die Möglichkeit dazu verloren. Und ich zeuge wahllos eins, obwohl ich noch gar keins wollte."

Ein Lächeln huschte über mein Gesicht. „Du Dummkopf. Wie könnte ich deshalb enttäuscht von dir sein. Ich gebe zu, es ist irgendwie seltsam, aber unsere Wege trennen sich ohnehin wieder, weshalb ich dir deshalb mit Sicherheit keine Vorträge halte. Du bist mir keine Rechenschaft schuldig und ich habe nicht darüber zu urteilen, was du in deiner Vergangenheit getan hast. Außerdem, macht nicht jeder mal einen Fehler?", wiederholte ich seine eigenen Worte und schmiegte meine Wange in seine warme Hand. „Zudem finde ich es gut, dass du für deinen Fehler einstehen willst, falls du der Vater bist. Schlimmer wäre, wenn du dich vor deiner Verantwortung drücken würdest. Das zeigt mir, was für einen guten Charakter du hast."

„Danke, das bedeutet mir viel", flüsterte er und legte seine Lippen auf die meinen, um mich leidenschaftlich zu küssen.

Mein Puls schoss sofort in die Höhe und meine Atmung wurde unregelmäßig, während unsere Münder miteinander verschmolzen. Umso schwerer war es, meinen Körper wieder unter Kontrolle zu bekommen, als Christopher sich von mir löste und sich mit mir zurück auf die Decke sinken ließ. Gemeinsam blickten wir ans Firmament und beobachteten die glitzernden Sterne.

„Sieh mal da, eine Sternschnuppe. Und noch eine", rief ich und zeigte in die Richtung, wo ich sie gesehen hatte. „Los, wünsch dir was."

„Ich würde Vorschlagen, bei zwei Sternschnuppen dürfen wir uns beide was wünschen", forderte Christopher und lächelte mich an.

„Okay." Ich schloss meine Augen und konzentrierte mich auf den einzigen Wunsch, den ich in diesem Augenblick hatte.

„Und, hast du dir was gewünscht?"

Ich nickte.

„Und was?"

„Wenn ich es dir verrate, geht es nicht in Erfüllung. Von daher werde ich mich in Schweigen hüllen", gab ich zurück.

„Du hast recht. Blöde Frage."

„Oh, schon wieder eine", sagte ich und zeigte mit dem Finger gen Himmel, wo die Sternschnuppe soeben verglüht war.

„Dann darfst du dir noch was wünschen, Stella."

„Eigentlich habe ich nur diesen einen Wunsch. Wenn dieser in Erfüllung geht, reicht es mir völlig. Aber vielleicht hilft es ja, wenn ich mir mehrfach das gleiche wünsche. Unter Umständen verstärkt es die Wirkung", mutmaßte ich.

Christopher lachte leise und erwiderte: „Versuch es. Nur so findest du es heraus."

So lagen wir eine lange Zeit da und sahen uns die Sterne an. Die Nacht war klar und kühl, weshalb ich froh war, einen Pullover und meine Jacke angezogen zu haben. Durch die zusätzliche Körperwärme von Christopher, konnte ich das Schauspiel am Himmel genießen, ohne zu frieren. Es war wunderschön. Der ganze Himmel war mit funkelnden Sternen gesprenkelt, die dann urplötzlich vom Himmel fielen und verglühten. Ich hatte noch nie so viele Sternschnuppen auf einmal gesehen wie in dieser Nacht und ich konnte nur hoffen, dass mein immerwährender Wunsch erhört wurde.

„Hey, ihr zwei, ich hatte schon befürchtet, dass ihr gegangen seid ", erklang Josh Stimme plötzlich.

Ich drehte meinen Kopf und sah ihn die letzten Meter auf uns zukommen. „Nein, wir haben uns nur ein ruhiges Plätzchen gesucht", erklärte ich und setzte mich auf.

„Meine heutige Sonderschicht als Aufpasser ist nun zu Ende und ich dachte, ich leiste euch etwas Gesellschaft, vorausgesetzt ich störe nicht."

„Unsinn. Setz dich zu uns", lud ich ihn ein und sah erst jetzt, wo er direkt vor uns stand, dass er was in den Händen hielt.

„Ich habe euch etwas mitgebracht", meinte Josh und reichte jedem von uns eine Bratwurst. Dazu zauberte er noch drei Dosen Pepsi aus seiner Jacke hervor.

„Du bist der Beste. Danke", sagte ich und biss in die Wurst.

Auch Christopher hatte sich aufgesetzt und nahm die Spenden dankend entgegen.

„Wie geht es Ihrer Hand, Christopher?", wollte Josh von ihm wissen.

„Lass das Siezen und nenn mich einfach Chris", bot dieser ihm an, was Josh mit einem Nicken quittierte. „Soweit ganz gut. Danke der Nachfrage."

„Du hast einen harten rechten Haken. Das muss man dir lassen."

„Danke. Mir war das ebenfalls neu."

„Was?", meinte ich überrascht. „Sag bloß, du hast dich heute zum ersten Mal geprügelt?"

Christopher zuckte nur mit den Schultern und murmelte: „Irgendwann ist immer das erste Mal."

Ich wusste nicht was ich sagen sollte, jetzt wo klar war, dass Christopher sich heute das erste Mal und alleinig wegen mir mit einem Mann geschlagen hatte.

„Immerhin hatte die ganze Nummer einen Nutzen."

„Wie meinst du das, Josh", hakte ich nach und öffnete dabei mit einem Zischen meine Pepsi.

„Masons neue Flamme war von dieser Vorstellung wohl nicht sehr angetan. Ich denke, seine nicht sehr netten Worte dir gegenüber, haben sie ins Grübeln gebracht. Vor ungefähr einer Stunde habe ich die beiden heftig streiten sehen und kurz darauf ist sie wutentbrannt davongestürmt."

„Geschieht ihm recht. Das wünscht man keiner Frau, so einen Idioten an der Backe zu haben", knurrte Christopher und schob sich das letzte Stück Bratwurst in den Mund.

„Und wie sieht es übermorgen bei euch beiden aus?",
erkundigte sich Josh. „Wollen wir was unternehmen?
Das Wetter soll gut werden und wenn ihr Lust habt,
können wir eine Wanderung machen."

„Das klingt toll. An mir soll es nicht liegen. Wie ist
es mit dir, Chris?"

„Klar, warum nicht", stimmte er zu.

„Prima, dann hole ich euch gegen zehn Uhr ab",
verkündete er und erhob sich. „Ich lass euch dann mal
wieder alleine. Ich habe da vorhin eine nette kleine
Blondine kennengelernt und ihr versprochen, mir nach
meiner Schicht noch etwas Zeit für sie zu nehmen. Wir
sehen uns dann."

„Du kleiner Casanova", lachte ich, weshalb er mir
zuzwinkerte sich umdrehte und davonging, während
ich den letzten Schluck meiner Pepsi austrank.

KAPITEL 12

Trotz, dass mir Christophers Geschichte nicht mehr so richtig aus dem Kopf gehen wollte, verlor keiner mehr ein Wort darüber. Wir hielten uns an dem fest, was wir uns für die beiden Wochen vorgenommen hatten und genossen die gemeinsame Zeit. So war es vermutlich auch besser, denn schon der Gedanke an das leidige Thema überschwemmte mich mit heftiger Eifersucht, was ich einfach nicht verstand. Zoe gehörte für ihn der Vergangenheit an und war inzwischen verheiratet. Wenn Christopher der Vater des Kindes sein sollte, wäre es eben so. Es ging mich nichts an, wie er sein Leben lebte oder was er nach unserer gemeinsamen Zeit tun würde. Christopher gehörte mir nicht und würde es auch nie. Wir hatten eine Urlaubsaffäre, nicht mehr und nicht weniger. Tief in meinem Inneren wusste ich zwar, dass ich mir wünschte, dieser Urlaub würde nie zu Ende gehen, doch so war es leider. Ich hatte von Anfang an gewusst, auf was ich mich einlasse und musste es hinnehmen. Dass er an einer festen Beziehung kein Interesse hatte, war kein Geheimnis. Christopher war vom ersten Tag an offen und ehrlich zu mir gewesen, weshalb ich es akzeptieren musste. Die Tage würden weiter verstreichen, ohne dass ich es verhindern könnte. Daher blieb mir nur, die Zeit zu genießen, solange sie andauerte.

Wie vereinbart stand Josh zwei Tage später mit seinem Jeep vor der Hütte, um uns zum Wandern abzuholen. „Guten Morgen! Na, seid ihr bereit?", begrüßte er uns.

„Guten Morgen Josh!", erwiderte ich.

Christopher schulterte unseren Rucksack und entgegnete freundlich: „Morgen! Noch bereiter kann ich nicht sein", schloss die Tür hinter uns und schob mich zum Jeep.

„Dann lasst uns starten. Ich habe eine leichte Wanderroute gewählt, damit es nicht zu anstrengend für euch wird. Zudem werden wir gegen Mittag in einer Berghütte einkehren und eine Pause einlegen. Am Nachmittag sind wir dann wieder zurück", plapperte Josh munter drauf los, während wir alle in seinen Wagen stiegen.

„Du hast wohl Angst uns zurücktragen zu müssen", lachte ich.

„So ungefähr", gab er zu. „Ihr seid nicht in Übung, da wollte ich es nicht übertreiben."

„Sehr rücksichtsvoll von dir", bemerkte Christopher von der Rückbank aus.

Unser Weg führte uns zum Hauptparkplatz des Lake Louise, der den Ausgangspunkt unserer Wanderung bildete. Von dort aus folgten wir zu Fuß dem gepflasterten Weg entlang des Seeufers, bis wir einen Abzweig erreichten, der uns in den angrenzenden Wald führte.

Es war ein wunderschöner Tag, so, wie es Josh versprochen hatte. Die Sonne schien hell am blauen Himmel und hatte die Luft bereits angenehm erwärmt. Die Vögel in den Ästen über uns sangen fröhlich ihr Lied. Streifenhörnchen kreuzten immer wieder unsere Route, auf der Suche nach Nüssen und Früchten. Der Weg schlängelte sich zwischen den Bäumen hindurch, bis wir den Mirror Lake erreichten. Dies war ein bezaubernder, kleiner See inmitten des Waldes, der trotz seiner geringen Größe ein tolles Bild bot. Das türkisgrüne Wasser lag ruhig vor uns und wurde von einem Ufer aus Sand und Geröll umrahmt. Die umliegenden Bäume spiegelten sich auf der glatten Wasseroberfläche.

Christopher trat neben mich und legte den Arm um meine Schultern. „Schön hier. Diese Gegend scheint übersät zu sein von so zauberhaften Plätzen", sagte er.

„Ja, durchaus. Hier gibt es unzählig viele Plätze, die wirklich unbeschreiblich schön sind. Leider sind nicht alle so einfach zu erreichen wie dieser hier", erklärte Josh.

„Das glaub ich dir gern, wenn ich mir die umliegenden Berge so ansehe", stimmte Christopher zu, nahm den Arm von meiner Schulter, zog sein Handy aus der Hosentasche, machte schnell ein paar Bilder und steckte es wieder weg. „Hast du denn schon jeden Einzelnen erklommen?", fragte er und nahm meine Hand.

„Ja, in der Zwischenzeit schon", bestätigte Josh, während wir uns erneut in Bewegung setzten und gemütlich weiterliefen.

„Lebst du schon lange hier?", hakte Christopher nach.

Mir fiel auf, dass sich die beiden allmählich richtig gut verstanden. Die abschätzenden Blicke, die sie sich beim ersten Aufeinandertreffen zugeworfen hatten, blieben inzwischen aus und sie plauderten wie zwei alte Bekannte, was mich sehr freute.

„Mein ganzes Leben. Ich bin hier aufgewachsen und habe mein Hobby zum Beruf gemacht."

„Klingt toll und hier zu leben ist bestimmt fantastisch. Warum lebst du nicht hier, Stella?", fragte Christopher prompt.

„Ja, warum eigentlich nicht?", stimmte Josh ihm zu.

Da der Weg schmäler wurde, löste ich meine Hand aus Christophers Umklammerung, warf beide einen perplexen Blick zu und meinte ganz selbstverständlich: „Weil meine Arbeit in Missoula ist. Deshalb."

„Aber als Werbegrafikerin kannst du dich doch überall niederlassen. Du könntest sogar auf selbstständiger Basis von zu Hause aus arbeiten", warf Christopher ein.

Ich wusste nicht, was ich sagen sollte, darum schwieg ich. Vor Monaten hätte ich noch abrupt den Kopf geschüttelt, doch im Moment war ich mir nicht mehr so sicher. Die Gegend war wirklich traumhaft und ich liebte es hier zu sein. Doch seither hatte ich diesen Gedanken noch nie in Erwägung gezogen. Allerdings hatte ich selbst seit geraumer Zeit das Gefühl auf der Stelle zu treten und eine Veränderung ist manchmal gar nicht so verkehrt. Doch was würde dann aus Jane und meinem Vater?

So schnell mich diesen Gedanken fasziniert hatte, verwarf ich ihn genau aus diesem Grund wieder. „Ich kann nicht hierher umziehen, auch wenn ich zugeben muss, dass es irgendwie verlockend klingt. Mein Vater und Jane sind in Missoula", erklärte ich.

„Deinen Vater könntest du doch hin und wieder besuchen oder ihn in einem Heim hier in der Gegend unterbringen. Und Jane heiratet ohnehin und zieht aus, da wird es wohl auch auf zeitweilige Besuche hinauslaufen", konterte Christopher.

„Jane tut was?", rief Josh überrascht.

„Oh, das habe ich ganz vergessen dir zu erzählen. Tut mir leid. Sie hat mich angerufen und verkündet, dass Brain ihr einen Antrag gemacht hat. Sie ist jetzt mit ihm verlobt", gestand ich.

„Wow, das ist ja mal eine Neuigkeit. Richte ihr meine Glückwünsche aus", bat er und begann eine lange Reihe von Holztreppen, die auf unserem Weg lagen, emporzusteigen.

„Wird erledigt!", versprach ich und lief hinter Josh her, um die Treppen ebenfalls zu erklimmen.

„Um nochmal auf die andere Sache zurückzukommen", begann Christopher hinter mir erneut, „du solltest dir wirklich mal Gedanken machen, ob das nicht eine Option wäre. Also hier leben, meine ich. Schließlich hast du hier auch Freunde und du scheinst hier glücklich zu sein. Zudem besitzt du hier bereits ein Haus, das dich nicht einmal Miete kostet."

„Also ich fände es klasse, wenn du hier leben würdest", erwähnte Josh und warf mir über die Schulter hinweg einen Blick zu.

„Ihr habt echt Ideen", erwiderte ich. „Mal sehen, vielleicht denke ich tatsächlich mal darüber nach. Aber heute nicht. Heute steht wandern auf dem Plan. Das will ich genießen und mir nicht den Kopf über meine Zukunft zerbrechen."

Das schienen die Herren wohl zu akzeptieren und ließen das Thema fallen.

Nachdem wir den Aufstieg der unzähligen Stufen bewältigt hatten, erreichten wir die von Josh angekündigte Berghütte. Sie lag am Ufer des Lake Agnes und war auf einem gemauerten Fundament aus Naturstein erbaut worden, das zusätzlich erweitert wurde, um eine Fläche für eine gemütliche Terrasse zu erhalten. Bei schönem Wetter konnte man gemütlich darauf sitzen, die Sonne genießen und sich an der Umgebung erfreuen.

Bei der Berghütte handelte es sich um das berühmte Lake Agnes Teehaus, von dem ich zwar schon einmal gehört hatte, jedoch noch nie hier eingekehrt war. Die rustikale Hütte bot eine herrliche Sicht über den See mit seinen umliegenden Bergen, die zum Teil mit Nadelbäumen bewachsen waren. Auf der gegenüberliegenden Seite hatte man einen tollen Blick über das Tal. Es war traumhaft und zog bei dem guten Wetter heute etliche Wanderer an, weshalb hier schon einiges los war.

Josh ergatterte einen Tisch auf der Terrasse, wo wir gemeinsam Platz nahmen. Traditionell bestellten wir alle Tee und ein Stück Kuchen, der hier oben auf über zweitausend Meter Höhe noch besser zu schmecken schien, wie er es ohnehin schon getan hätte. Danach ging es weiter, denn wir hatten laut Josh unser endgültiges Ziel noch nicht erreicht.

Wir liefen entlang des Sees, weiter über den Pfad, der sich in Serpentinen den Berg emporschlängelte. Auf dem Sattel der zum Big Beehive führte, bogen wir auf einen unmarkierten Weg ab. Von da an wurde unser Aufstieg immer beschwerlicher. Zum Teil mussten wir mit Hilfe der Hände uns den Weg hinauf kämpfen, hinweg über Gras, Geröll und Schmutz.

„Hattest du nicht gesagt, du hättest eine einfache Route für uns ausgesucht, Josh?!", keuchte ich, während ich an einem kleinen Felsen Halt suchte.

„Das habe ich auch. Es gibt hier viel schwierigere Wege als diesen. Das kannst du mir glauben", erwiderte er. Er hatte keinerlei Mühe voranzukommen, was er seinem Job zu verdanken hatte. „Aber keine Sorge. Ihr habt es gleich geschafft. Das ist der schwerste Teil der Strecke und wir sind gleich da. Ihr werdet es nicht bereuen, euch so abgemüht zu haben."

Josh hatte uns nicht zu viel versprochen, denn es war die Mühe allemal wert. Unser Ziel war der Gipfel des Devils Thumb von dem man eine sagenhafte Aussicht hatte. Von hier oben sah man auf den Lake Agnes sowie auf den Lake Louise. Wenn man weiter in die Ferne blickte, sah man das Skigebiet von Lake Louise. Selbst der Mount Victoria, der Abbot Pass und der Mount Leroy boten einen unglaublichen Anblick.

„Das ist der Wahnsinn. Danke, Josh, dass du uns hierhergebracht hast. Diese Aussicht ist überwältigend", schwärmte ich und versuchte alles in mich aufzunehmen, was es zu sehen gab.

„Nichts zu danken. Freut mich, wenn es euch gefällt."

„Oh ja, das tut es", pflichtete Christopher mir bei und legte von hinten die Arme um meine Taille.

Ich lehnte mich an ihn und genoss den Moment in vollen Zügen.

Josh ließ sich auf einem größeren Felsen nieder und öffnete seinen Rucksack. Er zog eine Wasserflasche heraus, öffnete sie und nahm einen Schluck. „Ihr solltet euch auch nochmal stärken, bevor wir uns an den Abstieg machen."

„Er hat recht, Chris. Lass uns auch kurz Platz nehmen", sagte ich und lief mit ihm zusammen zu Josh, wo wir Platz nahmen. Gemeinsam tranken und aßen wir unseren Proviant, während wir die herrliche Aussicht genossen.

„Habt ihr an Sonnencreme gedacht, die UV-Strahlen sollte man hier oben nicht unterschätzen."

„Wir haben uns vor unserem Aufbruch eingecremt", antwortete ich.

„Das ist gut. Legt aber vorsorglich nochmal nach", ermahnte Josh uns und warf mir eine Tube mit Sonnencreme zu.

„Danke", sagte ich und begann mir mein Gesicht und die Arme einzucremen, bevor ich die Tube an Christopher weiterreichte.

„Morgen müsst ihr leider ohne mich auskommen."

„Oh, warum das denn. Musst du nun doch arbeiten?", wollte ich von Josh wissen.

„Nein, aber ich habe ein Date mit der Blondine vom Sternschnuppenfest", erklärte er mir mit einem Zwinkern. „Doch wenn es für euch in Ordnung ist, komme ich am Abend noch vorbei. Schließlich bist du nur noch bis Ende nächster Woche hier und das muss ich nutzen."

„Klar, mach das. Wir würden uns freuen, oder Chris?"

„Natürlich!", pflichtete er mir bei und fügte hinzu: „Ich lass euch mal kurz allein. Meine Blase bittet um Erleichterung."

„Ist gut, aber bleib in der Nähe und ruf, falls du Hilfe brauchst", bat Josh.

„Es gibt Dinge, die schaffe ich durchaus auch alleine", antwortete Christopher mit einem amüsierten Grinsen im Gesicht.

„Ach, das heißt, du weißt auch, wie man sich verhält, wenn man einem Grizzly gegenübersteht?", meinte Josh.

„Grizzlys? Hier oben? Das soll wohl ein Scherz sein?"

„Die werden zwar selten gesehen, so, wie auch Koyoten und Wölfe, aber ausgeschlossen ist es nicht, Chris. Also halt die Augen offen."

„Na, herzlichen Dank auch, Josh. Du wirst garantiert der Erste sein, der es erfährt, falls mir einer über den Weg läuft", murrte Christopher und lief zu einer Baumgruppe, ganz in unserer Nähe.

„So, du und Christopher also", bemerkte Josh plötzlich, als wir alleine waren.

„Ja, sieht wohl so aus", gab ich zu. „Allerdings ist es nichts von Dauer. Nach meinem Urlaub gehen wir wieder getrennter Wege. Wir haben ein Abkommen, dass wir uns während unserer gemeinsamen Zeit amüsieren und es in schöner Erinnerung behalten. Mehr nicht."

„Aha, mehr nicht, schon klar. Das sieht aber ganz und gar nicht danach aus. Stella, hast du mal in den Spiegel gesehen? Du siehst wahnsinnig glücklich aus. Deine Augen strahlen geradezu vor Glück. Zudem sehe ich euch schon den ganzen Weg hierher zu, wie ihr euch gegenseitig verliebte Blicke zuwerft. Wenn das also nichts ist, leg ich mich freiwillig mit einem Stinktier an. Und glaub mir, das macht keinen Spaß."

„Das stimmt doch gar nicht", widersprach ich.

„Tut es nicht? Dann sag mir hier und jetzt ins Gesicht, dass du diesen Mann, der gerade dahinten zwischen den Bäumen hervorkommt, nicht liebst", forderte er, nickte in die besagte Richtung und sah mich dabei auffordernd an.

Ich wandte selbst den Kopf und sah zu, wie Christopher lächelnd auf uns zuhielt, während ich an meinen Wunsch von vorletzter Nacht dachte, an den ich bei mehreren Sternschnuppen gedacht hatte und an all diese Gefühle, die in mir herumschwirrten und mich ständig in Aufruhr versetzten. Verdammt, war es wirklich geschehen? Hatte ich mich wirklich in so kurzer Zeit in diesen Mann verliebt? Wir kannten uns doch erst seit ein paar Tagen. Natürlich hatten wir diese rund um die Uhr miteinander verbracht, hatten uns geliebt... Meine Gedanken stockten. Es war nicht einfach nur hemmungsloser Sex gewesen, wurde mir schlagartig klar. Ich hatte mich ihm hingegeben, wie noch nie zuvor einem anderen Mann, und dazu gehörte weitaus mehr, als einfach nur Lust.

„Dein Schweigen reicht mir als Antwort", meinte Josh, als Christopher auch schon neben mir zum Stehen kam und mir dadurch jeder weitere Kommentar erspart blieb.

Christopher zückte erneut sein Handy, machte einige Bilder von der Umgebung, ebenso wie von Josh und mir, und setzte sich dann wieder zu mir.

Schweigend genossen wir noch für eine Weile die Aussicht und aßen unseren Proviant, was mir sehr entgegen kam. Meine Gedanken spielten verrückt und brachten mich schier um den Verstand, weshalb mir überhaupt nicht nach reden zumute war.

Was hatte ich da nur angerichtet? Wie konnte ich nur so dumm sein und mich in einen Mann verlieben, der in mir nur ein Abenteuer sah? Er hatte mir von Anfang an gesagt, dass er im Moment nichts Festes wolle und ich hatte das gleiche geäußert. Und doch war es passiert. Das durfte nicht sein. Das würde nur zu neuen emotionalen Schmerzen führen und das durfte ich nicht zulassen.

„Und wollen wir uns auf den Rückweg machen?"

Ich nickte nur und räumte die leeren Kunststoffdosen, zusammen mit den Wasserflaschen, zurück in den Rucksack und zog den Reisverschluss zu.

„Ist alles in Ordnung?", fragte Christopher, stand auf und sah mich besorgt an.

„Ja, alles bestens", versicherte ich, stand ebenfalls auf

und setzte ein strahlendes Lächeln auf, auch wenn mir gerade nicht im Geringsten nach lächeln zumute war. Am liebsten hätte ich einfach losgeheult.

Für den Abstieg brauchten wir nicht ganz so lange wie für den Aufstieg, was wohl daran lag, dass es bergab ging und wir zügig vorankamen. Zu meinem Glück waren meine beiden Begleiter so in ihr Gespräch über ihre Berufe vertieft, dass es nicht weiter auffiel, dass ich mit meinen Gedanken zu kämpfen hatte und daher in tiefes Schweigen verfallen war.

Josh setzte uns am späten Nachmittag vor meiner Hütte ab und verabschiedete sich von uns, bis wir uns am nächsten Abend wiedersehen würden.

Ich lief schnurstracks nach drinnen, wo ich auf direktem Weg und ohne auf Christopher zu achten das Bad ansteuerte. Mir gelüstete nach einer Dusche, die hoffentlich nicht nur meinen Körper, sondern auch meinen Geist erfrischen würde. Um etwas Privatsphäre zu haben, schloss ich mich darin ein, drehte den Wasserhahn auf, zog mich aus und stieg in die Dusche.

Auf dem kompletten Rückweg hatte ich über mein neuestes Problem nachgedacht. Hatte mir angestrengt den Kopf zerbrochen, was ich dagegen tun könnte, um die Gefühle, die ich für Christopher entwickelte, oder besser gesagt schon entwickelt hatte, in den Griff bekommen zu könnte. Leider war mir nichts eingefallen. Dummerweise schien es für die neueste Komplikation in meinem Leben keine Lösung zu geben. Selbst wenn ich unter einem Vorwand sofort abreisen würde, könnte ich an den bereits entstandenen Empfindungen nichts ändern. Der Schmerz würde mich treffen, egal ob heute oder in einigen Tagen. Deshalb entschloss ich mich dazu, hierzubleiben und es zu genießen, solange es andauerte. Dazu müsste ich allerdings versuchen meine Gefühle im Zaum zu halten, was nicht so einfach sein würde. Trotzdem musste es möglich sein, diese Sache zwischen Christopher und mir oberflächlich zu betrachten. Andere konnten das ja schließlich auch und ich würde es nun einfach lernen müssen.

Doch da war noch ein anderer Grund, warum ich nicht abreisen wollte. Josh hatte nicht nur von mir gesprochen. Als es um die verliebten Blicke ging, hatte er im Plural gesprochen und das bereitete mir zusätzliches Kopfzerbrechen. Täuschte sich Josh oder stimmte seine Vermutung? Auch das würde ich nur erfahren, wenn ich hierbliebe. Sollte er recht haben und Christopher auch Gefühle für mich entwickeln... Nein, ich brach den Gedanken ab, wusch meine Haare und seifte mich ein. Sich Hoffnungen zu machen, wäre falsch. Die Enttäuschung, die daraufhin folgen würde, wäre nur noch schmerzhafter, darum erstickte ich den Gedanken im Keim, wusch die Seife von meinem Körper, stellte das Wasser ab und stieg aus der Dusche. Ich würde weiterhin an meinen guten Vorsätzen festhalten, alles so nehmen wie es auf mich zukam und versuchen meine Gefühle im Zaum zu halten. Das war der einzig vernünftige Weg, den es für mich gab.

Abgetrocknet und in bequemen Klamotten, ging ich zurück ins Wohnzimmer, wo ich Christopher auf dem Sofa sitzend vorfand. Er sah auf und schenkte mir sein unwiderstehliches Lächeln, dass sofort meine Knie weich werden und mein Herz schneller schlagen ließ. Langsam stand er auf, kam zu mir und legte seine Arm um mich. „Geht es dir gut? Du warst so schnell verschwunden, dass man meinen könnte, du wärst auf der Flucht."

„Ich hatte nur das dringende Bedürfnis zu duschen, das ist alles. Nach der schweißtreibenden Wanderung wollte ich mich frischmachen", behauptete ich, was nicht wirklich gelogen war. Ich würde ihm kaum sagen, dass ich ein paar Minuten für mich haben wollte, um über alles nachzudenken.

„Schade, ich brauche auch eine Dusche und wäre gerne mit dir zusammen gegangen", gestand er und ich hörte einen enttäuschten Unterton in seiner Stimme.

„Das tut mir leid. Wie wäre es, wenn du kurz alleine duschen gehst und ich uns solange was zum Abendessen zubereite", schlug ich vor.

„Nicht ganz das was ich im Sinn hatte, aber wenn der Nachtisch dementsprechend ausfällt, lasse ich mich gerne drauf ein", meinte er und sah hungrig auf mich herab.

Mir war klar, auf was er anspielte und ich konnte es nicht verhindern ihn anzulächeln, während ich in meinem Inneren wieder dieses Kribbeln spürte.

Du lieber Himmel, wie sollte ich bei diesem Mann meine Gefühle in den Griff bekommen, wenn schon so eine Situation wie diese die Glut in meinem Inneren zum Lodern brachte. Es war völlig verrückt. So heftig hatte ich noch nie auf einen Mann reagiert. Das gemeine daran war, dass es sich so unglaublich gut anfühlte. Trotz, dass mein Verstand schrie, ich solle meine Beine in die Hand nehmen und verschwinden, so lange es noch möglich sein würde, wollte mein Herz mehr von diesen wunderbaren Empfindungen. Es war ein verdammter

Teufelskreis, aus dem ich wohl nicht so einfach wieder herauskommen würde.

„Wir werden uns bestimmt einig, was den Nachtisch angeht", reagierte ich auf sein Gesagtes.

„Also gut. Dann werde ich mal ins Bad gehen und mich auf das Essen freuen", verkündete Christopher, hauchte mir einen leichten Kuss auf die Lippen, der sich anfühlte wie das Streicheln von Schmetterlingsflügeln, und verschwand.

Mit einem tiefen Seufzen ging ich zur Küche und machte mich daran, das Abendessen zuzubereiten. Da wir am vorigen Tag einkaufen waren und Gemüse mitgebracht hatten, entschied ich mich eine mexikanische Gemüsepfanne zu kochen. Ich wusch das Gemüse ab und begann es in mundgerechte Stücke zu schneiden. In einer Pfanne erhitzte ich etwas Öl und dünstete das kleingeschnittene Gemüse kurz an, bevor ich es mit etwas Rotwein ablöschte. Eine Packung Tomatensoße bildete die Grundlage der Soße, weshalb ich sie dazu gab. Gewürze und Kräuter gaben dem ganzen noch etwas Pfiff. Abschließend gab ich noch eine Tasse Reis dazu, der in der Soße mitkochen würde, um gar zu werden.

Ich war gerade dabei den Tisch zu decken, als Christopher zu mir zurückkehrte.

„Hm, hier riecht es köstlich. Mit was werde ich denn heute verwöhnt?", wollte er wissen und lief in die Küche, um in die Pfanne zu spähen.

„Mexikanische Gemüsepfanne", antwortete ich und ging zu ihm, um das Essen auf Tellern anzurichten.

„Ich hatte gar nicht gemerkt wie hungrig ich bin, aber die Wanderung hat mich doch ausgezehrt. Mein Magen fühlt sich an, als wäre er ein einziges großes Loch."

Ich schmunzelte und erwiderte: „Dann lass uns dieses Loch stopfen. Das Essen ist ohnehin fertig. Setz dich, Chris, und ich bring dir eine große Portion."

„Du bist die Beste", säuselte er und kam meiner Aufforderung nach.

Ich füllte zwei Suppenteller und brachte sie zum Tisch.

„Freu dich nicht zu früh. Vielleicht ist es ja ungenießbar", scherzte ich.

Christopher hatte derweil die Gläser mit dem geöffneten Rotwein gefüllt, den ich zum Kochen benutzt hatte. „Das glaube ich kaum, aber das werden wir ja gleich sehen", konterte er, griff nach seinem Löffel, tauchte ihn in sein Essen und schob ihn sich in den Mund. „Göttlich, wo hast du so gut kochen gelernt. Schon allein für deine Fähigkeit zu kochen, will ich dich nie mehr gehen lassen."

Mein Atem stockte und mein Herz machte einen kurzen Sprung, bevor ich völlig überrumpelt aufsah. Hatte ich eben richtig gehört? Leider konnte ich in Christophers Zügen nichts lesen, was mir Aufschluss darüber gegeben hätte, ob er das eben ernst gemeint oder es einfach nur so daher gesagt hatte. Er hielt seinen Kopf gesenkt und konzentrierte sich auf sein Essen.

„Von meiner Mutter. Ihr war es ein großes Anliegen, dafür zu sorgen, dass ich später einmal eine gute Hausfrau sein würde", antwortete ich deshalb und zwang mein Herz zur Ruhe.

„Das hat sie gut hinbekommen", bestätigte er, sah auf und lächelte mich aufrichtig an.

Ich murmelte einen Dank und aß dann schweigend weiter, um mich von ihm nicht weiter aus der Ruhe bringen zu lassen. Reiß dich zusammen, Stella, redete ich mir im Stillen unaufhörlich ein, in der Hoffnung, dass mein Mantra irgendwas bewirken würde.

***

Es war Christopher nicht entgangen, dass Stella irgendetwas sehr beschäftigte. Seit sie den Gipfel des Devils Thumb erklommen hatten, war sie schweigsam geworden. Man konnte ihr förmlich ansehen, wie sich die Rädchen in ihrem Kopf drehten und sie sich in sich zurückgezogen hatte. Er wünschte, er könnte ihre Gedanken lesen, um zu erfahren, was in ihrem kleinen, hübschen Kopf vor sich ging. Doch noch größer war das Verlangen, diese trüben Gedanken zu vertreiben und ihr wieder ein glückliches Lächeln auf die Lippen zu zaubern. Das Lächeln, das er so sehr liebte. Jenes, das sein Inneres berührte und sein Herz zum Schmelzen brachte.

Stella legte ihr Besteck in den leeren Teller und lehnte sich gesättigt gegen die Rückenlehne des Stuhls.

Christopher fackelte nicht lange, stand auf, ging um den Tisch, griff nach ihren Händen und zog sie auf die Beine.

„Hey, was soll das werden?", fragte sie erstaunt.

„Ist das nicht offensichtlich?", raunte Christopher und trat noch näher an sie heran. „Ich hole mir meinen Nachtisch ab."

„Ach, und wie soll der deiner Ansicht nach aussehen?", bohrte sie keck nach.

„In meiner Vorstellung sieht das so aus, dass du

vornübergebeugt bist, nicht einen Faden am Leib hast, meinen Namen stöhnst und dich vor Ekstase windest, während ich dich von hinten ganz tief nehme."

Stella schluckte, als würde diese Fantasie ihr einen trockenen Mund bereiten.

Christopher fasste nach dem Saum ihres grauen Shirts, auf dem ein glücklicher Teddybär mit der Aufschrift „Endlich Wochenende" abgebildet war. Er zog es ihr über den Kopf und ließ es achtlos zu Boden fallen. Zu seiner Überraschung trug sie nichts darunter. Ihre üppigen Brüste lockten ihn, seine Lippen um die steifen, kleinen Knospen zu legen, die sich aufgerichtet hatten. Doch er wollte sich Zeit lassen, wenn nötig die ganze Nacht. Nichts gab ihm einen Grund mit Hast vorzugehen. Natürlich verzehrte er sich nach ihr. Hungerte förmlich danach, sich in ihrem warmen, feuchten Schoß zu versenken. Dennoch hatte es für ihn äußersten Vorrang, ihr unendlich viel Lust zu bereiten. Er wollte ihre tristen Gedanken hinwegküssen. Sie mit seinen Berührungen in den Wahnsinn treiben und dafür sorgen, dass sie begriff, dass es im Moment nur sie beide gab. Stella, ihn und dieses unglaubliche Verlangen, das mit jedem Mal, wenn sie miteinander schliefen noch größer zu werden schien. So, als würde man einem Feuer ständig neuen Brennstoff geben, um immer weiter anzuschwellen. Und Himmel, er schwoll an. Er konnte das pochende Fleisch zwischen seinen Beinen spüren, wie es danach verlangte Erlösung zwischen ihren weichen Wänden zu finden.

Ganz langsam strich er mit der flachen Hand über ihre Brüste, streifte nur ganz sanft ihre Spitzen, was ein lustvolles Schaudern durch ihren Körper jagte. Von unten umfassend, hob er sie leicht an und neckte die Knospen mit den Daumen.

„Gott, Stella, du bist solch eine Verlockung. Deine Brüste sind so wunderschön. Ich werde nie genug davon bekommen." Sie setzte zu einer Antwort an, doch bevor sie etwas sagen konnte, senkte er den Kopf und nahm die köstlichen Hügel in den Mund. Er saugte, knabberte und leckte daran, bis sie vor Wonne stöhnte. Seine Hände wanderten über ihren flachen Bauch und suchten den Verschluss ihrer Jeans. Im Nu hatte Christopher sie geöffnet und sie von ihren Beinen gestreift. Das einzige, was ihm jetzt noch im Weg stand, war dieser schwarze Slip. Um diesen auszuziehen, kniete er sich vor sie und begann seine Lippen über ihren Bauch tanzen zu lassen. Seine Hände kneteten dabei ihren Po und ließen keine Stelle aus. Stellas Hände griffen in sein Haar und krallten sich darin fest. Langsam machte er sich an ihrem Höschen zu schaffen, zog es ihr aus, während er seinen heißen Atem zwischen ihre Beine hauchte. Ein lustvolles Wimmern, war ihre Antwort darauf.

„Bitte, Chris, erlöse mich", jammerte sie

Ein leises Lachen entglitt ihm und er antwortete: „Noch nicht, Babe. Ich möchte dich so heiß vor mir haben, dass du das Gefühl hast zu verbrennen."

„Das halte ich nicht aus."

„Doch, du wirst es aushalten, weil ich dafür sorgen werde." Langsam schob Christopher sie ein Stück zurück, bis sie mit ihrer Kehrseite gegen die Rückenlehne des Sofas stieß. Genüsslich strichen seine Hände von ihren Fesseln aufwärts, bis zu ihren Knien. Entschlossen schob er ihre Beine auseinander, bis er ihren Tempel der Lust erblickte. Mit dem Mund begab er sich auf die Reise. Erforschte zuerst die Innenseiten ihrer Oberschenkel, bevor er seine Zunge in ihre Tiefen vordringen ließ. Stella schrie auf, packte seinen Kopf und presste ihn noch fester an sich. Sobald er spürte, wie sie kurz vor der Explosion stand, zog er sich aus ihr zurück und begnügte sich damit sie sanft auf ihre Mitte zu küssen. Je öfter er das tat, desto ungeduldiger wurde sie. Als er sein eigenes Pochen nicht mehr länger zu ertragen bereit war, stand er auf, öffnete seine Hose und forderte: „Dreh dich um und lehn dich über die Sofalehne. Ohne zu zögern tat sie, was er verlangte, beugte sich vornüber, so, dass sie sich an der Rückenlehne abstützen konnte, spreizte die Beine und streckte ihm ihren wohlgeformten Hintern entgegen. Von der Gier gepackt, sie nun endlich zu spüren, vergrub er sich in ihr. Stieß so tief von hinten in sie, dass seine Lenden gegen ihren sexy Po klatschten. Ihre Brüste wippten im Tackt seiner Stöße und die lustvollen Laute, die sie von sich gab, erfüllten den Raum. Das war selbst für Christopher zu viel. Er packte ihre Hüfte mit beiden Händen und stieß noch schneller und härter in sie. Nur Sekunden später spürte er, wie sich ihre Muskeln verkrampften und wie eine Faust fest um ihn schlossen. Den Kopf in den Nacken geworfen, schrie Stella seinen Namen, während ihr ganzer Körper sich anspannte. Das riss ihn ebenfalls über den Rand der Klippen und er stürzte mit voller Geschwindigkeit in den Abgrund. Und plötzlich, wie aus heiterem Himmel, während er immer noch in ihr pulsierte, wurde ihm alles klar. Er hatte sich wahrhaftig in diese kleine, verführerische Frau verliebt. Das was er da in seinem Herzen spürte, diese Glückseligkeit, dieses unbändige Verlangen, das Tag für Tag und Nacht für Nacht weiter heranwuchs, konnte nur Liebe in ihrer reinsten Form sein. Natürlich hatte er schon darüber nachgedacht, dass er die Sache zwischen ihnen nach den zwei Wochen nicht als erledigt ansehen würde, doch nun wusste er, dass sie ein Teil seines Herzens geworden war. Da war er sich nun ganz sicher. Wann es passiert war, dass sie sich so tief in seinem Inneren eingenistet hatte, wusste er nicht. Es war ihm aber auch egal. Das Gefühl war so berauschend, dass er es nie wieder missen wollte. Stella gehörte zu ihm und er würde eine Lösung dafür finden, ihre Leben zu vereinen. Egal was die Zukunft für sie bereit hielt und ob er der Vater von Zoes Kind war, nur mit Stella würde er den Rest seines Lebens verbringen wollen. Nur mit ihr würde er glücklich sein. Deshalb würde er um sie Kämpfen und versuchen, sie zu überzeugen, dass sie zu ihm gehörte. Für immer!

***

Mein Puls raste noch immer und meine Atmung beruhigte sich nur langsam, während Christopher sich aus mir zurückzog, mich auf die Arme nahm und ins Schlafzimmer trug.

Jegliche Kraft hatte zusammen mit dem enormen Orgasmus, den Christopher mir beschert hatte, meinen Körper verlassen. Meine Beine fühlten sich an wie Pudding und Zweifel durchzuckten mich, ob sie mich noch tragen würden. Das war der Tribut der Wanderung und Christophers erotischen Überfall auf mich und meinen Körper. Doch das war es wert. Um nichts in der Welt hätte ich darauf verzichten wollen, selbst wenn ich noch mehr Tribut hätte zollen müssen. Er hatte mich auf unglaubliche Art in den sexuellen Wahnsinn getrieben und dafür gesorgt, dass mein Höhepunkt zu einem gewaltigen Ausmaß heranwuchs. Er war so explosiv gewesen, dass ich für einen Moment geglaubt hatte, die Wucht meines Orgasmus würde mich zerreißen.

Sachte legte Christopher mich auf der Matratze ab, gesellte sich zu mir und zog das Laken über uns. Den Arm um seine Mitte geschlungen, kuschelte ich mich völlig erschöpft an ihn und schloss die Augen.

„Dieser Nachtisch war der beste den ich je bekommen habe", raunte Christopher mir zu und strich mir die Haare hinters Ohr. „Dir ist doch hoffentlich klar, dass ich davon Nachschlag fordern werde?"

Ich stieß ein Lachen aus und murmelte: „Gönn mir ein wenig Erholung und eine Mütze voll Schlaf und wir können über eine extra Portion Nachtisch reden."

„Das lasse ich gelten. Schließlich macht es nicht annähernd so viel Spaß, wenn du mir dabei einschläfst."

„Da gebe ich dir recht, Chris. Zudem wäre es eine Katastrophe, wenn ich das verschlafen würde", gab ich zu.

„Ach, wirklich?"

„Durchaus!"

„Das freut mich zu hören, denn das größte Anliegen ist mir, dir dabei Lust zu bereiten."

„Das tust du. Mehr als es je ein anderer Mann getan hat. Du stellst Dinge mit meinem Körper an, wovon ich selbst nicht wusste, dass es möglich ist. Ich genieße das mit uns wirklich sehr." Ich zwang meine müden

Augenlieder sich zu öffnen, hauchte Christopher einen Kuss auf sein Kinn und schloss sie dann wieder.

Mehr traute ich mich zu dem Thema nicht zu sagen. Ich wollte zwar, dass er wusste, wie sehr ich unsere gemeinsame Zeit genoss, doch mehr würde ich nicht Preis geben. Um unser beider Willen nicht. Für mich wäre es nur noch schmerzhafter, wenn ich eine knallharte Abfuhr erteilt bekommen würde. Zudem wollte ich Christopher nicht in die Enge treiben. Ich würde mich an den Tagen erfreuen, die uns noch blieben und versuchen, nicht weiter darüber nachzudenken. Wenn es soweit war, würde ich über den anschließenden Schmerz irgendwie hinwegkommen. Aber vielleicht auch nicht, was mir in diesem Moment trotzdem völlig egal war. Das, was er eben mit mir getan hatte, war einfach unglaublich. Machte mich geradezu süchtig und ich wollte es genießen solange es dauerte. Es war einfach zu gut, um es zum Selbstschutz abzulehnen, entschied ich und gab mich endgültig meiner Müdigkeit hin.

KAPITEL 13

„Die Spareribs waren großartig. Du musst mir unbedingt das Rezept für diese Marinade aufschreiben, Stella", bat mich Josh, nachdem er das letzte verputzt hatte.

„Selbstverständlich. Freut mich, dass es dir so gut geschmeckt hat."

Wir saßen wie verabredet am nächsten Abend gemeinsam auf der Veranda. Der Abend war schön und verhältnismäßig mild, weshalb Christopher und ich beschlossen hatten zu grillen.

Josh war das sehr entgegengekommen, weil er den ganzen Tag mit seiner neuen Errungenschaft zu Gange gewesen war und unterdessen das Essen vergessen hatte.

„Bist du denn satt geworden oder kann ich dir noch etwas anbieten?"

„Fürs Erste bin ich gesättigt. Danke der Nachfrage", erwiderte er und lehnte sich zufrieden auf seinem Stuhl zurück, den ich von drinnen herausgeholt hatte, weil wir beim besten Willen nicht zu dritt auf die Hollywoodschaukel gepasst hätten.

„Dann räume ich schnell den Tisch ab."

„Warte, ich helfe dir", meinte Christopher und wollte bereits aufstehen.

„Lass nur. Das schaffe ich alleine. Trinkt ihr beiden nur in aller Ruhe euer Bier aus und unterhaltet euch, bis ich wieder bei euch bin", bremste ich ihn aus.

Es war nicht viel zu tun und abspülen würde ich heute Abend, solange Josh zu Besuch war, ohnehin nicht mehr.

Das könnte ich ebenso morgen früh machen.

„Das macht mir ein schlechtes Gewissen, wenn du alles alleine machen musst", protestierte er im ersten Moment.

„Keine Sorge, wenn du unbedingt willst, kannst du morgen früh das Geschirrspülen übernehmen, da ich das heute ohnehin nicht mehr tun werde", schlug ich vor.

„Okay, das klingt nach einem fairen Deal", erwiderte er entschlossen und nahm einen Schluck aus seiner Bierflasche.

Ich machte mich daran die Teller zusammenzustellen und trug sie nach drinnen.

***

„Darf ich dich mal etwas Persönliches fragen, Chris?", setzte Josh an nachdem Stella nach drinnen verschwunden war.

„Klar!"

„Wie sehen deine Pläne aus, wenn Stella wieder abreist?"

Christopher sah sein Gegenüber überrumpelt an und stellte eine Gegenfrage. „Wie sollten sie denn deinem Anschein nach aussehen?"

„Versteh mich nicht falsch, Chris, und im Grunde geht mich das mit Stella und dir auch nichts an. Ich will nur nicht, dass ihr erneut weh getan wird. Sie hat gestern auf dem Berg, als du gerade pinkeln warst, euer Abkommen erwähnt."

Stella kam auf die Veranda, weshalb Christoper kurz wartete, bis sie mit den beiden Salatschüsseln wieder verschwunden war, bevor er zu einer Antwort ansetzte.

„Was genau hat sie dir erzählt", hakte er nach.

„Kurz gesagt, dass ihr nach den zwei Wochen wieder getrennte Wege gehen werdet."

„Na ja, genau genommen haben wir nie über mehr als diese zwei Wochen geredet, weshalb sie glaubt, dass es nicht um mehr geht. Doch ich arbeite an einer Strategie, wie ich sie davon überzeugen kann, dass wir gemeinsam einen Weg beschreiten können. Ich wäre dir aber dankbar, Josh, wenn du das für dich behalten würdest."

„Meine Lippen sind versiegelt und ich freue mich, dass du diese Entscheidung getroffen hast. Ich bin mir sicher, dass dir etwas einfällt."

„Was fällt ihm ein?", wollte Stella wissen, als sie erneut auf die Veranda kam.

Christopher überlegte krampfhaft, was er sagen sollte, um nichts von seinen Plänen preisgeben zu müssen. „Mir fiel ein, dass du mir noch immer nicht deine Kontaktdaten gegeben hast", improvisierte er und erinnerte sie somit an etwas, was er ohnehin noch tun wollte.

„Oh, stimmt. Das hole ich gleich nach", versicherte Stella, griff sich den leeren Brotkorb und die Grillsoßen und eilte wieder hinein.

„Gut gekontert", bemerkte Josh und trank den letzten Schluck seines Bieres aus.

„Du kennst dich hier doch aus. Gibt es hier denn die Möglichkeit als Paar einen schönen Abend zu verbringen?"

„Ein romantisches Date also", stellte Josh fest. „Vielleicht keine schlechte Idee. Es ist Hauptsaison, da gibt es eine Menge Veranstaltungen hier. Aber wenn du ganz dick auftragen willst, empfehle ich dir den Tanzabend am

Donnerstag im Hotel am See."

„Du meinst das große Luxushotel."

„Ja, das Fairmont Chateau. Ich warne dich aber vor. Da ist Abendgarderobe angesagt."

„Verflixt, ich habe keine Abendgarderobe dabei. Kann man in der Nähe was kaufen?"

Josh betrachtete Christopher mit einem abschätzenden Blick. „Ich denke, wir haben ungefähr die gleichen Maße. Wenn du willst, borge ich dir einen Anzug."

„Das wäre sehr nett von dir. Ich komme auch für die Reinigungskosten auf."

„Ach, mach dir deshalb keinen Kopf. Ich helfe dir gern. Ist ja schließlich für einen guten Zweck. Ich kann ihn dir morgen früh vorbeibringen, wenn ich zur Arbeit fahre. Falls ihr noch schlafen solltet, hänge ich ihn hinten in das Gartenhäuschen. Nimm ihn aber heraus, bevor sich eine Maus daraus ein Nest baut. Wenn du abreist, lass ihn einfach im Schlafzimmer hängen. Ich komme ohnehin wieder her, um nach dem Rechten zu sehen. Dann nehme ich ihn wieder mit."

„Wird erledigt. Danke, dafür. Ich bin dir was schuldig."

Josh winkte mit einer lässigen Geste ab. „Soll ich die Tischreservierung für dich übernehmen? Ein Freund von mir kellnert dort und über ihn bekomme ich auf jeden Fall noch einen Tisch für euch", bot er an.

„Wenn es dir keine Umstände bereitet?"

„Quatsch, ich schreib ihm nachher eine kurze Nachricht, dass er einen Tisch für dich bereithalten soll. Ich mache die Reservierung auf deinen Namen. Ist neunzehn Uhr okay?"

Als Antwort nickte Christopher nur knapp, da sich

Stella wieder zu ihnen gesellte. Sie setzte sich neben Christopher, der besitzergreifend den Arm um ihre Schultern legte und sie dicht neben sich zog.

***

Ich hob Christopher die kleine Visitenkarte entgegen, die ich noch in meinem Geldbeutel hatte. „Hier steht alles drauf."

„Du hast Visitenkarten?", fragte er überrascht.

„Hey, ich bin Werbegrafikerin. Wenn ich da nicht mal ein paar Visitenkarten hätte, wäre das schon lausig."

„Wo sie recht hat, Chris, hat sie recht", stimmte Josh mir zu.

„Auch wieder wahr."

„Ich war mir nur nicht sicher, ob ich welche dabei habe", gab ich zu. „Aber wie du siehst, war in den tiefen meines Geldbeutels noch eine verborgen."

Christopher schob sie mit einem zufriedenen Lächeln in seine Hosentasche.

Josh stellte seine leere Bierflasche auf den Tisch, streckte sich und warf einen Blick auf die sportliche Armbanduhr an seinem Handgelenk. „So, ihr Lieben. Ich muss euch jetzt leider verlassen. Morgen steht schon bei Tagesanbruch eine Wanderung an. Da muss ich fit und ausgeschlafen sein. Danke für das tolle Essen."

„Nichts zu danken! Es war schön, mal wieder Zeit mit dir zu verbringen", versicherte ich ihm.

„Ja, es war wirklich schön. Leider muss ich die ganze nächste Woche arbeiten und hab erst am Sonntag wieder frei, wenn du uns schon wieder verlassen musst. Daher hoffe ich, dass ich nicht wieder so lange auf deinen nächsten Besuch warten muss, Stella", meinte Josh und erhob sich.

„Das ist wirklich schade. Aber ich verspreche dir, dass ich mein Bestes gebe, um bald mal wiederzukommen. Ich hätte sowieso mal wieder Lust auf Skifahren und so lange ist es nicht mehr bis zum Winter. Wir könnten zusammen die Piste unsicher machen."

„Das klingt gut", erwiderte Josh zufrieden.

„Also schön, dann werde ich schauen, wann ich Urlaub nehmen kann und gebe dir rechtzeitig Bescheid, wann ich komme."

„Super. Ich freu mich schon."

Ich stand ebenfalls auf, ging um den Tisch herum und schloss ihn in eine freundschaftliche Umarmung.

Josh erwiderte meine Handlung und drückte mich fest an sich. „Pass gut auf dich auf, Stella und schreib mir."

„Klar, dass mache ich auf jeden Fall. Gib du auch auf dich Acht", bat ich ihn und löste mich von ihm.

„Immer doch", versicherte er mir mit einem Lächeln. Er trat auf Christopher zu und reichte ihm die Hand. „Es war schön dich kennengelernt zu haben und vielleicht sieht man sich mal wieder."

„Das finde ich auch und wer weiß, vielleicht verschlägt es mich tatsächlich mal wieder in diese Gegend", entgegnete Christopher mit einem verschwörerischen Lächeln in meine Richtung.

„Dann noch einen schönen Abend, ihr zwei, und bis bald." Josh lief von der Veranda, stieg in seinen Wagen, startete den Motor und fuhr davon.

„Ich werde ihn vermissen. Er ist so ein lieber Mensch",

seufzte ich und winkte dem Wagen hinterher, bis er in der Dunkelheit verschwand.

„Ja, das ist er tatsächlich. Auch wenn ich zugeben muss, dass er mir zu Beginn unseres Kennenlernens das Gefühl eines Konkurrenten vermittelt hat", gestand Christopher und schlang von hinten seine Arme um meine Taille.

„Josh ein Konkurrent? Du liebes bisschen. Josh und ich sind schon so viele Jahre befreundet. Ich könnte mir nicht vorstellen, etwas mit ihm anzufangen. Er ist ein sehr guter Freund, mehr nicht", erwiderte ich.

„Das ist mir jetzt auch klar. Aber du bist so verführerisch, dass man es ihm nicht verübeln könnte, wenn er ein Auge auf dich werfen würde", säuselte er.

Ich drehte mich in seinen Armen um, so, dass ich Christopher ansehen konnte. „Zudem, warum Konkurrent? Zu diesem Zeitpunkt wusstest du doch noch überhaupt nicht, dass wir zusammen im Bett landen."

„Nein, nicht mit Sicherheit. Aber du hast mich vom ersten Moment an fasziniert. Vielleicht war das der Grund, warum ich so empfunden habe."

„Du alter Charmeur."

„Ich sage nur die Wahrheit, Stella. Du verzauberst mich und machst mich von Tag zu Tag süchtiger nach dir."

„Oh Chris, sag das nicht. Wir haben ein Abkommen und wir sollten vorsichtig sein, mit dem, was wir zueinander sagen. In einer Woche trennen sich unsere Wege und bis dahin sollten wir versuchen..." Tja, was sollten wir versuchen, fragte ich mich im Stillen und unterbrach meinen Satz. So sehr ich mir wünschte, er würde seine Worte ernst meinen, doch man sollte nicht auf etwas hoffen, das einem später das Herz brechen könnte.

Christopher sah mich aufmerksam an, als würde er in meinem Gesicht nach etwas suchen.

Sein Blick machte mich noch unsicherer, weshalb ich mich aus seinen Armen wand, die leeren Bierflaschen vom Tisch holte und sagte: „Lass uns reingehen. Es ist schon spät und ich bin müde." Drinnen stellte ich die Flaschen in die Küche und sah zu wie Christopher die Tür hinter sich schloss.

„Stella?"

„Ja?", erwiderte ich und hoffte, er würde nicht weiterbohren, weil ich meinen Satz nicht vollendet hatte.

„Würdest du mir am Donnerstag die Ehre erweisen und mit mir tanzen gehen?", fragte er überraschend.

Ich war gerade auf dem Weg durch das Wohnzimmer und visierte die Schlafzimmertür an, als ich abrupt stehen blieb. „Tanzen? Wir beide?"

„Ja. Ich möchte dich ins Fairmont Chateau ausführen. Wir können etwas essen, gemeinsam das Tanzbein schwingen und uns einen schönen Abend machen. Wie wäre das?"

„Das Fairmont Chateau? Da ist Abendgarderobe angesagt. Ich habe aber nichts dabei, was dafür geeignet wäre", meinte ich.

„Ich bin mir sicher, du findest eine Lösung. Komm schon, Stella, sag ja", bat er und trat auf mich zu. „Es würde mich sehr glücklich machen, dich wenigstens einmal richtig ausführen zu können, so, wie eine bezaubernde Frau, wie du es bist, es verdient hat." Er legte die Arme um mich, zog mich an sich und sah auf mich herab. Dabei hatte er einen flehenden Hundeblick aufgesetzt, der mich zum Lachen brachte.

„Da es mir widerstrebt, dich unglücklich zu machen und du mich so niedlich anschaust, fällt es mir wirklich schwer nein zu sagen."

„Heißt das, du nimmst meine Einladung an?"

„Na ja, ich könnte mir etwas Schickes zum Anziehen kaufen, denn selbst zu Hause in meinem Schrank hätte ich nichts Passendes für so eine Location", grübelte ich laut vor mich hin. Die Vorstellung mit Christopher tanzen zu gehen war einfach zu verführerisch, weshalb ich seine Einladung annahm. „Also gut! Ich denke, wir haben ein Date."

Christopher atmete hörbar aus. „Du kannst einen wirklich auf die Folter spannen", murmelte er, bevor er seine Lippen auf meine senkte.

KAPITEL 14

Ich hatte wahrhaftig ein Date und das mit einem absoluten Traummann, was mich vor die größte Herausforderung stellte. Ich benötigte dringend etwas Passendes zum Anziehen. Es sollte etwas sein, das Christopher die Sprache verschlagen würde. Ein Outfit, das all meine Vorzüge zum Vorschein bringen würde, so, dass er mich nie wieder vergessen würde.

Plötzlich wurde mir bewusst, wie wichtig es mir war, dass Christopher mich nach unserer gemeinsamen Zeit nicht vergaß. Dass es mein größtes Anliegen war, ihm einen Anblick zu bieten, der sich für immer in seinem Gedächtnis einbrennen würde. Egal, ob wir uns jemals wiedersahen, ich wollte, dass er sich an mich erinnerte. Dass immer dieses Bild in seinen Gedanken aufblitzte, wie ich, bereit für diesen besonderen Abend, vor ihn trete. Die Frage war nur, wie mir das gelingen sollte. Ich hatte hier in Lake Louise noch nie ein Abendkleid gekauft und nicht die geringste Ahnung, ob es so etwas hier überhaupt zu kaufen gab. Mir fiel in meiner Aufregung nur eine Person ein, die mir bei meinem Problem helfen konnte, weshalb ich zwei Tage später zu Barbara in den Laden fuhr.

„Hallo Barbara, ich brauche dringend deine Hilfe", sagte ich, als ich ihren Laden betrat und sie an einem Regal hantieren sah, in das sie kleine Schmuckdöschen einräumte.

„Hallo Stella! Schön, dass du mich besuchen kommst.

Was ist passiert? Wie kann ich dir helfen?", hakte sie nach und unterbrach ihre Arbeit. „Dieser Mr. Rade wird sich doch hoffentlich gut benehmen? Oder muss ich ihm doch einen Besuch abstatten?" Sie verengte ihre Augen zu schmalen Schlitzen.

Ich lachte auf und schüttelte den Kopf. „Keine Sorge, Barbara, mit Christopher ist alles in bester Ordnung. Im Gegenteil. Er hat mich zu einem Rendezvous eingeladen und ich brauche etwas Passendes zum Anziehen, hab aber keine Ahnung, wo ich etwas bekomme."

„Ein Rendezvous?" Ein Lächeln breitete sich auf ihrem Gesicht aus. „Da scheint sich etwas anzubahnen, zwischen diesem Mann und dir. Erst verteidigt er deine Ehre vor diesem ungehobelten jungen Kerl auf dem Sternschnuppenfest und nun führt er dich zu einem kleinen Stelldichein aus."

„Meinst du?", fragte ich und war gespannt auf ihre Meinung.

„Mädchen, hast du mal darauf geachtet, wie er dich ansieht? Dieser Mann hat eindeutig ein Auge auf dich geworfen", antwortete Barbara.

Das war neben Josh nun schon die zweite Person, die das sagte und allmählich machte ich mir Gedanken, ob nicht vielleicht doch etwas dran sein könnte.

„Naja, es ist ja auch nicht so, dass wir uns keusch verhalten. Allerdings haben wir ein Abkommen." Ich erzählte Barbara davon.

„Die jungen Leute von heute. Früher hat das wesentlich länger gedauert, bevor man mit einem Mann intim wurde. In der Regel war man dann schon verlobt. Wie soll man denn da noch wissen, ob es einem Ernst ist oder nicht?"

Vielleicht war genau das der springende Punkt. Früher war es offensichtlich, wenn es einem Mann mit einer Frau ernst war. Heutzutage wurde mit dem Thema Sex und Beziehung so locker umgegangen, dass eine genaue Einschätzung oft schwierig war. Einerseits hatte diese Art und Weise, locker damit umzugehen, seine Vorteile, aber genauso seine Nachteile, so, wie in meinem Fall. Ich konnte einfach nicht erkennen, ob eine Chance bestand, dass zwischen Christopher und mir etwas Dauerhaftes entstehen könnte. Die Situation schien mir undurchschaubar, weshalb ich mir lieber keine Hoffnungen machen wollte.

„Die Zeiten haben sich geändert, Barbara", erwiderte ich und zuckte entschuldigend mit den Schultern.

„Da hast du wohl recht. Wirklich schade", seufzte Barbara und fügte hinzu: „Was genau brauchst du denn? Wo soll es denn hingehen?"

„Ins Fairmont Chateau zum Tanzabend."

„Alle Achtung! Der Mann hat Stil", stellte Barbara entzückt fest. „Das heißt dann wohl, du brauchst ein Abendkleid."

„Sieht wohl so aus. Gibt es sowas hier in Lake Louise zu kaufen?"

„Du hast Glück. Vor einem knappen Jahr hat hier eine kleine Boutique eröffnet. Sie verkaufen diverse Mode für jeden Anlass. Ich bin der Meinung, dass sie auch Abendkleider in ihrer Kollektion haben. Die Auswahl wird nicht sonderlich groß sein, da die Räumlichkeiten nicht allzu viel Platz bieten, aber ich denke, dort sollte was zu finden sein."

„Gott sei Dank", stöhnte ich erleichtert.

„Und wo befindet sich dieser Laden?"

„Der ist hier in der Mall. Der letzte Laden ganz hinten rechts. Nicht unbedingt der beste Platz für so ein Geschäft, da es einem dort nicht so leicht ins Auge fällt."

„War dort früher nicht mal eine Schuhreparatur drin?"

„Korrekt! Aber der alte Anderson hat sein Geschäft aufgegeben. Zum einen war er zu alt und dann war da noch das Problem, dass heutzutage keiner mehr seine Schuhe reparieren lässt. Schuhe sind zu einem Wegwerfprodukt geworden, weshalb sich seine Arbeit nicht mehr auszahlte."

„Der arme Mr. Anderson", seufzte ich und dachte an den kleinen, graubärtigen Mann, den ich von Kindesbeinen an kannte. Meine Mutter brachte einige Male Schuhe zur Reparatur zu ihm und ich kann mich noch an den Geruch von Leder und Kleber erinnern, der in der Luft lag, wenn man das kleine Geschäft betreten hatte. Mr. Anderson war ein sehr netter alter Mann gewesen, von dem ich jedes Mal einen Lutscher bekam, wenn ich meine Mutter begleitet hatte.

„Ach, mach dir um den keine Gedanken. Er genießt seinen Ruhestand in vollen Zügen. Jetzt hat er endlich mehr Zeit, um an seiner Eisenbahn herumzubasteln. Seine Frau hat sich schon mehrmals bei mir beschwert, dass er nur noch in seinem Eisenbahnzimmer sitzt und mit seiner Lock spielt." Barbara grinste.

„Tja, da scheint die Lock wohl interessanter zu sein als die Frau." Nun musste auch ich grinsen.

„Sieht wohl so aus. Wobei ich zugeben muss, dass ich Mrs. Anderson auch nicht besonders mag. Sie ist so ein elendes Tratschweib, da würde ich mich auch lieber mit etwas anderem beschäftigen."

Mein Grinsen wurde zu einem Lachen. „Das erklärt natürlich einiges."

Barbara nickte.

„Dann werde ich jetzt mal diese Boutique aufsuchen."

„Wenn du noch ein paar Minuten Zeit hast, begleite ich dich. Meine Aushilfe müsste demnächst hier auftauchen, dann habe ich den Rest vom Tag frei", schlug sie vor.

„Das wäre schön. Ich könnte jemanden gebrauchen, der mich berät", gab ich zu.

„Schön, dann geh ich schnell nach hinten und hol schon mal meine Tasche." Entschlossen eilte Barbara davon und kam gleich darauf wieder. „Was ich dich noch Fragen wollte, Stella, was ist eigentlich passiert? Warum kannst du keine Kinder mehr bekommen?", fragte sie vorsichtig, während wir auf ihre Aushilfe warteten. „Wenn du nicht darüber reden willst, fühl dich nicht gezwungen, es mir zu erzählen. Doch der Vorfall auf dem Fest hat mir schon etwas Kopfzerbrechen bereitet. Mir ist nicht entgangen, was dieser Rüpel zu dir gesagt hat."

„Das hatte ich mir schon gedacht", seufzte ich und fasste in kurzer Version zusammen, was der Grund dafür war.

„Armes Kind, das tut mir sehr leid. Aber mach dir keinen Kopf. Das Leben kann auch ohne Kinder schön sein. Sei froh, dass du wieder gesund bist. Das ist das Wichtigste."

„Das ist mir inzwischen auch klar geworden. Doch es wird trotzdem immer wieder diese Tage geben, an denen ich mir wünsche, es wäre anders gelaufen."

Die Tür ging auf und ein junges Mädchen mit rotblonden, lockigen Haaren und Sommersprossen im Gesicht kam herein, was unsere Unterhaltung unterbrach.

„Ach, da bist du ja schon", bemerkte Barbara, als sie das Mädchen entdeckte. „Sofie, das ist Stella, eine alte Bekannte."

Wir reichten uns die Hände zur Begrüßung.

„Hallo Sofie, schön dich kennenzulernen", sagte ich.

„Hallo. Ja, freut mich auch, Stella."

„Du kannst die Sachen, die dort vor dem Regal stehen, fertig einräumen. Ich bin dann pünktlich wieder hier, um abzuschließen."

„Mach ich. Dann bis später und tschüss, Stella", erwiderte Sofie lächelnd und machte sich sofort an die Arbeit.

„Auf Wiedersehn, Sofie", flötete ich und ließ mich von Barbara aus der Tür nach draußen schieben. „Ich wusste gar nicht, dass du eine Aushilfe hast. Sie scheint mir noch recht jung zu sein", meinte ich, während ich neben ihr herlief.

„Sie ist sechzehn und stockt durch die Arbeit bei mir ihr Taschengeld auf. Sie ist ein nettes, zuverlässiges Mädchen und durch sie gönne ich mir zwei freie Nachmittage in der Woche, um Erledigungen zu machen oder einfach mal an einem Quilt zu arbeiten."

„Das ist schön. Du musst dir schließlich auch mal eine Pause gönnen", stimmte ich ihr zu.

„So, da sind wir schon. Dann lass uns mal schauen, ob wir was für dich finden", verkündete Barbara, als wir die Mall durchquert und den Laden erreicht hatten.

Der ehemalige Schuhmacher-Laden hatte sich sehr verändert. Die Zwischenwand zur damaligen Werkstatt war herausgeschlagen worden, um den Verkaufsraum zu vergrößern und mehr Platz zu haben. Alles war neu gestrichen und strahlte in zartem hellgelb. Selbst der alte abgetretene Linoleumboden war ausgetauscht worden und durch einen erdfarbenen Teppich ersetzt worden.

Ich war in der Vergangenheit nur wenige Male mit meiner Mutter hier gewesen, doch ich konnte mich noch gut daran erinnern, wie es hier einmal ausgesehen hatte. Der Laden war kaum wiederzuerkennen. Überall hingen Kleider an Kleiderstangen, oder waren fein säuberlich zusammengefaltet auf Regalbrettern übereinandergestapelt worden. Leise Popmusik erfüllte den Raum, die aus zwei Lautsprecherboxen hallte, die in die Decke integriert worden waren, so, wie auch die kleinen Deckenstrahler, die den Raum erleuchteten.

Eine junge Frau mit fernöstlicher Herkunft trat lächelnd auf uns zu. „Guten Tag. Kann ich Ihnen behilflich sein?" Ihr Akzent verriet, dass sie vermutlich nicht hier geboren wurde. Dennoch beherrschte sie unsere Sprache sehr gut.

„Hallo. Ja, ich brauche ein Abendkleid", erklärte ich.

„Selbstverständlich. Ich zeige sie Ihnen", erwiderte sie und führte uns zu einer an der Wand montierten Kleiderstange im hinteren Teil des Ladens an der etliche kurze und lange Abendkleider hingen. „Haben Sie eine genaue Vorstellung?" wollte die Frau mit den schwarzglänzenden, kinnlangen Haaren wissen.

„Ich denke, ein langes wäre nett. Elegant soll es sein und vom Farbton nicht zu knallig."

Sie nickte verstehend, wühlte sich kurz durch die Kleider und zog dann ein brombeerfarbenes, bodenlanges Kleid hervor. „Was sagen Sie dazu?"

Das Kleid war ein Traum aus Seide. Der Rücken war bis knapp über dem Po ausgeschnitten. Das Oberteil wurde hinter dem Nacken zusammengebunden, so, dass man es in geringen Maße an die unterschiedlichen Brustgrößen anpassen konnte. Auf der linken Vorderseite besaß es einen Schlitz der bis zum Oberschenkel reichte, was das Laufen erleichtern würde und zusätzlich einen verführerischen Einblick bot.

„Es ist wunderschön. Nur fraglich, ob es mir steht."

„Probiere es doch einfach mal an", forderte Barbara mich auf. „Ich denke, es steht dir ausgezeichnet. Die Farbe ist ein Traum und der Schnitt ist wirklich raffiniert."

Ich folgte ihrer Aufforderung und ging in eine der zwei Umkleidekabinen. Dort schälte ich mich aus meiner Kleidung und stieg in das Kleid. Als ich den Vorhang öffnete, um vor den Spiegel zu treten, verfiel Barbara in wahres Staunen.

„Stella, du siehst zauberhaft aus. Das Kleid ist wie für dich gemacht."

Mein Spiegelbild war mir beinahe fremd, was wohl daran lag, dass ich schon seit einer gefühlten Ewigkeit kein so gewagtes Outfit mehr getragen hatte. Diese Frau, die mir dort entgegenblickte hatte nichts mit der üblichen Stella zu tun. Dafür strahlte sie viel zu viel Eleganz und Sexappeal aus. Zudem trug sie dieses Kleid mit einer Würde, als sei es tatsächlich für sie gemacht worden.

Christophers Worte kamen mir in den Sinn, als er mir vorgehalten hatte, dass ich meine Schönheit hinter meiner schlichten äußeren Verpackung verbarg. Plötzlich wusste ich, was er gemeint hatte und schämte mich beinahe ein bisschen, mich so gehen gelassen zu haben. Es war wirklich an der Zeit, in meinem Leben wieder einiges zu ändern. Und mich wieder mehr um mein Aussehen zu kümmern, war somit der erste Schritt.

Ich drehte mich ein wenig, um mich von allen Seiten betrachten zu können. „Du hast recht. Es ist wunderschön. Aber ich brauche auch noch Schuhe und eine schöne Handtasche. Eine kleine wo ich die nötigsten Dinge unterbringe. Führen Sie sowas?", fragte ich die Verkäuferin.

„Einen Moment." Sie eilte davon und kam Sekunden später mit zwei kleinen Taschen wieder, die sie mir zur Ansicht reichte. „Was für eine Schuhgröße haben Sie?", erkundigte sie sich bei mir.

„Achtunddreißig", erwiderte ich und nahm die beiden Taschen entgegen.

„Nimm die goldene Tasche", sagte Barbara augenblicklich. „Die schwarze sieht zu trist und langweilig zu dem tollen Kleid aus."

Ein Blick in den Spiegel und ich wusste, dass Barbara recht hatte. „Ja, ich nehme die Goldene", stimmte ich ihr deshalb zu.

Mit drei Schuhkartons unter dem Arm gesellte sich die junge Frau wieder zu uns. „Die Auswahl der Schuhe, die wir im Sortiment haben ist nicht sehr groß, aber ich hoffe Ihnen sagt etwas davon zu." Sie bat mich auf einem Stuhl, der vor den Kabinen stand, Platz zu nehmen und reichte mir nach und nach die Schuhe.

Die ersten Schuhe waren schlichte schwarze High Heels, die mir gar nicht zusagten und ich sie deshalb erst gar nicht anprobierte. Das zweite Paar, waren mit Strasssteinen besetzte Sandalen mit einem fünf Zentimeter Absatz, Grundton ebenfalls schwarz. Sie waren ganz hübsch, aber irgendwie nicht das Richtige. Die letzten die sie mir reichte waren im gleichen Goldton wie die Handtasche. Es waren Pumps mit etwas Absatz, die mir wie angegossen passten und auch das Kleid betonten. „Die sind perfekt", meinte ich in Barbaras Richtung, die zufrieden nickte.

„Allerdings! Du siehst umwerfend aus und wirst in diesem Outfit einigen Männern den Kopf verdrehen", prophezeite mir Barbara mit einem zufriedenen Lächeln.

Mir persönlich würde es schon reichen, wenn ich einem ganz bestimmten Mann den Kopf verdrehen würde, doch das behielt ich in diesem Augenblick für mich.

Ich ging zurück in die Kabine. Mein Outfit für den Tanzabend war somit perfekt, was mich aber nicht davon abhielt noch zwei schöne Blusen und zwei gutsitzende Jeans zu kaufen. Die Zeiten von Boyfriend – und Cargohosen waren von nun an Geschichte. Außerdem griff ich noch nach einem String, der mit anderen Dessous auf einem Ausstellungstisch lag. Er hatte einen ähnlichen Farbton wie das Kleid und würde verhindern, dass sich unter dem feinen Stoff Sliplinien abzeichnen. Einen BH könnte ich, durch den freien Rücken, ohnehin nicht tragen, was meine männliche Begleitung hoffentlich zusätzlich um den Verstand bringen würde.

Überglücklich verließ ich, nachdem ich bezahlt hatte, mit Barbara den Laden. „Das war ein voller Erfolg. Ich danke dir, Barbara. Du hast mich hervorragend beraten."

„Nichts zu danken. Es hat mir eine Menge Spaß gemacht. Wenn man keine eigene Tochter hat, genießt man es durchaus mal mit jemandem wie dir shoppen zu gehen."

Barbara hatte zwar zwei Söhne, doch die lebten beide nicht in Lake Louise. Sie waren vor vielen Jahre ihrer Wege gezogen und sie sah sie immer nur an den Feiertagen.

„Dann werde ich jetzt mal nach Hause fahren und mich um meine Schmutzwäsche kümmern. Ich wünsche dir viel Spaß bei deinem Rendezvous und falls wir uns vor deiner Abreise nicht mehr sehen sollten, eine gute Heimfahrt. Lass dich bald mal wieder sehen."

„Das werde ich und danke für alles." Wir umarmten uns herzlich und gingen dann getrennter Wege. Ich huschte noch schnell in die Drogerie, um mir noch etwas Make-up und einen brombeerfarbenen Nagellack zu kaufen. Dann machte auch ich mich auf den Rückweg zur Hütte.

Dem Tanzabend mit Christopher stand nun nichts mehr im Wege und ich konnte nur hoffen, dass ich mein Ziel, unvergessen für ihn zu bleiben, erreichen würde. Wenn ich schon keinen dauerhaften Platz in seinem Leben bekäme, dann wollte ich wenigstens einen in seinen Erinnerungen.

KAPITEL 15

So aufgeregt war ich schon ewig nicht mehr. Vermutlich erst zweimal in meinem Leben. Zum einen an meinem Abschlussball am Ende der Highschool und das andere Mal, bei meinem ersten Bewerbungsgespräch für einen Job. Selbst bei meinem allerersten Date hatte ich nicht so das Nervenflattern wie an diesem Abend, an dem mich Christopher ausführen wollte. Vielleicht lag es daran, dass mich meine vergangenen Dates nicht so aus der Ruhe gebracht hatten wie er es tat. Schließlich hatte ich noch nie zuvor bei einem Mann so sehr unter Herzrasen, körperlichen Überhitzung und Atemnot gelitten, so, wie ich es tat, wenn ich mit ihm zusammen war – wenn ihr versteht was ich meine.

Ich hatte mich im Bad eingeschlossen, um mich dort ungestört herrichten zu können. Christopher hatte ich den Vortritt gelassen, damit er sich duschen und rasieren konnte, bevor er im Schlafzimmer verschwunden war, wo er sich ebenfalls für den Abend herausputzte.

Frisch geduscht trug ich mit aller Sorgfalt etwas Make-up auf und verteilte es gleichmäßig in meinem Gesicht – nur ganz wenig, um nicht auszusehen, als wäre ich in einen Farbeimer gefallen. Etwas Puder sorgte für einen matten Teint. Ein zarter Hauch Lidschatten, um meinen Augen mehr Ausdruck zu verleihen. Mascara, für den perfekten Augenaufschlag. Und zu guter Letzt einen dezenten Lippenstift, für einen verführerischen Kussmund. Meine Fuß- und Fingernägel waren bereits lackiert und getrocknet. Mit Hilfe einer Rundbürste und dem Föhn, rückte ich meinen Haaren zu Leibe, die schlussendlich seidig glänzend auf meine Schultern fielen. Mein letztes Tun beschränkte sich auf das Anziehen. Dazu ging ich nach nebenan, in mein Zimmer, wo mein Kleid schon auf dem Bett bereitlag. Die Tür hatte ich auch hier zur Sicherheit abgeschlossen, weil ich nicht wollte, dass Christopher vorab einen Blick darauf erhaschte.

Achtlos ließ ich mein Badetuch zu Boden fallen und zog zuerst den String an, dessen Dreieck aus Spitze nur von zwei dünnen Bändchen zusammengehalten wurde. Danach stieg ich in das Kleid und achtete darauf, dass ich es so im Nacken zusammenband, dass alles perfekt saß. Nachdem ein weiterer Blick in den Spiegel mich davon überzeugt hatte, dass alles an der richtigen Stelle war, schlüpfte ich in meine Schuhe und schnappte mir meine Handtasche, in der ich noch schnell meinen Lippenstift und den Geldbeutel verstaute. In Schale geworfen und mit schrecklichem Herzklopfen schloss ich die Tür zum Wohnzimmer auf.

Was würde Christopher gleich sagen, wenn er mich so sah? Würde ich erreichen, worauf ich hoffte, fragte ich mich im Stillen? Ich atmete noch einmal tief durch. Versuchte meinen Herzschlag so wie meine Gedanken unter Kontrolle zu bekommen, was einfacher gesagt als getan war. Doch die eigene Vorfreude, auf das Date mit Christopher war so groß, dass mich trotz meiner Aufregung keine zehn Pferde hätten zurückhalten können, um ihm nun endlich gegenüberzutreten, weshalb ich endgültig die Tür öffnete.

Christopher stand mit dem Rücken zu mir und drehte sich um, als ich den Raum betrat.

***

Als Christopher Stella erblickte fiel ihm das Atmen plötzlich schrecklich schwer und sein Herzschlag schien für einen Augenblick auszusetzen. Sie kam lächelnd auf ihn zu und erstrahlte mit allem was sie zu geben hatte. Ihr Kleid hüllte sie ein wie eine zweite Haut und brachte ihre verführerischen Kurven noch mehr zur Geltung. Sie war etwas größer als sonst, was an den hübschen Schuhen liegen musste. Das leichte Make-up unterstrich ihre natürliche Schönheit, während ihre Haar geschmeidig ihr Gesicht umspielte. Stella duftete dezent nach ihrer Fliederseife und nicht nach irgendeinem dick aufgetragenem Parfüm.

Immer wieder war ihm aufgefallen, dass sie nicht nach Parfüm roch, sondern immer nur blumige Dinge benutzte, die sie in einen zarten Duft einhüllten. Mal war es eine Lotion die nach Rose roch. Ein anderes Mal eine Seife die nach Flieder duftete und ihre frisch gewaschene Wäsche hatte immer den Geruch einer ganzen Frühlingswiese an sich. Er liebte diesen Duft und er passte so hervorragend zu ihr.

Stella sah wunderschön aus, wie sie da so im Raum stand und verunsichert und sichtlich nervös über den Stoff ihres Kleides strich, um die imaginären Falten zu glätten. Sie war die absolute Verlockung.

Christopher lief zu ihr, griff nach ihrer Hand und führte sie an seine Lippen, um sie zart zu küssen. „Gott steh mir bei, dass ich diesen Abend heil überstehe. Du siehst umwerfend aus, Stella. Noch schöner als ich erwartet hatte. Du wirst heute Abend etliche Männerherzen nur durch deine Erscheinung zum Schmelzen bringen. Meins an allererster Stelle."

Stella schenkte ihm ein Lächeln. „Danke, das ist sehr nett von dir. Ich habe gehofft, dass ich dir gefalle."

„Oh Stella, du gefällst mir in jeder Lebenslage. Das hier, ist nur die Kirsche auf dem Sahnehäubchen des köstlichsten Desserts, das ich je genascht habe." Er hob ihre Hand und drehte Stella einmal um ihre eigene Achse, um sie von allen Seiten betrachten zu können. „Verflixt, du willst mich heute Abend umbringen", raunte er augenblicklich. „Dein Kleid hat hinten kaum Stoff. Wie soll ich mich auf meine Tanzschritte konzentrieren, wenn ich unter meiner Hand ständig deine samtweiche Haut fühle?"

„Du schaffst das schon", erwiderte sie mit leicht geröteten Wangen.

„Danke, dass du so großes Vertrauen in mich hast."

„Du siehst in deinem Anzug übrigens auch sehr gut aus. Richtig elegant und sexy."

„Danke, das habe ich Josh zu verdanken, der so nett war, mir diesen zu borgen", gab er zu. „Dann lass uns jetzt gehen, bevor ich es mir anders überlege und dich ins Schlafzimmer zerre."

***

Ich lachte und ließ mich von ihm nach draußen zum Wagen führen. Wie ein echter Gentleman öffnete er mir die Beifahrertür und half mir beim Einsteigen, bevor er den Wagen umrundete und sich selbst hinters Steuer setzte. Fünf Minuten später, auf dem Parkplatz des Hotels, wiederholte sich das Ritual in umgekehrter Reihenfolge. Christopher legte mir sanft die Hand auf den unteren Rücken und führte mich ins Hotel und das dazugehörige Restaurant. Ein Supervisor empfing uns und brachte uns zu unseren zugewiesenen Plätzen.

Der kleine, runde Tisch, der in der Nähe der Tanzfläche stand war fürstlich eingedeckt. Auf der schneeweißen Tischdecke stand eine Kerze die gemächlich vor sich ihn flackerte. Ein kleines Blumenarrangement aus weißen Rosen passte perfekt ins Bild. Das weiße Porzellan, das Silberbesteck und die Kristallgläser rundeten das Gesamtkonzept ab.

Wir nahmen Platz und ließen uns die Empfehlung des heutigen Abends mitteilen. Dazu wurde uns noch eine Weinkarte und zwei Speisekarten gereicht. Ich entschied mich für den Fisch mit gedünstetem Gemüse, an einer leichten Kräutersoße. Christopher wählte das französische Rind mit hausgemachter Kräuterbutter und Rosmarinkartoffeln. Als Vorspeise bestellten wir beide den Garnelensalat und zum Nachtisch die Creme brûlée mit frischen Früchten der Saison. Wir ließen uns passende Weine zu den einzelnen Gängen empfehlen und bestellten zusätzlich noch eine Flasche Wasser.

„Das ist das erste Mal, dass ich in einem so noblen Restaurant esse", gab ich zu, als wir endlich alleine waren.

„Dann wurde es aber Zeit, dass dich endlich mal jemand zu einem so luxuriösen Essen einlädt und ich freue mich, dass ich derjenige sein darf." Er hob sein

Glas und stieß mit mir an. „Auf einen unvergesslichen Abend."

Ich folgte seiner Aufforderung. „Ja, auf einen Abend, der uns für immer in Erinnerung bleibt." Wie ernst mir diese Worte waren. Doch davon wusste Christopher ja nichts.

„Wo gehst du sonst essen? Hast du ein Lieblingslokal, dort wo du wohnst?", wollte er wissen, nachdem er sein Glas wieder abgestellt hatte.

„Wir haben in Missoula einen tollen Italiener, der sagenhafte Pizza und Pasta macht. Dort gehe ich manchmal mit Jane hin oder wir holen uns was und lümmeln uns aufs Sofa und schauen beim Essen einen Film."

„Das klingt auch verlockend."

„Und was ist mit dir? Was treibst du so, wenn du in Seattle bist und nicht gerade über meinen Bruder stolperst?"

„Ich arbeite viel und bin deshalb die meiste Zeit in meinem Atelier, das aber praktischer Weise direkt an meine Wohnung angrenzt. Ich habe ein altes Fabrikgebäude gemietet, in dem ich wohne und arbeite."

„Wow, das klingt beeindruckend."

„Es klingt beeindruckender als es ist. Es ist nur ein kleines Gebäude, in dem früher eine Näherei ihren Sitz hatte. Nichts Außergewöhnliches oder besonders Schickes. Wenn ich nicht zu Hause oder in meinem Atelier bin, hänge ich hin und wieder auf Künstlerpartys herum oder bin in der Galerie meines Freundes, wenn er gerade mal wieder auf die Idee kommt, einen gesonderten Abend zur Besichtigung meiner neuesten Werke zu schmeißen."

„Das klingt so, als wärst du ein angesehener Mann in deiner Branche."

Er winkte lässig ab. „Es klingt wichtiger als es für

mich selbst ist. Am liebsten sitze ich einfach in meinem Atelier und male ohne den ganzen Trubel drumherum. Ich mag es nicht besonders, mich auf diesen Veranstaltungen mit den ganzen Snobs abgeben zu müssen. Nur leider komme ich nicht drumherum, da genau diese zu meinen potenziellen Käufern gehören."

„Kann ich nachvollziehen. Ich ziehe die Ruhe dem Trubel ebenfalls vor."

Der erste Gang wurde serviert und ich stöhnte beinahe laut auf, als ich mir die erste Garnele in den Mund steckte. „Du lieber Himmel, die sind ja sagenhaft", schwärmte ich.

„Allerdings", stimmte mir Christopher zu. „Ich habe selten so gute Garnelen gegessen."

„Ich noch nie", gab ich zu.

„Dann sollten wir dafür sorgen, dass das ab sofort öfter vorkommt."

Ich sah überrascht auf und fragte mich, wie er das meinte, doch Christopher hatte seinen Blick gesenkt und hoch konzentriert auf seinen Garnelensalat gerichtet, als sei es eine Wissenschaft ihn zu essen, weshalb ich ebenfalls weiter aß. Es schien mir nicht richtig hier und jetzt etwas anzusprechen, was ich vielleicht nur falsch interpretierte. Dafür war mir dieser Abend zu kostbar und ich wollte ihn um nichts in der Welt ruinieren.

Gang für Gang wurde an unseren Tisch gebracht und nun wusste ich auch, warum dieses Essen so speziell und teuer war. Es schmeckte wirklich sagenhaft und war eine wahre Gaumenfreude. Nichts von dem, was ich bestellt hatte, hätte ich bemängeln können und ließ auch nicht einen Krümel übrig. Der Fisch war auf den Punkt gegart und innen noch leicht glasig. Das Gemüse hatte noch leichten Biss. Auch die Kräutersoße war perfekt abgeschmeckt und passte vorzüglich zum Fisch. Und die Creme brûlée...mmh...göttlich. Sie hatte eine knackige Zuckerkruste und war geschmacklich die beste, die ich je gegessen hatte. Selbst die Früchte waren frisch und süß, als wären sie eben erst von den sonnenüberfluteten Sträuchern geerntet worden.

Die Band, die etwas Abseits stand, spielte die ganze Zeit verschiedene Musikstücke. Von Blues bis Walzer war alles dabei. Einige Paare schwangen bereits das Tanzbein, andere waren noch am Essen. Etwas skeptisch beobachtete ich das Treiben auf der Tanzfläche und fragte mich, ob ich überhaupt noch fähig wäre mit den Leuten dort mitzuhalten.

In meiner Jungend hatte ich gemeinsam mit meinem Bruder einen Tanzkurs für Standardtänze besucht, was jedoch schon viele Jahre zurücklag. Es hatte mir eine Menge Spaß gemacht, nur viele Gelegenheiten zum Tanzen hatten sich seither nicht ergeben. Eigentlich war Tanzen wie Fahrradfahren, solange man die Grundfolge der Schritte noch im Kopf hatte, doch ganz sicher, ob ich das noch hinbekommen würde, war ich mir nicht, weshalb ich noch genauer zusah, um mich daran zu erinnern.

Wie nicht anders zu erwarten, stand Christopher, nachdem wir aufgegessen hatten, auf und griff nach meiner Hand. „Darf ich um diesen Tanz bitten", säuselte er, womit er mich zum Lachen brachte.

„Sie sind heute aber kultiviert, Mr. Rade", scherzte ich.

„Eine so hinreißende Frau wie Sie, Mrs. Hanson, verdient es kultiviert behandelt zu werden", raunte er

Ohne Gegenwehr ließ ich mich von ihm auf die Beine ziehen und auf die Tanzfläche geleiten. Er legte eine Hand auf meine Hüfte, während die andere meine fest umschlossen hielt. Ohne weitere Mühe stimmte er unsere Körper in den Rhythmus der Musik ein. Wir bewegten uns im Einklang mit den anderen Paaren über die Tanzfläche und ich musste feststellen, was für ein ausgesprochen guter Tänzer Christopher war. Er führte mich sicher übers Parkett und wusste genau, was er tat.

„Wo hast du so gut tanzen gelernt, Chris?"

„Ich hatte mal eine Freundin, die es unbedingt lernen wollte und die mich als Opfer missbraucht hat. Und das meine ich wörtlich. Während ich mich als Naturtalent herausstellte, mauserte sie sich zum Trampeltier, das es auf meine Füße abgesehen hatte."

Ich lachte. „Du Armer! Aber es hatte durchaus auch seinen Nutzen."

„Danke, doch ich gebe das Kompliment an dich zurück. Du lässt dich so federleicht über die Tanzfläche führen, als hättest du nie etwas anderes gemacht. Wir ernten schon die ersten Blicke, wobei ich glaube, dass die zum größten Teil dir gelten."

„Du alter Schmeichler."

„Hey, ich sage nur die Wahrheit", wehrte er sich und hauchte mir einen Kuss auf die Schläfe.

Wir tanzten noch eine ganze Weile weiter, bis ich spürte wie meine Füße unter der ungewohnten Belastung zu schmerzen begannen.

„Ich glaube, ich brauche eine Pause."

„Dann lass uns nach draußen gehen und ein bisschen

frische Luft schnappen", schlug er vor.

„Gerne."

Die Nacht war sternenklar und wir hatten Vollmond. Die strahlende Scheibe hing über den Gipfeln der Berge und tauchte alles in ein silbernes Licht. Kühle Luft schlug mir entgegen, als wir nach draußen traten, weshalb Christopher sein Sakko auszog und es mir über die Schultern legte. Wir schlenderten Richtung Seeufer und setzten uns dort auf eine Bank. Die Musik war hier draußen nur sehr leise zu hören und nur eine Handvoll Hotelgäste hielten sich ebenfalls im Freien auf, die jedoch alle ein gutes Stück entfernt waren, sodass wir genügend Privatsphäre hatten.

„Es ist ein wunderschöner Abend und ich möchte mich bei dir dafür bedanken, Chris."

„Ich habe zu danken. Dafür, dass du diesen Abend mit mir verbringst."

„Es gibt keinen Ort wo ich lieber wäre", gestand ich und lehnte mich an ihn.

„Stella, ich möchte noch so viele schöne Abende mit dir verbringen. Um ehrlich zu sein, sehr viele und die dazugehörigen Tage und Nächte ebenfalls."

Ich stellte kurz meine Atmung ein, weil diese Offenbarung so überraschend kam, dass ich wie von selbst die Luft anhielt. Mein Herz fing heftig an zu pochen und ich musste meine Stimme wiederfinden, um etwas dazu sagen zu können. „Wie meinst du das, Chris? In drei Tagen werde ich wieder abreisen und du in weiteren zwei Wochen ebenfalls."

Er löste sich von mir, wandte sich mir zu und sah mir in die Augen. „Wir werden beide in drei Tagen abreisen, weil ich ohne dich nicht hierbleiben werde. Trotzdem bin ich nicht im Geringsten bereit, das mit uns danach als erledigt anzusehen. Stella, ich habe mein Herz an dich verloren und ich möchte es auch nicht mehr zurück. Du kannst damit tun, was immer du willst. Hege und pflege es oder zerschmettere es in tausend Stücke. Diese Entscheidung liegt ganz bei dir. Ich weiß nur, dass ich dich aus meinem Leben nicht mehr verschwinden lassen möchte. Seit Tagen denke ich darüber nach und ich bin mir so sicher wie nie zu vor, dass du die Frau bist mit der ich mein Leben verbringen möchte. Komme was wolle, ich bin zu allem bereit."

Träumte ich, stieg mir der Wein zu Kopf oder passierte das gerade wirklich?

„Aber du hattest gesagt, dass du keine feste Beziehung willst? Warum jetzt plötzlich und warum ausgerechnet mit mir? Der Frau, die in keiner Weise deinem Beuteschema entspricht?", fragte ich mit zitternder Stimme. Ich war etwas verunsichert und wollte einfach auf Nummer sicher gehen. Schließlich könnte er mein Herz ebenso zerschmettern.

„Oh Stella, hast du es denn immer noch nicht verstanden?" Er umfasste mein Gesicht zärtlich mit seinen Händen. „Meine Ansichten haben sich geändert. Du hast mich geändert. Mir ist klar geworden, dass ich immer mit den falschen Frauen zusammen war und du bist die Eine, auf die ich immer gewartet habe. Ich liebe dich. Jede Nuance deines Körpers. Deine ehrliche und offene Art. Dein Lachen verzaubert mich. Dein Duft betört mich. Und egal was ich tue, ich kann einfach nicht genug von dir bekommen. Du bist die Droge in meinem

Leben, die mich süchtig macht. Die ich brauche wie die Luft zum Atmen."

„Hast du eben gesagt, dass du mich liebst?" Meine Stimme war nur noch ein Flüstern.

„Ja, Stella, ich liebe dich und ich möchte mit dir zusammen sein, egal was dazu nötig ist."

Die Tränen traten wie von selbst in meine Augen und ich hasste mich dafür, dass ich die Kontrolle über meine Emotionen verlor.

„Babe, bitte weine nicht."

„Das ist alleine deine Schuld", schluchzte ich.

„Wieso?"

„Du bringst seit dem ersten Tag, als ich vor dir stand, meine Gefühlswelt völlig durcheinander. Ich hatte nie die geringste Chance dagegen anzukommen und jetzt sitzt du hier und sagst mir plötzlich, dass du mich liebst. Dabei habe ich die ganze Zeit über geglaubt, dass du in mir nur eine Urlaubsaffäre siehst. Du machst mich fertig!"

Christopher lachte leise und wischte mir mit den Daumen die Tränen von den Wangen.

„Das ist nicht witzig, Chris", murrte ich. „Mich hat der Gedanke, dass bald alles vorbei sein würde, beinahe verrückt gemacht. Ich habe die ganze Zeit krampfhaft versucht, meine Gefühle im Zaum zu halten, was sich in deiner Nähe als unmöglich herausgestellt hat."

„Doch, irgendwie ist es schon witzig. Wenn ich gewusst hätte, was in dir vorgeht, hätte ich dich vermutlich schon früher gebeten, mit mir zusammenzubleiben. Nur leider hast du immer davon gesprochen, dass wir nach den zwei Wochen getrennter Wege gehen, weshalb ich nicht wusste, ob du mich überhaupt dauerhaft willst. Du meintest selbst, dass du derzeit die Nase von Männern und Beziehungen voll hättest."

„Wieso, wie lange weißt du es denn schon?"

„Dass ich diese zwei Wochen nach ihrem Ablauf nicht als beendet ansehen wollte, seit dem Sternschnuppenfest. Dass ich dich liebe, seit dem Abend an dem wir mit Josh wandern waren."

„Oh man", stöhnte ich und ließ meine Stirn gegen seine sinken. Mir kam mein Wunsch in den Sinn, den ich am Abend des Festes den Sternschnuppen mehrfach zugetragen hatte. „Weißt du, was ich mir von den Sternschnuppen gewünscht hatte?"

„Nein", erwiderte er und griff nach meiner Hand, um seine Finger mit meinen zu verschränken, während die andere immer noch an meiner Wange ruhte.

„Ich habe mir gewünscht, dass diese zwei Wochen mit dir niemals enden mögen."

„Heißt das, du gibst uns eine Chance?"

„Ja, Chris, denn ich liebe dich ebenfalls und es hätte mir das Herz gebrochen, dich ziehen zu lassen."

Voller Leidenschaft zog er mich an sich und küsste mich so stürmisch, dass meine Nervenenden zu prickeln begannen. Unsere Zungen trafen sich auf halbem Weg und verfielen in einen wilden Kampf, bis ich das Gefühl hatte, keine Luft mehr zu bekommen. Keuchend lösten wir uns voneinander, um wieder zu Atem zu kommen.

„Lass uns reingehen und bezahlen. Ich habe das dringende Bedürfnis von hier zu verschwinden und das noch dringlichere Anliegen, nachzusehen, was du unter diesem Kleid trägst." Er stand auf und zog mich auf die Beine.

„Weniger als du glaubst", raunte ich und spürte, wie er sich anspannte und sein Schritttempo beschleunigte, um so schnell wie möglich zurück in die Hütte zu kommen. Doch das entsprach genau dem, was ich ebenfalls wollte. Ich musste ihn dringend in mir spüren, um mir sicher sein zu können, dass das hier kein Traum war. Dass dieser Mann an meiner Seite der Realität entsprach und ich ihn in wenigen Tagen nicht für immer verlieren würde. Natürlich wären noch einige Hürden zu meistern, doch darum würden wir uns in den nächsten Tagen kümmern. Jetzt wollte ich ihm einfach nur so nahe sein wie möglich.

KAPITEL 16

Der Tag der Abreise kam schneller als mir lieb war. Wir waren beide schon sehr früh aufgestanden, um die Hütte vor unserer Abreise noch auf Vordermann zu bringen.

Nach einem letzten gemeinsamen Frühstück, packten wir unsere Taschen und verstauten sie in den Fahrzeugen. Christophers Bilder hatten schon am Vorabend ihren Platz im Kofferraum eingenommen, weshalb er seinen Koffer auf die Rückbank, neben die zusammengeklappte Staffelei und die Kiste mit den Malutensilien, stellte.

Die Hütte war sauber und bereit abgeschlossen zu werden. Das Schlüsselversteck hatte ich wie geplant aufgelöst, damit ich bei meiner nächsten Ankunft keine neue Überraschung erleben würde. Wer wusste schon, ob mein Bruder meine Drohung wahrnahm oder erneut auf die Idee kam, meinen Besitz an fremde Leute zu vermieten.

So stand ich an der Haustür und ich sah mich ein letztes Mal um. In meinem Inneren tobte ein gewaltiger Sturm, weil ich wusste, dass nun der Abschied unmittelbar bevorstand. Mir war natürlich klar, dass er nur von kurzer Dauer sein würde, nichtsdestotrotz fiel es mir unsagbar schwer, Christopher auf Wiedersehen zu sagen.

Wir hatten uns die letzten Tage, seit er sein Liebesgeständnis abgelegt hatte, kaum aus dem Bett bewegt. Unzählige Male hatten wir uns geliebt, mal wild und kurz, aber auch langsam, leidenschaftlich und voller Zärtlichkeit. Inzwischen spürte ich, dass ich zwischen den Beinen wund gerieben war, doch das störte mich nicht. Es erinnerte mich schließlich an so viele schöne Stunden mit dem Mann in den ich mich in den letzten zwei Wochen Hals über Kopf verliebt hatte.

Ich schloss die Tür hinter mir, drehte den Schlüssel herum und zog ihn ab. In meiner Hand hielt ich noch ein Stück Apfel, dass ich für Percy auf seinen Futterplatz legen wollte, bevor ich losfuhr. Um so mehr freute es mich, als der kleine Racker bereits dort saß, als hätte er gewusst, dass wir uns mal wieder für eine gewisse Zeit voneinander verabschieden müssten.

„Guten Morgen Percy. Wie schön dich nochmal zu sehen." Percy kam zu mir gelaufen und ich nahm ihn auf meinen Arm. Ich gönnte mir noch einen kurzen Augenblick, um ihn zu streicheln, bevor ich im seinen Apfelschnitz gab und ihn wieder zurück auf den Boden setzte. Das war der Moment, als mir die ersten Tränen in die Augen stiegen. Ich hatte noch nie einen so starken Widerwillen gespürt, diesen Ort zu verlassen, als in dem Moment, indem Percy im Gestrüpp verschwand. Vermutlich lag es mitunter an dem Wissen, dass ich mich nun auch von Christopher verabschieden musste, der zu mir getreten war und mir nun gegenüberstand.

„Oh Babe, bitte weine nicht", meinte Christopher und nahm mich in seine Arme. „Es ist nur für kurz. Du weißt, mir bleibt nichts anderes übrig, als jetzt nach Seattle zu fahren und meine Angelegenheiten zu klären."

Ich nickte, weil wir die letzten Tage darüber gesprochen hatten. Er musste aus mehreren Gründen zurück, weshalb er auch beschlossen hatte, zeitgleich mit mir abzureisen. Er würde klären, ob er nun der Vater von

Zoes Kind war oder nicht. Außerdem würde er bei der Gelegenheit seinem Freund all die Bilder in die Galerie bringen, die zum Verkauf bereit waren. Zudem wollte er ein Gespräch mit seinen Eltern führen, wobei er mir nicht gesagt hatte, worum es bei diesem Gespräch gehen würde. Weil ich der Meinung war, dass mich die Angelegenheiten zwischen seinen Eltern und ihm nichts angingen, hatte ich auch nicht weiter nachgefragt. Des Weiteren wollten wir beide diese Zeit nutzen, um darüber nachzudenken, wie wir unsere Leben vereinen könnten. Eine Fernbeziehung kam für uns beide auf Dauer nicht in Frage. Dazu war die Distanz zwischen Seattle und Missoula zu groß. Deshalb würde jeder für sich in Ruhe in sich gehen, um zu überlegen, wie er sich eine gemeinsame Zukunft vorstellte.

Christopher rückte ein wenig von mir ab, um mich ansehen zu können. „Wir werden wie versprochen jeden Abend telefonieren und sehen uns so bald wie möglich wieder. Mir wäre es auch lieber, ich müsste nicht von deiner Seite weichen, aber es gibt nun mal Dinge, die ich geklärt haben möchte. Müsstest du morgen nicht arbeiten, würde ich dich einfach mit zu mir nehmen, aber auch das geht leider nicht."

Ich sah zu ihm auf, nickte und konnte dabei die Tränen spüren, die über meine Wangen perlten. Liebevoll küsste er sie weg, bevor er meinen Mund ein letztes Mal in Besitz nahm.

„Ich liebe dich, Stella."

„Ich liebe dich auch."

Arm in Arm liefen wir zu unseren Fahrzeugen. Ich stieg zuerst ein, während Christopher neben meiner

Wagentür stehen blieb.

„Wir hören uns heute Abend. Fahr vorsichtig", bat er und schloss die Tür.

Ich kurbelte das Fenster herunter und antwortete: „Das gleiche gilt für dich und ich freue mich jetzt schon darauf, deine Stimme zu hören." Der Motor heulte auf, als ich ihn startete, und Christopher trat einen Schritt zurück. Er ließ mich keinen Moment aus den Augen, als ich zurücksetzte und den ersten Gang einlegte, um vom Grundstück zu fahren. Mein Herz war entsetzlich schwer. Doch ich versuchte meine Tränen im Zaum zu halten. Ich wusste, dass es nur eine Trennung auf Zeit war und ich sollte mich einfach darauf freuen, ihn hoffentlich sehr bald wiederzusehen.

Mit einer Kusshand in seine Richtung gab ich Gas und begab mich auf den Heimweg. Im Rückspiegel sah ich wie Christopher mir hinterher blickte, bis ich aus seinem Sichtfeld verschwunden war.

***

Da stand er nun und ein Gefühl von Sehnsucht überkam ihn. Dabei war sie eben erst davongefahren. Ihm war diese Trennung ebenso schwergefallen wie ihr. Doch sie war notwendig. Er hatte vor wenigen Tagen eine Textnachricht von Zoe erhalten, dass die Geburt ohne Komplikationen verlaufen sei und sie einen kleinen Jungen auf die Welt gebracht hatte. Zudem hatte sie versprochen, dass sie sich in den nächsten Tagen darum kümmern würden, die Haarproben für den Vaterschaftstest ins Labor zu schicken. Dafür hatte er extra vor seiner Abreise eine

Probe bei ihr gelassen. Stella hatte er nichts von dieser Nachricht erzählt, weil er die Zeit, die ihnen noch geblieben war, mit angenehmeren Dingen verbringen wollte. Tatsache war jedoch, dass er froh war, wenn er endlich wissen würde, ob er der Kindsvater war. Stella hatte ihm zwar versichert, dass sie, wenn er der Vater sein sollte das Kind akzeptieren würde, wofür er ihr sehr dankbar war, doch diese ständige Ungewissheit trieb ihn in den Wahnsinn. Er wollte nun endlich Fakten auf dem Tisch haben, um dann mit Stella seine Zukunft verbringen zu können, wie auch immer diese aussehen würde.

Während Christopher seinen Gedanken nachging, lief er zu seinem Wagen und öffnete die Fahrertür. Er setzte sich auf den Sitz und zog die Tür zu. Im Innenraum roch es noch leicht nach Frühlingsblumen, Stellas ganz eigenem Geruch, den er so sehr liebte. Es freute ihn, dass er während der Fahrt ihren Duft in der Nase haben würde, auch wenn er Stella in körperlicher Form dem vorgezogen hätte. Doch man musste zufrieden sein mit dem was man hatte. Der Wagen sprang fasst lautlos an, als er den Startknopf betätigte und den Rückwärtsgang einlegte. Ein letztes Mal sah er zu den Bergen, genoss noch einmal den Anblick der atemberaubenden Kulisse, bevor er den Gang einlegte und sich auf den Weg nach Seattle machte.

***

Noch nie war ich so ungern nach Hause gekommen, was nicht daran lag, dass ich mich nicht auf Jane freute, sondern eher daran, dass Christopher nicht bei mir war. Ich schloss die Haustür auf und stieg mit meinem Rucksack auf dem Rücken die Treppe hoch, in den ersten Stock. Als ich die Wohnungstür öffnete, erkannte ich schon, dass es im Innern extrem ruhig war. Kein Mucks war zu hören, weshalb ich vermutete, dass Jane und Brain gar nicht hier waren. Seufzend stellte ich meinen Rucksack im Flur ab und ging in die Küche, wo ich auf dem Küchentisch die Antwort auf meine Vermutung in Form einer kleinen Nachricht fand.

Hallo Stella!
Wir sind bei Brains Eltern zum Essen eingeladen.
Wird vermutlich Abend bis wir wieder hier sind. Freu
mich schon auf dich, Küsschen, Jane

Tja, das hieß dann wohl, dass ich die nächsten Stunden alleine sein würde. Es war gerade erst halb Fünf, weshalb Jane und Brain wohl noch eine Weile weg sein würden.

Um mir die Zeit zu vertreiben und sie nicht mit Trübsal blasen zu vergeuden, packte ich meinen Rucksack aus und begann damit, Wäsche zu waschen. Anschließend inspizierte ich den Kühlschrank und fand eine viertel Pizza darin, die ich kurz in die Mikrowelle schob und sie dann im Wohnzimmer vor dem Fernseher verspeiste. Leider hatte der Fernseher nichts Sehenswertes zu bieten, weshalb ich mir kurzerhand ein Schaumbad einließ, um mir ein wenig körperliche Entspannung zu gönnen.

Mit geschlossenen Augen, genoss ich das warme Wasser. Der Schaum knisterte leise, während mich der Duft von Kiefernnadel einhüllte, welcher mich an die Wälder von Lake Louise erinnerte. Den Badezusatz hatte ich vor geraumer Zeit in einem Beautyshop entdeckt und gönnte mir ihn immer dann, wenn ich Sehnsucht nach der Hütte am See hatte. Dieses Mal war die Sehnsucht besonders groß, weil mir nicht nur die Hütte fehlte, sondern auch der Mann, den ich dort kennen und lieben gelernt hatte.

Mein Handy, das auf dem kleinen Regal neben der Wanne lag, klingelte und ließ mich aufschrecken. Ich trocknete schnell meine Hände ab, griff danach und nahm den Anruf aufgeregt entgegen, weil Christophers Name auf dem Display blinkte. Er hatte mir extra am Vorabend noch seine Nummer gegeben, dass auch ich ihn jederzeit erreichen könnte.

„Hallo Babe. Bist du schon zu Hause?"

„Chris, wie schön dich zu hören. Ja, ich bin zu Hause. Und du?"

„Ich bin eben erst angekommen. Ich habe auf dem Weg bei Jess gleich meine Bilder ausgeladen, damit sie nicht länger im Kofferraum herumliegen. Und, was machst du schönes?"

„Ich gönne mir gerade ein heißes Bad."

„Das ist ziemlich unfair, mir das zu erzählen."

Ich lachte auf. „Soll ich dich etwa anlügen?"

„In diesem Fall wäre es wohl gesünder für meine Gedanken gewesen, aber nein, dass sollst du natürlich nicht. Doch ich muss zugeben, dass die Vorstellung von dir, umgeben von Schaum der deinen nackten Körper umgibt, für ordentliche Spannungen in meiner Hose sorgt."

„Solange du Spannungen in der Hose hast, kann ich wenigstens sicher sein, dass du an mich denkst."

„Glaub mir, Stella, ich denke jede Sekunde an dich. Egal ob mit oder ohne Spannungen. Ich bin froh, wenn ich dich wieder bei mir habe."

„Das bin ich auch. Es wird seltsam sein, heute Nacht ohne dich einschlafen zu müssen. Ich habe mich schon richtig daran gewöhnt mich an dich schmiegen zu können."

„Wem sagst du das", stimmte er zu. „Ich habe es schon verhasst, während der Autofahrt nicht einfach nach deiner Hand greifen zu können. Du fehlst mir wirklich sehr."

„Du mir auch." Ich hörte wie die Wohnungstür ging. „Ich glaube, ich bekomme Gesellschaft."

„Wie meinst du das?", hakte Christopher nach.

„Jane und Brain waren nicht hier, als ich angekommen bin, aber eben ging die Wohnungstür und ich vermute..." Ich kam nicht dazu meinen Satz zu beenden, denn da wurde schon die Badezimmertür aufgerissen und Jane stürmte herein.

„Stella, na endlich", rief sie und fiel mir um den Hals. Dass ich dabei nackt und nass war, weil ich in der Wanne saß, störte sie reichlich wenig. „Ich freu mich so sehr, dass du wieder hier bist. Oh, du telefonierst", erkannte sie endlich und schenkte mir ein entschuldigendes Lächeln. „Entschuldige. Kommst du dann gleich?", erkundigte sie sich und senkte dieses Mal die Lautstärke ihrer Stimme.

„Klar! Lass mich nur noch mein Telefonat beenden und mir was überziehen, dann geselle ich mich zu euch."

Jane nickte zufrieden, ging hinaus und zog die Tür hinter sich zu.

„Entschuldige die Unterbrechung", sagte ich in den Hörer.

„Kein Problem. Jetzt hast du wenigstens jemand bei dir, der dich unterhält, solange ich es nicht tun kann."

„Das stimmt zwar, aber ich muss zugeben, dass ich deine Form von Unterhaltung hin und wieder bevorzuge."

„Nur hin und wieder?", erwiderte er empört.

Ich lachte. „Na ja, ab und zu brauche ich auch mal eine Pause, sonst kann ich irgendwann nicht mehr aufrecht gehen."

Jetzt lachte auch er. „Okay, das lasse ich gelten."

„Was hast du heute noch geplant?"

„Nicht mehr viel. Ich werde noch meinen Koffer auspacken und danach ins Bett fallen."

„Kann ich nachvollziehen, wenn du eben erst nach Hause gekommen bist."

„Dann widme dich jetzt mal deiner Freundin und wir hören uns morgen wieder."

„Ja, das mache ich. Dann bis morgen und schlaf schön."

„Du auch, Babe, und süße Träume."

Wir unterbrachen die Verbindung und ich stieg aus der Wanne, um mich kurz darauf in meinem Bärchenschlaf-anzug zu Jane und Brain ins Wohnzimmer zu setzen.

„Na endlich. Los, Stella, lass hören. Wie war es? Du hast dich letzte Woche überhaupt nicht mehr gemeldet. Ich hoffe, der Grund dafür ist positiv." Jane schien vor Neugierde fast zu platzen und sah mich abwartend an, während sie Brains Hand hielt.

„Hallo Brain, schön dich zu sehen", ignorierte ich im ersten Moment gekonnt ihre Frage, um sie noch etwas auf die Folter zu spannen.

„Ebenso. Du siehst erholt aus", stellte Brain fest.

„Ja, das bin ich auch. Ich wünschte nur, ich hätte noch

länger Urlaub machen können." Das war der Augenblick, bei dem ich Jane ansah und zu erzählen begann. „Der Urlaub war toll und hatte so einige Überraschungen zu bieten. Das mit meinem Bruder und Christopher Rade hatte ich dir ja erzählt."

Jane nickte, gespannt darauf was nun kommen würde.

„Ich habe mich in Chris verliebt und er sich in mich", verkündetet ich.

Meine Freundin stieß einen kurzen Jubelschrei aus. „Das ist ja der Wahnsinn. Erzähl! Wie ist er so? Lass aber die schmutzigen Details weg. Die kannst du mir erzählen, wenn Brain nicht hier ist."

„Hey!", murrte dieser und stieß sie empört von der Seite an.

„Er ist einfach perfekt. Der Traum von einem Mann. Er hat Charakter, Humor, ist liebevoll und sieht umwerfend aus. Allerdings gibt es da etwas, das er erst noch klären muss, bevor wir entscheiden können, wie wir unsere Leben verbinden."

Jane sah mich verwirrt an. „Das versteh ich nicht. Wo liegt denn das Problem."

„Das erste Problem wäre, dass er in Seattle lebt und ich hier. Das ist nicht gerade ein Katzensprung und auf eine Fernbeziehung ist keiner von uns scharf."

„Verständlich", murmelte Jane.

„Und dann wäre da noch das Problem mit dem ungeplanten Kind."

Jane riss entsetzt die Augen auf. „Was für ein Kind?"

Ich erzählte den beiden von Zoe und der eventuellen Vaterschaft.

„Wow, das kommt überraschend", meinte Jane.

„Wem sagst du das."

„Und was willst du tun, wenn er tatsächlich der Vater ist?", fragte Brain.

„Was soll ich dann schon tun?! Ich werde ihn unterstützen und wir müssten alles so planen, dass wir das Kind mit einbeziehen."

„Kommst du damit zurecht", hakte Jane skeptisch nach.

„Na ja, es steht ja noch nicht fest. Und wenn es so wäre, ist es ja nicht die Schuld des Kindes, unter diesen Umständen das Licht der Welt erblickt zu haben. Zugegeben, es fühlt sich seltsam an, aber wenn es so sein sollte, dann ist es vielleicht einfach Schicksal. Ich meine, ich kann schließlich selbst keine Kinder mehr bekommen und dann wäre ich zumindest eine Pflegemami oder sowas in der Art. Zudem, wer weiß schon, ob das mit mir und Chris für die Ewigkeit ist."

„Echt jetzt, Stella? Du hast ja schon wieder einen Optimismus, der zum Himmel stinkt."

„Warum? Wer weiß schon, ob etwas für die Ewigkeit ist. Es ist ja nicht so, dass ich mir das nicht wünschen würde, doch vielleicht kommt er irgendwann zu der Erkenntnis..."

Jane unterbrach mich. „Das denkst du doch nur, weil deine letzte Beziehung so beschissen geendet hat."

Ich zuckte mit den Schultern. „Vielleicht."

„Stella, wenn ich mit dieser Ansicht Jane einen Antrag gemacht hätte, wäre es vermutlich besser gewesen es sein zu lassen", mischte sich Brain nun ein und legte den Arm um Jane.

„Bei euch ist das etwas anderes. Du bist entschlossen mit Jane zusammenzubleiben. Willst sie sogar heiraten.

Chris und ich kennen uns gerade mal zwei Wochen und haben uns erst unsere Liebe gestanden. Das alles ist noch so neu und frisch, dass man nicht wissen kann, ob es hält. Im Urlaub ist immer alles so einfach, aber im Alltag kann schnell alles anders werden."

„Da gebe ich dir nicht ganz unrecht. Trotzdem solltest du mit mehr Optimismus an die Sache herantreten. Ein Haus ist nur so solide wie sein Baumaterial, wenn du verstehst was ich damit sagen will."

„Ja, Brain. Vermutlich hast du auch recht. Ich wünsche mir ja auch, dass wir alles hinbekommen und den Rest unseres Lebens miteinander verbringen. Ich denke, es ist einfach nur meine Unsicherheit, weil ich nicht weiß, was auf mich zukommt. Weil wir erst das Ergebnis des Vaterschaftstests abwarten müssen, um zu entscheiden, was wir mit unserer gemeinsamen Zukunft anfangen. Alles ist noch so ungewiss. Versteht ihr? Wir haben noch keine konkreten Pläne, weil wir ohne das Ergebnis nicht planen können."

„Das ist auch nachvollziehbar", stimmte Jane mir zu, griff nach meiner Hand und drückte sie leicht. „Du hast viel durchgemacht und es ist normal, dass dich manchmal Zweifel plagen. Du musst einfach versuchen es zu genießen, solange es andauert. Tust du das nicht, würdest du es ebenso bereuen, weil du etwas Wunderbares verpasst hast. Und wer weiß, vielleicht ist er ja tatsächlich der Mann, auf den du immer gewartet hast."

„So sehe ich das auch und ich hoffe inständig, dass du recht hast. Ich habe mir vorgenommen mein Leben wieder zu genießen und das werde ich tun. Wir werden sehen was daraus wird." Hinter vorgehaltener Hand unterdrückte ich ein Gähnen. „Nehmt es mir nicht übel, aber ich hau mich jetzt aufs Ohr. Ich muss morgen früh raus und es war ein langer Tag." Ich erhob mich und streckte meine Glieder.

„Kein Problem", meinte Jane verständnisvoll. „Wir sehen uns dann morgen. Schlaf gut."

„Danke, ihr auch."

Brain wünschte mir ebenfalls eine gute Nacht und ich verließ das Wohnzimmer, um in mein Zimmer zu gehen. Dort nutzte ich nur das Licht, das von der Straßenlaterne vor dem Haus durch mein Fenster fiel, um in mein Bett zu finden. Ich kroch unter meine Decke und schloss die Augen.

Trotz der Müdigkeit, die sich in mir breitmachte, konnte ich nicht sofort einschlafen. Meine Gedanken kreisten um den Mann, der mir sehr fehlte und von dem ich hoffte, dass er es so ernst mit unserer Beziehung meinte, wie ich es mir wünschte. Es war eigentlich noch zu früh, um von der Liebe des Lebens zu sprechen, doch für mich fühlte es sich genauso an. Jetzt, wo er nicht bei mir sein konnte, war mir das noch viel bewusster als zuvor. Das was ich bei Christopher empfand, hatte ich noch nie zuvor für einen Mann empfunden und dieses Gefühl wurde stetig stärker. Völlig verrückt, schoss es durch meine Gedanken. Wer hätte schon gedacht, dass ich in den Urlaub fahre, um auf Wolke sieben schwebend wieder zurückzukommen. Doch so war es und ich war froh darüber, denn Christopher war das Beste, was mir in meinem bisherigen Leben passiert war.

KAPITEL 17

Ich stürzte mich in die Arbeit, weil es das einzige war, was mich genügend beschäftigte, um mich von meinen Gedanken an Christopher etwas abzulenken. Es fiel mir zwar nicht leicht, mich auf etwas anderes zu konzentrieren, doch schlussendlich blieb mir ohnehin nichts anderes übrig. In unserem Büro waren zwei Kollegen an der Sommergrippe erkrankt, die im Moment kursierte, weshalb meine Chefin mehr als froh darüber war, dass ich aus meinem Urlaub zurück und somit wieder im Einsatz war. Schon morgens um acht, saß ich an meinem Schreibtisch und wälzte mich durch die Aufträge, die zu erledigen waren. Durch meine Abwesenheit und das erkranken meiner Kollegen, hatte sich einiges angestaut, das dringend erledigt werden musste. Doch das kümmerte mich nicht. Die Zeit verging bei der Arbeit wesentlich schneller und zudem machte mir mein Job Spaß, weshalb ich mich gern darum kümmerte.

In der Mittagspause meines ersten Arbeitstages fuhr ich zu meinem Vater ins Pflegeheim. Ich vermisste ihn schrecklich und wollte ihn endlich wieder besuchen. Wie immer erinnerte er sich nicht mehr an mich, als ich sein Zimmer betrat, was mich sehr traurig stimmte. Deshalb erklärte ich ihm, wie schon etliche Male zuvor, wer ich war. Zum Beweis zeigte ich ihm das Foto von ihm und mir, welches ich immer in meinem Geldbeutel aufbewahrte.

Damals war ich noch ein kleines Mädchen gewesen.

Genaugenommen war es an meinem zehnten Geburtstag entstanden. Wir hatten Partyhüte auf den Köpfen und Luftschlangen um die Hälse gelegt. Er trug mich auf seinen Schultern und wir lachten gemeinsam in die Kamera, die damals meine Mutter ausgelöst hatte. Erst als diese immer wieder nötige Routine abgeschlossen war und mein Vater verstand, dass ich tatsächlich seine Tochter war, hakte ich mich bei ihm unter und ging mit ihm nach draußen, an die frische Luft.

Ich erkundigte mich, wie es ihm in den letzten zwei Wochen ergangen war und lauschte aufmerksam seinem Bericht. Im Gegenzug erzählte ich ihm von meinem Urlaub. Dabei fingen seine Augen regelrecht an zu leuchten.

„Dort war es immer so schön", beteuerte er.

„Du erinnerst dich noch immer an Lake Louise?"

„Ja, ich war dort mit...", er überlegte kurz, „ich glaube, es war meine Frau, deine Mutter."

„Ja, genau. Nat und ich waren auch dabei."

„Wer ist Nat?", fragte er prompt.

„Dein Sohn", erklärte ich ihm.

„Ich...", er schüttelte traurig den Kopf.

Beruhigend legte ich die Hand auf seinen Arm. „Es ist nicht schlimm, wenn du dich nicht erinnerst."

Wir saßen draußen auf einer Parkbank in dem kleinen Garten, der zu dem Pflegeheim gehörte, und genossen die Sonne. Es war herrlich warm. Die Bienen summten um die Blumen, die neben uns in einem Beet blühten und suchten emsig nach Nektar.

„Und du hast dort einen Mann kennengelernt?", hakte er nach.

„Ja, genau", erwiderte ich und fuhr mit meiner Erzählung fort.

„Dann ist es euch also ernst?", wollte mein Vater wissen, nachdem ich fertig war.

„Ja, ich denke schon. Ich liebe ihn und er mich auch. Er ist so liebevoll und führsorglich, hat Humor... kurz gesagt, Christopher ist das Beste was mir in meinem Urlaub passieren konnte."

„Das freut mich für dich. Es ist schön zu wissen, dass meine Tochter glücklich ist."

„Das bin ich. Am liebsten hätte ich meinen Urlaub noch verlängert, um noch mehr Zeit mit ihm dort verbringen zu können."

„Das kann ich verstehen. Ich würde auch gerne wieder dorthin fahren. Es war mein allerliebster Platz auf dieser Welt."

„Nach Lake Louise?"

Er nickte. „Das ist eines der wenigen Dinge, an die ich mich noch erinnern kann und ich würde diesen Ort so gern noch einmal besuchen, bevor ich ihn auch vergesse und irgendwann sterbe."

Bei seinen Worten trieb es mir Tränen in die Augen und ich musste heftig blinzeln, um sie daran zu hindern, sich ihren Weg über meine Wangen zu bahnen. „Daddy, du wirst noch nicht sterben. Hörst du? Und wenn es dein Wunsch ist, nach Lake Louise zu fahren, dann werde ich sehen, was ich tun kann. Doch ich muss zuerst mit deinem Arzt sprechen, um mich zu erkundigen, ob das möglich ist. In Ordnung?"

„Das würdest du tun? Obwohl ich dich nicht einmal mehr erkenne?"

„Natürlich! Du bist mein Vater und ich hab dich schrecklich lieb. Ich würde alles tun, was in meinen Möglichkeiten steht, damit du glücklich bist, Daddy."

„Das...", er rang um Fassung. „Ich hasse es, mich an so vieles nicht mehr zu erinnern. Es ist schrecklich, wenn man morgens aufwacht und nicht einmal mehr weiß, was man am Abend zuvor gegessen hat."

„Das kann ich verstehen. Ich wünschte, ich könnte mehr tun, als dir zu helfen, dich zu erinnern."

„Du tust schon genügend für deinen alten Herrn. Ich danke dir für dein Verständnis und dass du das für mich tun willst."

„Nicht der Rede wert. Leider muss ich dich jetzt wieder reinbringen. Die Arbeit ruft und ich bin ohnehin schon spät dran."

Er nickte und ich half ihm beim Aufstehen. Gemeinsam liefen wir nebeneinander her.

„Stellst du mir diesen Christopher Rade irgendwann einmal vor?"

„Natürlich! Das hat oberste Priorität", versprach ich ihm.

Wir erreichten den Eingang und wurden an der Tür von einer Pflegerin empfangen.

„Mr. Hanson, da sind Sie ja wieder. Hatten Sie einen schönen Spaziergang mit Ihrer Tochter?"

Er nickte und wandte sich mir zu. „Danke, dass du bei mir warst. Auch wenn ich dich das nächste Mal vermutlich wieder nicht erkenne, weißt du hoffentlich, dass ich mich freue, wenn du mich besuchen kommst."

„Natürlich Daddy. Ich hab dich lieb und komme so bald wie möglich wieder her. Ich könnte bei meinem nächsten Besuch das alte Fotoalbum mit den Bildern von Lake Louise mitbringen. Dann können wir sie uns gemeinsam ansehen und in Erinnerungen schwelgen. Wie wäre das?"

„Das wäre wunderbar."

„Dann mache ich das. Bis bald, Daddy."

Wir umarmten uns, bevor ich mich umdrehte und in entgegengesetzter Richtung davonlief. Dieses Mal schaffte ich es nicht mehr, die Tränen zurückzuhalten, die sich schon die ganze Zeit hinter meinen Augenlidern sammelten und darauf drängten, ihren Weg nach draußen zu finden. Es war ein schreckliches Gefühl, jedes Mal aufs Neue meinem Vater erklären zu müssen, wer vor ihm stand. Und noch schlimmer ihn dann mit genau diesem Wissen wieder zu verlassen, dass es bei meinem nächsten Besuch wieder so sein würde. Es fühlte sich an, als würden wir uns bei meinen Besuchen jedes Mal aufs Neue annähern, um dann dabei zusehen zu müssen, wie die Brücke, die zwischen uns geschaffen wurde, wieder einstürzte. Es war einfach furchtbar. Mein Vater war alles für mich und wir hatten immer ein tolles Vater-Tochterverhältnis gehabt. Sein jetziger Zustand machte mich emotional fertig, weil ich wusste, dass ich rein gar nichts dagegen ausrichten konnte.

Sein Arzt, der mich über seinen gesundheitlichen Zustand auf dem Laufenden hielt, hatte mir einst erklärt, dass es mit zunehmendem Alter sogar noch schlimmer werden könnte. Es gibt Demenzfälle die bettlägerig und sogar inkontinent werden, hatte er mir erklärt. Die Vorstellung, meinem Vater könnte es ebenso ergehen, war schrecklich, weshalb ich nicht darüber nachdenken wollte.

Ich nahm mir vor, so bald wie möglich, mit seinem Arzt zu sprechen und zu klären, ob es aus medizinischer Sicht möglich wäre, mit ihm nach Lake Louise zu fahren, um gemeinsam dort Urlaub zu machen. Außer Tabletten, die ich ihm verabreichen könnte, brauchte er derzeit noch keine Medikamente und solange ich nicht arbeiten musste, könnte ich mich problemlos um ihn kümmern. Vielleicht tat ihm ein Urlaub dort gut. Ich wusste schließlich, wie sehr sein Herz an diesem Ort hing und dass er ihn immer als sein zweites Zuhause angesehen hatte.

Den Nachmittag verbrachte ich mit weiterer Arbeit, die nicht weniger zu werden schien, weshalb ich erst spät Schluss machte. So verbrachte ich einen Tag nach dem anderen und fieberte immer dem Highlight entgegen, das der Abend mit sich brachte.

Ich freute mich immer sehr, wenn ich abends auf die Straße trat und mich auf den Heimweg machte, weil ich wusste, dass ich nun bald wieder Christophers Stimme hören würde. Wir telefonierten jeden Abend, berichteten uns von den Ereignissen des Tages und beteuerten, wie sehr wir einander fehlten. Selbst tagsüber bekam ich ab und zu eine Textnachricht von ihm, in der er schrieb, wie sehr ich ihm fehlen würde und dass keine Sekunde verstreichen würde, an der er nicht an mich dachte. Trotzdem blieb immer noch die Frage offen, wann wir uns wiedersehen würden. Ich hatte ihn zwar danach gefragt, doch er meinte, dass er es noch nicht wüsste, da er vor Ort noch einiges zu klären hätte.

Die Strecke zwischen Missoula und Seattle betrug

fast fünfhundert Meilen, weshalb ein kurzer Trip mit dem Auto am Wochenende unmöglich war. Man würde mehr Zeit im Wagen verbringen als Nutzen daraus ziehen. Trotzdem wollte ich nicht länger als nötig auf Christopher verzichten. Deshalb nahm ich mir vor mich über die möglichen Flugverbindungen zu informieren. Missoula hatte ebenso einen Flughafen wie Seattle. Es wäre ein geringer Zeitaufwand zu fliegen, vorausgesetzt es würde die Kosten nicht sprengen. Doch da es sich um einen Kurzstreckenflug handelte, war ich guter Hoffnung, dass die Entfernung zwischen uns so überbrückbar sein würde.

Frohen Mutes verließ ich somit an meinem vierten Arbeitstag noch später als sonst mein Büro und fuhr nach Hause, entschlossen das Problem mit der Entfernung in Angriff zu nehmen. Ich würde den Abend im Internet verbringen und versuchen einen günstigen Flug für den nächsten Abend zu bekommen. Wenn es klappen sollte, könnte ich das Wochenende bei Christopher in Seattle verbringen. Natürlich nur, wenn das für ihn in Ordnung wäre, doch das könnte ich bei unserem abendlichen Telefonat mit ihm klären und ihn somit gleich mit meiner spontanen Idee überraschen.

Ich parkte vor dem Haus, stellte den Motor ab und stieg, bepackt mit meiner Tasche, die mich grundsätzlich zu meiner Arbeit begleitete, aus. Eine Nachbarin kam gerade aus dem Haus und hielt mir freundlich grüßend die Tür auf. Ich erwiderte ihren Gruß und lief durchs Treppenhaus nach oben. Ich war gerade dabei den Schlüssel in das Türschloss der Wohnungstür zu stecken, da wurde sie auch schon von innen geöffnet.

„Hallo, ihr Zwei", meinte ich zu Jane und Brain, die sich an mir vorbeidrängelten und es anscheinend gar nicht erwarten konnten, die Wohnung zu verlassen.

„Hallo, du bist heute aber spät dran", bemerkte Jane, die ein breites Grinsen im Gesicht trug und von Brain weitergeschoben wurde.

„Ja, ich habe noch die Gestaltung eines Flyers übernommen, weil Susan immer noch krank ist. Wo wollt ihr denn so eilig hin?"

„Wir wollen ins Kino und sind spät dran", gab Brain erklärend zurück.

„Oh, na dann, viel Spaß und bis später."

„Dir auch viel Spaß."

In der Wohnung schloss ich die Tür und stellte meine Tasche auf die kleine Kommode, die im Flur stand. Ich schlüpfte aus meinen Schuhen, zog mein Handy aus der Tasche und ging in die Küche, um mir etwas zum Trinken und Essen zu holen. Bewaffnet mit einer Coke und einem Apfel – ich hatte keine Lust für mich allein zu kochen – lief ich ins Wohnzimmer, wo mein Laptop stand, um nach einem Flug zu suchen. Unterdessen scrollte ich bereits durch die Kontaktliste meines Handys und rief Christophers Nummer auf. Da ich mit meinem Handy beschäftigt war, fuhr ich vor Schreck so sehr zusammen, als ich durch die Tür trat, dass meine Coke mit samt dem Apfel aus meiner Armbeuge rutschte und polternd zu Boden fiel.

„Hallo Babe."

Da stand er, Christopher, so sexy wie eh und je, hatte einen Strauß mit roten Rosen in der Hand und lächelte mich an.

„Chris?", flüsterte ich völlig überrascht und stürmte im nächsten Moment auf ihn zu. Überschwänglich fiel ich ihm um den Hals und hielt mich an ihm fest. So sehr hatte ich ihn vermisst, dass ich nicht gewillt war, ihn in nächster Zeit wieder loszulassen.

Ihm schien es nicht anders zu gehen, denn er hob mich an und erwiderte die Geste, während er sich mit mir auf das Sofa setzte, das hinter ihm stand. Ich saß rittlings auf seinem Schoss und sog gierig seinen männlichen Duft ein. Seine Lippen strichen über meine Schläfe hinab, bis sie auf meinen Mund trafen. Stürmisch küssten wir uns, als müssten wir die verlorene Zeit der vergangenen Tage nachholen. Seine Zunge drängte sich gegen meine und ich konnte einen Hauch von Pfefferminz schmecken. Zärtlich knapperte ich an seiner Unterlippe, während ich spürte, wie Leidenschaft immer mehr in mir aufflammte. Mein Körper verzehrte sich nach ihm und auch er blieb nicht ungerührt, was mir die harte Beule in seiner Hose bewies. Seine Finger fanden die Knöpfe meiner Bluse und öffneten sie.

„Wow, wenn du jetzt immer so sexy angezogen bist, werde ich meine Hände nie mehr von dir lassen können", raunte er und starrte auf den schwarzen Spitzen-BH, den ich unter meiner dunkelgrünen Bluse trug.

Da mir in den vergangenen Tagen nicht die Zeit geblieben war, um shoppen zu gehen, hatte ich Jane gebeten mir eine Auswahl aus Harpers Modeladen mitzubringen, damit ich mir etwas aussuchen konnte. Jane war völlig aus dem Häuschen gewesen und hatte sich kein zweites Mal bitten lassen. Gleich fünf Tüten voll hatte sie mir mitgebracht, die ich zu Hause in aller

Ruhe durchsehen konnte. Das was mir nicht gefallen oder gepasst hatte, nahm sie wieder mit. So konnte ich meinen Kleiderschrank wieder auffüllen, um mein Äußeres wieder ansehnlicher zu gestalten.

„Dann tu es bitte nicht, denn ich bin süchtig nach deinen Händen", flehte ich und keuchte auf, als seine Finger über den zarten Stoff strichen. Sie fanden meine harten Knospen und kniffen leicht hinein. Ich wusste, ich könnte keinen Moment länger warten, so sehr verzehrte ich mich nach ihm. Mein Schritt pochte heftig und mein Blut rauschte wie flüssige Lava durch meine Adern und ließ mich regelrecht vor Lust brennen. Ich brauchte ihn auf der Stelle, musste ihn in mir spüren und endlich Erlösung finden.

Christopher trug ein weißes Shirt, das ich ihm ungeduldig über den Kopf zog. Seine Gürtelschnalle war als nächstes dran und gleich darauf die Knöpfe seiner Jeans. Seine Erektion drängte sich mir sofort entgegen, als ich den Stoff zur Seite schob. Die Spitze glänzte bereits, was mich dazu animierte meinen Daumen darüberzugleiten zu lassen. Er stöhnte auf und machte sich ebenfalls an meiner Hose zu schaffen. Um es uns beiden leichter zu machen, weil ich keinen Funken Geduld mehr im Leib hatte, erhob ich mich kurz, schälte mich im Nu aus meinen Kleidern und ließ mich dann auf ihm nieder, wobei ich ihn sofort in mich aufnahm. Das Gefühl ihn endlich wieder in mir zu spüren, war noch gewaltiger als ich geahnt hatte. Alle meine Nervenenden waren so empfindlich, dass ich mich unter lauten Stöhnen zu bewegen begann. Ich ritt ihn, als gebe es kein Morgen, was uns beide in Rekordgeschwindigkeit auf unseren

Höhepunkt zutrieb. Wie eine Ertrinkende schnappte ich nach Luft, während die Welle über uns hinwegfegte. Sein Muskel pulsierte, als er sich entlud und meine Wände hielten ihn so fest an Ort und Stelle, als wollten sie ihn nie wieder loslassen.

Keuchend bettete ich meinen Kopf auf seine Schulter, um erst mal wieder zu Atem zu kommen. „Hallo auch", meinte ich, als sich mein Puls beruhigt hatte. „Was tust du denn hier?"

„Dich überraschen, was mir sichtlich gelungen ist. Du hättest dein Gesicht sehen sollen, als du zur Tür hereingekommen bist. Unbezahlbar!"

Ich hob den Kopf, um ihn anzusehen. „Sehr witzig", erwiderte ich lächelnd.

„Ich wollte dich sehen, Stella. Keinen weiteren Tag hätte ich ohne dich ertragen. Deshalb bin ich in einen Flieger gestiegen und hergekommen."

Mein Lächeln wurde zu einem Lachen. „Das hatte ich für morgen auch geplant. Ich wollte heute nach einem günstigen Flug suchen, um dich am Wochenende besuchen zu können."

Auch wenn ich am liebsten ewig so auf ihm sitzen geblieben wäre, stand ich auf, schnappte mir meine Bluse und zog sie über.

„Erster!", meinte er triumphierend.

„Durchaus."

„Ich habe dich wahnsinnig vermisst und bin so froh, dich endlich wieder bei mir zu haben. Übrigens, die Rosen sind für dich." Er griff neben sich nach den Rosen, die er irgendwann auf dem Sofa abgelegt haben musste, und reichte sie mir.

„Danke, die sind wunderschön." Ich nahm dem Strauß entgegen und roch genüsslich daran, bevor ich in die Küche eilte, um eine Vase zu holen und sie ins Wasser zu stellen.

Christopher folgte mir und sah mir bei meinem Tun zu.

„Dann warst du also der Grund, warum Jane und Brain so eilig verschwunden sind."

„Ja, sie meinten, sie würden uns für die nächsten drei Stunden die Wohnung überlassen, um unser Wiedersehen zu feiern."

„Wie aufmerksam von ihnen", meinte ich lachend.

„Finde ich auch", stimmte er zu und näherte sich langsam. Er hatte seine Jeans wieder zugeknöpft, sein Oberkörper war jedoch noch nackt und zog meinen Blick magisch an. „Doch bevor ich mir von dir dein Schlaf-zimmer zeigen lasse, um das von eben zu wiederholen, gibt es da noch etwas, das ich dir sagen möchte."

„Ach, und das wäre?", wollte ich wissen, legte meine Hände auf seine Brust und sah zu ihm auf.

„Der Vaterschaftstest war negativ. Ich bin nicht der Vater von Zoes Baby. Tom ist es." Er strahlte und ich sah ihm an, dass eine Last von ihm abgefallen war.

Ich schloss meine Arme um seine Mitte und hielt ihn fest. „Das freut mich für dich. So ist es vermutlich für alle Beteiligten das Beste."

„Ja, durchaus. Noch besser ist jedoch, dass ich jetzt komplett frei bin. Verstehst du was ich meine?"

Ich schüttelte verwirrt den Kopf, da ich nicht ganz wusste auf was er hinauswollte.

„Wäre ich der Vater gewesen, hätte ich in der Nähe des Kindes bleiben müssen. Zumindest war das mein

Plan, da alles andere nicht fair gegenüber dem Kind gewesen wäre. Doch nun muss ich das nicht mehr." Er strich mir eine Haarsträhne aus dem Gesicht und steckte sie hinter mein Ohr. „Ich weiß nicht, ob du dir schon Gedanken über unsere Wohnsituation gemacht hast. Ich jedenfalls habe es."

„Nein, ehrlich gesagt, noch nicht so wirklich", gab ich zu. „Ich dachte, es wäre besser, das Ergebnis abzuwarten."

„Dann lass mir dir erörtern, wie mein Plan aussieht."

„Da bin ich aber gespannt."

„Wie wäre es, wenn wir gemeinsam nach Lake Louise ziehen?"

„In meine Hütte?"

„Nein, Babe, wir wohnen in einem Schuhkarton", meinte er lachend. „Natürlich in deiner Hütte. Es hätte doch einige positive Vorteile. Du liebst diesen Ort und könntest durch einen Umzug das ganze Jahr dort verbringen. Ich kann überall arbeiten und meine Bilder in der Not nach Seattle schicken. Du könntest dich als Werbegrafikerin selbstständig machen und von zu Hause aus arbeiten. Jane und Brain könnten dann in der Wohnung bleiben und müssten nicht ausziehen, was ihnen sehr entgegenkommen würde."

„Wie jetzt? Du hast schon mit ihnen darüber geredet?"

„Ja, während ich auf dich gewartet habe. Jane war zwar etwas geknickt, über die Tatsache, dass ihr euch dann nicht mehr jeden Tag sehen würdet, aber sie meinte, sie wolle, dass du glücklich wirst. Außerdem könntet ihr Skypen und euch besuchen."

Ich ließ mich etwas überfordert auf den Küchenstuhl sinken, der mir am Nächsten stand. „Ich weiß nicht so recht. Was wird aus meinem Vater? Ich kann ihn nicht hier zurücklassen."

Christopher ging vor mir in die Hocke und nahm meine Hände in seine. „Du hattest mir doch am Montagabend von deinem Besuch bei ihm erzählt und dass er den See vermisst. Ich habe mich erkundigt, in Lake Louise gibt es ein nettes, kleines Pflegeheim. Er könnte seinen Lebensabend dort verbringen und durch deine Selbständigkeit wärst du sogar flexibler. Du könntest dir wesentlich mehr Zeit für ihn nehmen. Schließlich fällt dann die Miete weg und ich bin ja auch noch da, was das Geld verdienen angeht. Alles wäre entspannter und viel einfacher."

„Das klingt ja alles ganz toll, aber was, wenn es mit uns nicht klappt, Chris. Wir kennen uns gerade zweieinhalb Wochen, haben davon nur zwei miteinander verbracht. Mal ganz davon abgesehen, dass ich nie deine erste Wahl gewesen wäre. Oder sagen wir mal, wenn die Machenschaften meines Bruders nicht dafür gesorgt hätten, dass wir uns miteinander abgeben müssen, hättest du es nicht getan. Wer sagt mir, dass du meiner nicht doch irgendwann überdrüssig wirst und lieber eine Frau möchtest, die Kinder..."

Er unterbrach mich, indem er seine Lippen fest auf meine presste. Nachdem er mich zum Schweigen gebracht hatte, erhob er sich und meinte: „Warte hier, ich bin gleich wieder da", und stürmte aus der Küche.

Ich hörte, wie er die Wohnungstür öffnete und nach draußen lief. Dabei war ihm wohl ganz egal, dass er halb nackt durch mein Wohnhaus lief, doch das war momentan meine kleinste Sorge.

Völlig durcheinander blieb ich einfach sitzen und tat, um was er mich gebeten hatte. Mein Kopf drehte sich und fuhr durch all die neuen Informationen Karussell. Die Vorstellung mit Christopher nach Lake Louise zu ziehen, ließ mein Herz schneller schlagen. Doch die Angst, die mir im Nacken saß, war nicht unbedenklich. Es war jetzt genau eine Woche her, als er mir am See seine Liebe gestanden hatte. Wie konnte es sein, dass er sich nach so kurzer Zeit so sicher war? Okay, ich muss zugeben, dass es an mir nicht liegen würde, denn ich war mir sicher. Ich hatte mich in ihn verliebt. Sehr sogar und könnte mir vorstellen, mein Leben, und damit meine ich mein ganzes, mit ihm zu verbringen. Aber vielleicht würde er seine Entscheidung irgendwann bereuen. Ihn verband nichts mit Lake Louise. Außer ich natürlich. Wenn er jetzt alle Zelte in Seattle abriss, könnte er es womöglich in unbestimmter Zeit bereuen und es mir womöglich noch vorhalten. Wollte er dieses Risiko wirklich eingehen?

Die Wohnungstür fiel ins Schloss und kündigte Christophers Rückkehr an. Er kam in die Küche und hielt eine Leinwand so in der Hand, dass ich nur die Rückseite sehen konnte. Mit etwas Abstand blieb er vor mir stehen und reichte mir die Hand, damit ich aufstand.

„Erinnerst du dich an die zweite Nacht in der Hütte, als ich nicht schlafen konnte und dich durch mein Rumoren in der Küche geweckt habe?"

„Ja, ich habe uns Tee gemacht und habe dich bei deiner Arbeit beobachtet."

„Richtig. Du bist auf meinem Bett eingeschlafen und hast so für ein Motiv gesorgt." Er stellte die Leinwand auf den Stuhl, dieses Mal so, dass ich das Werk darauf betrachten konnte, schob mich vor sich und legte die Arme von hinten um meine Taille.

„Oh Gott, das ist... das bin nicht... das kann nicht..."

„Doch, Stella, und schau genau hin, denn genauso sehe ich dich. Das ist der Blick durch meine Augen, wenn ich dich ansehe und was ich dabei empfinde. Das was du hier sehen kannst, ist die unverschleierte Wahrheit dessen, was in meinem Inneren vor sich geht, wenn ich dich ansehe."

Das konnte unmöglich wahr sein und doch stand ich hier, blickte auf mein Abbild, das so schön war, dass es mir Tränen in die Augen trieb. Die Frau, die zwischen den Laken lag, war wunderschön. Sie schlief und wurde von nichts weiter, als dem bisschen Stoff der Laken verdeckt. Sie war makellos und so unglaublich weiblich. Ich konnte kaum glauben, dass ich das war. Dennoch war es so. Ich erkannte mich auf Anhieb. „Warum bin ich nackt? Ich hatte in dieser Nacht doch ein Shirt an", stellte ich mit zittriger Stimme fest.

„Nachdem ich dich nackt gesehen hatte und sich dein Anblick in meinem Kopf eingebrannt hatte, war es ein leichtes, dich nackt zu malen. Zudem wollte ich dich in deiner ganzen Pracht einfangen. Ich habe die vergangenen Tage damit zugebracht, es zu vollenden. So konnte ich dich von morgens bis abends ansehen, obwohl du nicht bei mir warst", erklärte er und hauchte mir einen Kuss auf den Nacken.

Ich starrte weiter auf die Leinwand und war wie gebannt. So hatte ich mich noch nie gesehen.

„Ich hoffe, du legst nun endlich deine Zweifel ab, was

meine Liebe und Ansichten dich bezüglich anbelangt. Und falls dir das noch nicht genügt..." Er löste für einen Moment einen Arm von meiner Taille, kramte in seiner Hosentasche und zog einen kleinen Gegenstand heraus. „Stella, bitte heirate mich."

Es war ein goldener Ring, mit einem kleinen Diamanten. Ein schlichter, mattgebürsteter Reif, was den kleinen eingearbeiteten Stein noch mehr funkeln ließ.

„Oh mein Gott, er ist wunderschön", hauchte ich mit leiser Stimme und merkte wie ich allmählich die Fassung verlor.

„Er ist ein Familienerbstück. Meine Mutter hat ihn mir gegeben, als ich meinen Eltern von dir und meinem Vorhaben erzählte. Mit diesem Ring hat mein Vater schon meiner Mutter einen Antrag gemacht."

„Chris, du bist völlig übergeschnappt", schluchzte ich nun und drehte mich in seinen Armen um.

„Ist das ein Ja?", hakte er mit diesem verführerischen Grinsen nach, das das Grübchen an seinem Kinn noch verstärkte.

„Ja, Chris, ich will dich heiraten und ich möchte mit dir nach Lake Louise ziehen und ich möchte mein Leben mit dir teilen."

„Das habe ich so sehr gehofft." Er schob mir den Ring auf meinen Finger, zog mich noch fester an sich und küsste mich leidenschaftlich.

Die Hochzeit fand im Frühling statt. Wir feierten sie in Lake Louise, wo wir von nun an unser gemeinsames Leben verbrachten. Es war viel Arbeit gewesen, alles für den Umzug zu organisieren, doch die Mühe hatte sich gelohnt.

Mein Vater war nun hier in einem Pflegeheim untergebracht, das nur zehn Minuten Fahrzeit von meiner Hütte entfernt lag. Von seinem Zimmer aus hatte er einen wunderschönen Blick auf die Bergkulisse, was ihn unsagbar gefreut hatte. Die Umgebung, die er als schönstes Fleckchen Erde betitelte, tat ihm richtig gut. Er blühte regelrecht auf. Und nachdem sich herumgesprochen hatte, dass er nun hier im Heim untergebracht war, kamen ihn viele alte Bekannte besuchen oder holten ihn für einen Spaziergang ab, was sich ebenfalls positiv auf seine Gesundheit auswirkte. Natürlich heilte das nicht seine Demenz, aber er war wieder viel lebensfroher, was hoffentlich noch viele Jahre so bleiben würde.

Durch meine freiberufliche Zeiteinteilung, konnte auch ich ihn fast jeden Tag besuchen. In Missoula war mir das nicht möglich gewesen und ich war schon froh gewesen, wenn ich es einmal die Woche geschafft hatte, bei ihm vorbeizuschauen. Jetzt holte ich ihn so oft wie möglich ab, ging mit ihm an den See oder nahm ihn für ein paar Stunden mit nach Hause, wo er mit Christopher und mir seine Zeit verbrachte.

Was meinen Bruder anging, war das Endergebnis nicht

so erfreulich. Wie befürchtet, landete er ein halbes Jahr später im Gefängnis. Der Grund: räuberische Erpressung. Natürlich rief er mich wieder an und bettelte, ich solle ihm helfen. Doch dieses Mal tat ich es nicht. Ich musste mir zwar selbst gut zureden, um unter seinen flehenden Worten nicht einzuknicken, aber ich redete mir unaufhörlich ein, dass es an der Zeit war, ihn als einen erwachsenen Mann zu sehen und nicht als meinen kleinen Bruder. Und genau als jener Mann, musste er begreifen, dass er selbst für seine Fehler einstehen musste, um vielleicht endlich daraus zu lernen. Wenn ihn das nicht endlich zur Vernunft bringen würde, dann schaffte dies vermutlich nichts und niemand, was aber von nun an nicht mehr mein Problem war.

Christopher und ich hatten uns nach und nach ein gemütliches Zuhause geschaffen und die Hütte zu unserem ganz eigenen Reich umgestaltet. Das zweite Schlafzimmer wurde zu unserem gemeinsamen Arbeitszimmer umfunktioniert. Dort konnte er in Ruhe seiner Kreativität nachgehen, während ich am Schreibtisch saß und an meinem Laptop arbeitete. So verbrachten wir selbst bei der Arbeit gemeinsame Zeit. Auch den Rest der Hütte richteten wir nach unserem Geschmack ein und ersetzten die Möbel meiner Eltern durch neue oder jene, die wir aus unseren Wohnungen mitgebracht hatten.

Für unsere Besucher kauften wir ein kleines, gebrauchtes Tiny Haus und stellten es auf das Grundstück. So konnten Jane und Brain, genauso wie Christophers Eltern, die wirklich sehr liebenswert waren, nach Lust und Laune vorbeikommen und bei uns Urlaub machen, ohne, dass wir uns gegenseitig auf die Füße traten.

Auch Josh und Barbara waren happy, als sie von unserem Umzug erfuhren. Inzwischen verbrachten wir viel Zeit mit den beiden. Barbara war mir, trotz des Altersunterschieds, eine gute Freundin geworden und hatte sogar vorgeschlagen Christophers Bilder in ihrem Laden zum Verkauf anzubieten. Was sie nicht verkaufen würde, könnte er ja immer noch nach Seattle schicken, hatte sie gesagt. Nur, dass nicht viel übrig blieb, um es zu verschicken. Seine Bilder fanden durch die Touristen viele begeisterte Abnehmer und sein Name war bald in aller Mund, was auch Barbaras Laden zu Gute kam. Auch ihr Umsatz war durch den guten Zulauf gestiegen. Eine absolute Win-Win-Situation.

Der Start meines eigenen Unternehmens lief zwar etwas holprig, doch durch die Unterstützung meiner ehemaligen Arbeitgeberin, die, bis sie Ersatz für mich gefunden hatte, ein paar Aufträge an mich weitergab, und viel Werbung in der Umgebung, wurde auch das bald besser.

Ich war so glücklich und konnte mir keinen besseren Ort mehr zum Leben vorstellen. Der Mann an meiner Seite war das Beste, was mir je passieren konnte und auch wenn wir keine gemeinsamen Kinder haben würden, wusste ich, dass er mich über alles liebte. Dass es ihm wichtiger war, mit mir zusammen zu sein, als ein Kind zu haben.

Vermutlich würden wir uns irgendwann zusammen einen Hund anschaffen, zumindest stand diese Überlegung schon zur Debatte, doch auch das müsste noch warten. Solange Percy noch regelmäßig vorbeikam, um sich etwas zum Futtern und ein paar Streicheleinheiten abzuholen, kam die Anschaffung eines Hundes nicht in Frage. Percy war ein Familienmitglied und ich wollte ihn nicht durch die Anwesenheit eines Hundes verscheuchen. Das sah auch Christopher ein.

Eines Nachmittags, ich kam gerade von einem Besuch bei meinem Vater zurück, erwartete Christopher mich schon auf der Veranda.

„Hallo, Babe."

„Wartest du auf mich?", wollte ich wissen, als ich aus dem Auto stieg und auf ihn zuging.

„Ja. Es gibt da was, woran ich schon seit einer ganzen Weile arbeite und das nun endlich fertig geworden ist. Eine Überraschung, die ich dir gern zeigen würde."

„Jetzt machst du mich aber neugierig", gab ich zu und trat zu ihm, auf die Veranda.

„Mach die Augen zu", bat er und nahm meine Hand.

Ich tat dies und ließ mich von ihm nach drinnen führen.

„Okay, mach sie wieder auf."

Ich öffnete sie und staunte nicht schlecht. An jedem freien Platz, den die Wände im Wohnzimmer boten, hing nun ein Bild, das eindeutig von Christopher stammte. „Wow, die sind toll, aber ich verstehe nicht ganz."

„Schau sie dir genauer an", bat er.

Ich ging darauf zu und sah sie mir reihum an. Ich brauchte einen Augenblick, bis mir bewusst wurde, was es mit den Bildern auf sich hatte. „Das sind die Orte, an denen wir in unseren ersten zwei Wochen waren. Hier, die kleine Bucht am See mit mir am Baumstamm gelehnt. Und das hier", ich zeigte auf ein anderes, „war auf dem Devils Thump, zusammen mit Josh. Sogar das Hotel bei Nacht hast du gemalt, wo du mir deine Liebe gestanden hast." Ich ging näher dran und erkannte sogar ein Pärchen, das auf der Parkbank saß und sich küsste. „Darum also die ganzen Fotos mit dem Handy."

„Na ja, ich gebe zu, dass ich mir bei den ersten Fotos noch nicht ganz über ihren Verwendungszweck im Klaren war. Logischerweise wollte ich sie als Malvorlage verwenden, doch je mehr Zeit ich mit dir verbracht habe, desto klarer wurde mir ihre Bedeutung."

„Das ist wunderschön, Chris. Eine bessere Überraschung hättest du mir nicht machen können."

Er zog mich in seine Arme und sah mir tief in die Augen. „Ich wollte diese besondere und überaus wichtige Zeit, die vor fast einem Jahr mein Leben verändert hat, für immer festhalten. Ich liebe dich, Stella Rade, werde dich immer lieben und möchte mit diesen Bildern erreichen, dass du dich jeden Tag in unserem gemeinsamen Leben daran erinnerst."

„Das werde ich, Chris, denn du sorgst in jeder Sekunde dafür, dass ich mich geliebt fühle." Zärtlich hauchte ich ihm einen Kuss auf die Lippen, bevor ich flüsterte: „Ich lieb dich auch, Christopher Rade. Für immer und ewig!"

ENDE

ÜBER DIE AUTORIN

J. J. Schurr, geb. im Mai 1980, lebt mit ihrem Mann, ihrem Sohn und einigen Haustieren, in der Nähe von Pforzheim/Baden-Württemberg. Sie liebt Bücher, Tiere und Musik. Zudem unterstützt sie in ihrer Freizeit ein spanisches Tierheim.

Weitere Romane von J.J.Schurr

Auszug aus dem Roman:
„Durch Liebe verletzt, durch Liebe geheilt"

Müde wischte ich über den Tresen, dem sein Alter, anhand der Kratzer und Riefen in dem dunklen, gemaserten Holz, bereits anzusehen war. Wie üblich lag der Geruch von kaltem Zigarettenrauch und Alkohol in der Luft. Aus der Stereoanlage, die auf dem Regal über dem Tresen stand, trällerte leise Musik zu mir herüber. Meine Beine schmerzten vom langen Stehen und vielen Laufen. Selbst meine bequemen Laufschuhe, einer bekannten Sportmarke, konnten dies nicht verhindern. Zum Glück war der Abend nun zu Ende und die letzten Gäste gegangen. Sobald ich mit aufräumen fertig wäre, würde ich mich auf den Heimweg begeben, um mir endlich meinen wohlverdienten Schlaf zu gönnen. Ich schnappte mir mein rundes Tablett, auf dem die letzten leeren Gläser und vollen Aschenbecher standen, und trug sie zur Spüle. Nach und nach versenkte ich die Gläser in dem angenehm warmen Spülwasser, auf dem weißer Seifenschaum trieb, schrubbte sie mit einer runden Spülbürste sauber und stellte sie neben mir auf der Abtropffläche ab.

„Willst du nicht nach Hause gehen? Es ist schon spät und der Abend war lang und anstrengend. Den Rest schaffe ich auch alleine", meinte Curr, als er neben mich trat, nach dem blau-weiß kariertem Geschirrtuch griff und die Gläser abzutrocknen begann, um sie dann wieder auf ihren Platz im Regal zu stellen, das hinter uns an der Wand hing.

„Unsinn, ich bleibe und helfe dir bis alles erledigt ist. Schließlich bist du ein alter Mann, der sich nicht überarbeiten sollte", gab ich kess zurück, was mir einen Hieb mit dem Geschirrtuch einbrachte, welches meinen Hintern mit einem schnalzenden Geräusch traf.

Ich schrie auf und lachte.

„Du bist ganz schön frech!", tadelte er mich mit gespielter Empörung. „So alt bin ich noch lange nicht, als dass ich es mit dir jungem Küken nicht aufnehmen könnte oder meine Arbeit nicht schaffen würde."

Curr hatte gar nicht mal so Unrecht, denn für seine neunundfünfzig Jahre sah er noch richtig flott aus. Seine rotblonden, kurzen Haare zeigten nicht mal eine Spur von Grau. Selbst sein Dreitagebart war bis jetzt von den grauen Anzeichen des Alters verschont geblieben. Auch seine Haut wirkte wesentlich jünger. Nur wenn er lachte zeigten sich um seine moosgrünen Augen und die Mundwinkel kleine Fältchen, die ihn jedoch sympathisch und nicht alt wirken ließen. Zusätzlich war er schlank und groß gewachsen, wodurch man ihn im Gesamtbild wesentlich jünger schätzte als er tatsächlich war. Seine lässige Kleidung, welche immer aus einer

Jeans und einem Flanellhemd bestand, unterstrich dieses Erscheinungsbild.

„Du gehst immerhin mit schnellen Schritten auf die Sechzig zu", erinnerte ich ihn und spritzte ihn als Retourkutsche für seinen Hieb mit Spülwasser nass.

Curr prustete einen Moment überrascht auf, weil ihn das Wasser direkt im Gesicht traf, und wischte es dann grinsend an seinem Ärmel ab.

„Danke, dass du mich daran erinnerst. Aber ich darf dich darauf hinweisen, dass man nur so alt ist wie man sich fühlt. In meinem Fall wäre ich dann gerade mal vierzig. Von meinem guten Aussehen mal ganz abgesehen", prahlte er selbstbewusst und griff nach dem nächsten Glas.

„Genau, du hast an jeder Hand mindestens fünf Frauen die hinter dir her sind und sich deinem guten Aussehen und deiner sexuellen Anziehungskraft nicht entziehen können", gab ich mit einem Lachen zurück.

„Du weißt doch, Evanna, für mich gibt es nur eine Frau, die in meinem Leben und Herzen einen wichtigen Platz eingenommen hat, und das bist du." Mit diesen Worten legte er den Arm um mich und drückte mir einen freundschaftlichen Kuss auf die Schläfe.

„Ich weiß, Curr! Und ich weiß deine Freundschaft auch zu schätzen", gab ich zu und lehnte mich einen Moment an ihn, „aber du solltest nicht dein ganzes Leben diesem Pub widmen. Willst du denn wirklich irgendwann als einsamer Junggeselle sterben? Du wirst auch nicht mehr jünger und du hast eine Partnerin an deiner Seite verdient, die dich liebt und umsorgt. Ich kenne dich schon mein ganzes Leben und kann mich nicht daran erinnern, dass du je eine Frau hattest."

„Doch, die hatte ich. Mit zwanzig war ich einmal mit einer Frau zusammen. Die Beziehung hielt ganze vier Jahre, dann hat es leider nicht mehr gepasst und wir haben uns im beidseitigem Einverständnis getrennt", erzählte er.

„Super, das ist schon so viele Jahrzehnte her. Damals war ich noch nicht mal auf der Welt. Du musst dich doch einsam fühlen, so ganz ohne Frau?"

„Nein, Süße, wirklich nicht! Ich habe dich, das Pub und all die Leute die jeden Tag hierherkommen. Ich fühle mich wirklich nicht einsam. Ich bin einfach nicht der Beziehungstyp und werde es auch nie sein. Glaube mir, ich habe es mehr als einmal versucht. In gewisser Weise bin ich wohl tatsächlich mit meinem Pub verheiratet. Aber danke, dass du dich um mich sorgst", versicherte er mir, ließ mich aus seiner Umarmung frei und stellte das saubere Glas, das er noch immer in der Hand hielt, zurück ins Regal. „Was hältst du davon, wenn wir beide jetzt Feierabend machen? Die letzten paar Gläser können wir auch morgen noch spülen. Und die Aschenbecher laufen uns auch nicht davon. Du siehst mindestens so müde aus wie ich mich fühle. Wir sehnen uns beide eine ordentliche Mütze Schlaf herbei. Meinst du nicht auch?", schlug er vor und sah mich fragend an.

Herstellung und Verlag:
BoD- Books on Demand, Norderstedt
ISBN-978-3744-8176-08
Deutsche Erstausgabe 2017

Die junge Buchautorin Amelia Black zieht über den
Winter nach Yellowknife in Kanada, um sich dort ganz
und gar auf das Schreiben ihres neuen Romans zu
konzentrieren. Doch es geschehen seltsame Dinge. Erst
bekommt sie mehrmals Besuch von einem sonderbaren
Wolf. Dann trifft sie auf den gutaussehenden Ethan,
der ihr die Sinne vernebelt. Und als wäre das nicht
genug, taucht auch noch dessen alter Freund Anthony
auf, der gefährlichen Anhang im Schlepptau hat.

Ein vampirisches Fantasy-Abenteuer!
Romantisch, erotisch, spannend!

Herstellung und Verlag:
BoD- Books on Demand, Norderstedt

ISBN-978-3-7412-94181
Deutsche Erstausgabe 2016

Vor Verlangen zu einem Mann zu vergehen, ist nicht das größte Problem, das die junge Hexe Chloé Moreau aus der Ruhe bringt. Es ist wohl eher die Tatsache, dass Luke Williams, alleinerziehender Vater der kleinen Mia, um die Chloé sich als geschultes Kindermädchen kümmern soll, ein Vampir ist. Doch bevor Chloé begreift, was das alles für sie zu bedeuten hat, steckt sie schon mitten im Chaos.

Eine prickelnde und fantasievolle Liebesgeschichte!

Herstellung und Verlag:
BoD- Books on Demand, Norderstedt

ISBN-978-3-7528-60344
Deutsche Erstausgabe 2018